U0134706

驚弦：汪精衛的政治生涯

李志毓

驚弦

汪精衛的政治生涯

OXFORD
UNIVERSITY PRESS

OXFORD
UNIVERSITY PRESS

Oxford University Press is a department of the University of Oxford.
It furthers the University's objective of excellence in research, scholarship,
and education by publishing worldwide. Oxford is a registered trade mark of
Oxford University Press in the UK and in certain other countries

Published in Hong Kong by
Oxford University Press (China) Limited
39th Floor, One Kowloon, 1 Wang Yuen Street, Kowloon Bay,
Hong Kong

© Oxford University Press (China) Limited

The moral rights of the author have been asserted

First Edition published in 2014

All rights reserved. No part of this publication may be reproduced, stored in a
retrieval system, or transmitted, in any form or by any means, without the prior
permission in writing of Oxford University Press (China) Limited, or as expressly
permitted by law, by licence, or under terms agreed with the appropriate
reprographics rights organization. Enquiries concerning reproduction outside
the scope of the above should be sent to the Rights Department,
Oxford University Press (China) Limited, at the address above

You must not circulate this work in any other form
and you must impose this same condition on any acquirer

驚弦
汪精衛的政治生涯

李志毓

ISBN: 978-0-19-941190-0 HB
ISBN: 978-988-87479-1-7 PB

5 7 9 10 8 6 4

版權所有，本書任何部份若未經版權持
有人允許，不得用任何方式抄襲或翻印

目錄

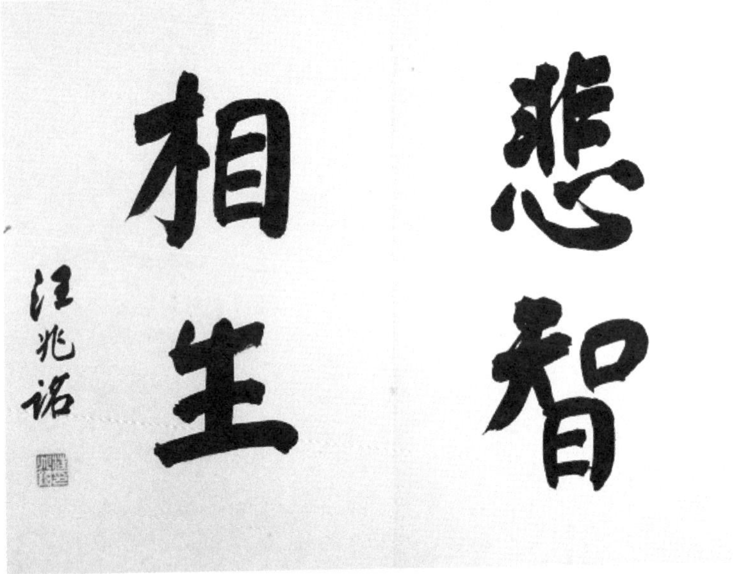

汪兆銘(精衛)書法，現藏日本岐阜縣長良川畫廊

中年

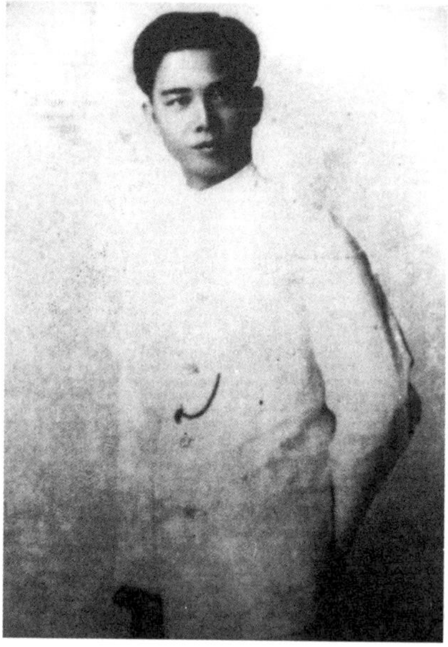
青年

1935年，陳璧君(左一)與汪精衛(左二)在馬來西亞

汪偽政權的宣傳標語

汪精衛在偽中央陸軍軍官學校講話

1942年12月，汪精衛(右三)前往東京，參加「大東亞戰爭一周年紀念會」，會見日本內閣總理大臣東條英機(左三)

1942年3月30日，汪偽「還都」兩周年紀念儀式上，汪身着偽海軍元帥服在長江上檢閱海軍

1943年偽國民政府「還都」三周年紀念日慶典結束後，身着陸軍正裝出現在大禮堂前的汪精衛。

引子

小聚秋聲裏。近黃昏，籬花搖暝，庭柯雕翠。殘葉辭枝良未忍，耿耿護林心事。正嗚咽，風蕭易水。三十六年真電掣。剩畫圖，相對渾如寐。誰與攬。澄清轡。故人各了平生志。早一抔黃花嶽麓，心魂相倚。為問當時存者幾？落落一人而已。又華髮星星如此。剩水殘山嗟滿目。便相逢，勿下新亭淚。為投筆，歌斷指。

——汪精衛・金縷曲

一九四一年六月，南京偽國民政府首腦汪精衛，赴東京，與日相近衛文麿等人交涉——共建所謂「東亞新秩序」。其間，汪會晤了支持孫中山革命之日本浪人宮崎寅藏的遺孀。宮崎夫人拿出汪精衛、黃興、章太炎等七人三十六年前在東京的合影。汪手持舊照，萬感交集，寫下了這首《金縷曲》。

時在清朝末年，汪精衛正是一翩翩少年，在東京擔任同盟會機關報——《民報》的主筆，熱心革命，慨然有澄清天下之志。一九〇六年秋，革命黨人在江西萍鄉、湖南瀏陽、醴陵等地，發動反清起義，犧牲慘劇。汪，黃等人聞訊，哀慟之至，決心回國親身參與行動，圖謀再

舉。臨行前一日，在《民報》社的庭院內，留下了這張合影。一

時間匆匆走過三十六年。在中國現代史上，這是亂石穿空、驚濤裂岸的三十六年。汪精衛正像其所自喻的「精衛」一樣，一頭扎進中國現代政治的大風大浪之中，與此波詭雲譎的歷史相始終，以其政治生命的成敗，探知着歷史的深度。二

一　汪精衛：《金縷曲》題解，《雙照樓詩詞稿．掃葉集》，香港：天地圖書出版公司二〇一二年版，第三一七頁。

二　出於汪精衛在民國政治史中的重要地位，有關汪的研究數量眾多。傳記作品的出版主要集中在二十世紀三十、四十年代和八十年代末、九十年代初。如：革命舊人：《汪精衛的全貌》，出版地不詳，旦華出版社，一九三九年；雷鳴：《汪精衛先生傳》，《民國叢書》第一編第八十八卷，上海書店根據政治月刊社一九四四年版影印；聞少華：《汪精衛傳》，吉林文史出版社，一九八八年；王美真編著：《汪精衛傳》，臺灣：國際文化事業有限公司，一九八八年；蔡德金：《汪精衛評傳》，四川人民出版社，一九八七年；李理、夏潮：《汪精衛評傳》，武漢出版社，一九八八年；王關興：《汪精衛傳》，安徽人民出版社，一九九三年；等等。關於其思想、執政方針、對日政策等問題，亦不乏專著及論文。例如：陳木杉：《從函電史料觀抗戰時期的蔣汪關係》，《從函電史料觀汪精衛集團治粵梗概》，《從函電史料觀汪精衛檔案中的史事與人物新探》等，臺灣學生書局出版，一九九五—一九九七年；謝曉鵬：《理論、權力與政策——汪精衛的政治思想研究（一九二五—一九三八）》，中央編譯出版社，二〇〇四年；等等。臺灣學者許育銘的《汪兆銘與國民政府——一九三一至一九三六年對日問題下的政治變動》（臺灣「國史館」一九九九年版），研究了一九三一—一九三六年汪蔣合作、汪精衛主持國民政府行政院期間，對日妥協政策的制定和實施過程，及南京政府應對國難措施的演變。而汪晚年對日「求和」主張及汪偽政權研究，更是中國抗戰史研究中的重要方面，成果顯著。例如楊凡編譯：《抗日戰爭時期漢奸汪精衛賣國投敵資料》，出版者不詳，一九六四年；黃美真、張雲編：《汪精衛國民政府成立》，上海人民出版社一九八四年；黃美真、張雲：《汪精衛集團叛國投敵記》，河南人民出版社一九八七年；復旦大學歷史系中國現代史研究室編：《汪精衛漢奸政權的興亡——汪偽政權史研究論集》，復旦大學出版社一九八七年；王雲高：《汪精衛叛國前後》，中國華僑出版社一九九一年；萬仁元主編：《汪精衛與汪偽政府》，商務印書館（香港）有限公司一九九四年；陳鵬仁譯：《汪精衛降日秘檔》，臺北聯經出版

一九一〇年春，汪精衛在什刹海謀殺清攝政王被捕，四海揚名，成為革命者捨生求死的象徵。民國初年，享有崇高政治聲譽的他，功成身退，堅持「不做官吏」，赴法留學，以淡泊名利傳為美談。二十年代前期，孫中山倡導國民黨聯俄聯共，汪精衛隨即「左傾」，在孫逝世後，一舉登上國民黨的黨政軍最高領導地位。之後，汪以一文人政客，縱橫捭闔於軍人與地方實力派之間，時進時退，一度在國民黨中形成汪主政、蔣主軍的局面。

一九三八年三月，國民黨於抗戰中召開臨時全國代表大會，賦予蔣介石總攬黨政軍權的總裁地位，汪居副總裁職。然而這一年底，汪就去國離職，公開議和，隨之被重慶中央開除國民黨籍。一九四〇年三月，主持「和談」的南京偽國民政府成立，汪精衛出任偽行政院長、代國府主席，從此成為「漢奸」的代名詞。遙想當年「慷慨歌燕市，從容做楚囚」，為人崇拜、仰慕，奉為革命偶像的時代。真可謂「雙照樓頭老去身，一生分作兩回人」。三

如今汪精衛重拾舊照，回首前塵，恍若身在夢中……

事業公司，一九九九年；錢進，韓文寧：《偽府群奸：汪精衛幕府》，嶽麓書社二〇〇二年；等等。儘管如此，汪精衛研究仍留有很大的空間，有許多問題有待進一步探討。

三　陳小翠：《題〈雙照樓詩詞稿〉》，轉引自葉嘉瑩：《汪精衛詩詞中的「精衛情結」》，《印刻文學生活》二〇〇九年三月。

第一章 死生：「烈士」成名

汪精衛在民國政治舞臺享有盛譽，很大程度上源於一九一〇年三四月間在北京什刹海對攝政王載灃的暗殺行動。[一] 這次暗殺雖未獲成功，但這種自殺式行動本身所表現出的自我犧牲精神，卻為汪精衛贏得了崇高榮譽，令聞之者壯懷激烈，感慕不已。

汪精衛被捕後，對自己的暗殺行動供認不諱，在獄中寫下洋洋灑灑痛斥清廷的千言「供詞」和十數首感懷雜詩，這些以「慷慨歌燕市，從容作楚囚，引刀成一快，不負少年頭」為代表的詩作，飽含充沛的生命熱情，一經傳出，即廣為傳誦，為革命的流血犧牲塗上了一層絢麗的光彩，也使汪成了辛亥時代首屈一指的革命偶像。

一　關於汪早年暗殺清攝政王入獄的事件，在張江裁《汪精衛先生年譜》和各種汪精衛傳記中都有記述，張江裁的《汪精衛先生庚戌蒙難實錄》（並楊雲史江亢虎序，《越風》雜誌一九三七年第三期，第四期）及張江裁的《汪精衛先生年譜》（《北京圖書館珍本年譜叢刊》第一九九冊，北京圖書館出版社一九九九年版，據一九四三年鉛印本影印）對這一事件的前因後果更有詳細分析；王克文在《汪精衛．國民黨．南京政權》（臺灣「國史館」二〇〇一年版）一書中，對汪行暗殺所表現出的「烈士精神」進行了闡發。但是這些作品，對於辛亥時代所流行的激進敢死的時代風氣，對於以汪為代表的、辛亥時代「革命知識分子」的人格、心靈、行為特點，以及揭示養成這種心靈的社會文化環境，尚缺乏深入分析。缺乏這種分析和揭示，我們將難以理解，為什麼汪精衛依靠幾篇文章、幾首詩，和一次不成功的暗殺，就在民初積累了如此之高的社會聲望。

汪精衛的成名，反映出清朝末年漢人知識分子中流行的憂憤敢死的時代風氣。在那個時代裏，像他這樣，懷抱激烈排滿思想，推崇暗殺手段的青年知識分子，不勝枚舉，吳樾因此稱之為「暗殺時代」。這是誕生汪精衛烈士精神與行動的歷史環境。

1.1 暗殺時代

> 荊軻墓，咸陽道；聶政死，屍骸暴。盡大江東去，餘情還繞。魂魄化成精衛鳥，血花濺作紅心草。看從今一擔好山河，英雄造。
>
> ——李叔同：《滿江紅》

> 譬如草木不得雨露，必不能發達，我們之自由樹，不得多血灌溉之，又焉能期其茂盛。我今早死一日，我們之自由樹早得一日鮮血，早得血一日，則早茂盛一日，花方早放一日，故我現望速死也。
>
> ——安慶革命軍總司令熊成基被捕後的供詞

汪精衛原名汪兆銘，字季新，號精衛，一八八三年五月四日，生於廣東省三水縣的一個沒落的仕宦家庭。其早年生活、成長的時代，恰逢清季衰末亂世，國家板蕩，社會紛亂，滿漢相仇，人心激越。一八九四年，孫中山在檀香山成立革命團體「興中會」，次年發動「乙未廣州起義」，犧牲慘劇，而革命排滿之風，由此開啟。一九〇三年，清廷先後製造「蘇報案」、「沈藎案」。前者導致著名革命黨章太炎、鄒容被捕。後者更以野蠻杖斃手段，誅殺愛國書生，而使中外輿論譁然，全國士人熱血沸騰。反滿排滿之風從此愈益激昂。[二]

一九〇四年，汪精衛赴日留學，次年夏天，在東京結識孫中山，加入同盟會，也踏上了革命排滿之路。當時，革命黨人反清起義屢起屢敗，敵我力量對比懸殊，人心激憤，無可發洩，

二 沈藎本為湖南一狂宕書生，戊戌期間與譚嗣同、唐才常等人交往，雖然反對政局，但仍傾向於「保皇派」。戊戌之後，沈藎與唐才常一起組建自立軍，擔任右軍統領，參加了「庚子勤王」，被捕之後，竟在獄中被清廷「杖斃」。其死事之慘，令中外震驚。章士釗在《疏〈皇帝魂〉》之《第四十一篇：祭沈藎文》中說：「藎之死狀，記者非一，幾於言人人殊。」有記述說：「君之死也，備極五刑，先以八人輪毆，至二時許，血肉狼籍。氣瀕絕矣，以帛勒之，既死而復刃其頭，嗚呼，慘已。」王照有《方家園紀事詩》則稱：「沈入獄，時入夜半。宮中傳出片紙，天未明而沈已碎屍。……沈死之屋。粉牆有黑紫暈跡，高四五尺，沈血所濺也。獄卒為照言：夜半有官來，遵太上傳諭，就獄中杖斃，令獄吏以病死報。沈體壯，群杖交下，遍體傷折，久不死。連擊三小時，氣始絕。」及至汪精衛入獄時，獄卒告訴汪精衛，當沈藎被捕時，西太后即欲殺之。當行刑官宣讀執行令時：「沈面色不改，但曰『快了事。』亂杖交下，骨折肉潰，流血滿地，氣猶未絕。於是裂其衣幅，塞口鼻及谷道，再杖，氣始斷。」上海《文匯報》認為，「沈藎之死，震動人心，較之日俄開戰尤大」。章太炎認為，就激發革命而言，沈藎之死的價值「遠駕譚嗣同、唐才常而上之」。楊守仁曾有《吊藎詩》曰：「沈藎血肉隨風靡，孕出多少革命鬼。大獄方興尚未已，偽臨朝武可危矣。」章士釗：《疏〈黃帝魂〉》，中國人民政治協商會議全國委員會文史資料研究委員會：《辛亥革命回憶錄第一集》，文史資料出版社，一九六一年十月第一版，第二九八－二九九頁。

暗殺之風日益興盛。自從湖北志士王漢刺殺鐵良未遂，憤然自殺之後，天下志士感慕而追隨，前赴後繼投身暗殺行動。早在汪精衛行刺攝政王之前，已有一九〇〇年史堅如暗殺兩廣總督德壽，一九〇四年楊毓麟、蘇鵬等橫濱暗殺團成員謀炸清廷宮苑，萬福華謀刺前廣西巡撫王之春，易本義謀炸戶部侍郎鐵良，一九〇五年九月吳樾謀炸出國五大臣，一九〇六年楊卓林謀刺兩江總督端方、徐錫麟刺殺安徽巡撫恩銘等一系列著名的暗殺事件。

一九〇五年孫中山組織同盟會於東京，革命勢力迅速發展，至第二年秋冬間，黨勢遍佈全國，留日學生亦紛紛回國，投身運動新軍的工作。一九〇七年，因廣東水師提督李準「日以捕黨人為邀功名」，被革命黨人視為大敵，汪精衛與馮自由、胡漢民等廣東革命黨人密謀，於廣東都督岑春煊，或水師提督李準，擇其一而炸之，必能在廣東政界軍界激起重大影響。議決之後，即由馮自由、李紀堂、汪精衛等設秘密機關於香港普慶坊，由劉思復慨然行之，暗殺李準，可惜沒有成功。一九〇九年夏和一九一〇年初，又發生了喻雲紀等謀炸兩江總督端方和二十三歲的安慶革命軍總司令熊成基謀刺籌辦海軍大臣載洵的事件。

一九一〇年三月，汪精衛、喻雲紀、黃復生、陳璧君等人組織暗殺團，謀炸清攝政王載灃。失敗後，汪被捕入獄，喻雲紀逃亡日本。次年春天，喻又到香港籌備廣州起義，並負責試製炸彈，在攻佔總督署的戰鬥中彈盡力竭被俘，英勇犧牲。

一九一一年三月二十九日廣州起義失敗之後，甚至連一向反對暗殺的黃興，也因悲憤交加，「欲躬行暗殺一二滿清重臣，以報死友」。[三] 後經孫中山、馮自由等人再三致電勸阻，才放棄親自從事暗殺的計劃，另派人組織暗殺團於廣州。

汪精衛對於暗殺，懷有一種真誠的信念，相信這種「直接激烈行動」，可以達到震盪人心，宣傳革命的效果。李劍農先生在《中國近百年政治史》中說：汪精衛自丁未（注：一九〇七年）以來，便懷一種「短兵突擊」的計劃，而屢為黃興、胡漢民等人所反對。宣統己酉元年（注：一九〇九年）的一年間，黃興、胡漢民秘密往來於南洋、香港間，致力於在廣州新軍中培養革命基礎，而汪精衛則「決意進行他的短兵突擊計劃」。

這一年中，汪、胡之間常通過書信往來進行辯論。胡漢民認為：此後，不但「暗殺之事不可行」，即「零星散碎」，不足制敵之死命的小規模軍事行動，「亦斷不可起」，因為，這種零星散碎的行動，成功幾率太小，一旦被鎮壓，反而增長了清廷的威望，使一般國民「愈生迷夢」。汪精衛則認為，清廷「偽立憲」的醜劇，「日演於舞臺，炫人觀聽」，愈演愈烈，而革命行動「寂然無聞」，如此，國人將越來越相信「立憲」，而不相信「革命」，必須有一種「直接激烈行動」，以振革命黨人聲勢。如果說，零星散碎的起義被鎮壓，足以傷革命黨人元氣，「至於暗殺，不過犧牲三數同志之性命，何傷元氣之有？」[四]

三　馮自由：《革命逸史》第四集，新星出版社二〇〇九年版，第七七〇頁。

四　李劍農：《中國近百年政治史：一八四〇—一九二六年》，復旦大學出版社，二〇〇二年版，第二五七頁。

在清末風起雲湧的革命風潮中，走上暗殺之路的青年不知凡幾，他們有着共通的思想和精神特質，信仰無政府主義哲學，崇拜荊軻、聶政，相互感發，相互激勵，不惜犧牲生命，「以殉名譽」。[五]清末民初在中國流行的無政府主義，具有鮮明的時代特徵，其中最顯著者，莫過於它與清末激進革命運動的結合以及對「暗殺」手段的崇尚。

美國學者德里克曾指出：一九〇二－一九〇七年間，被無政府主義所吸引的中國年輕的激進派，是通過虛無黨的政治實踐，即通過個人的政治行動、特別是暗殺來認識無政府主義的。[六]中國早期的無政府主義者，幾乎全部是從事革命運動的學生。他們崇拜無論壯少、無論男女「皆敢懷炸彈袖匕首，劫萬聖之尊於五步之內，以演出一段悲壯之歷史」的俄國虛無黨，相信當一國之國民皆陷於「晦盲否塞、沉酣不醒」之時，必須有人「挾猛烈之勢，行破壞之手段」，演出一段「掀天撼地之活劇」，否則國民意識難得蘇醒。[七]

曾代理同盟會本部庶務幹事、一九〇六年在南京被捕的黨人孫毓筠，在供詞中說：「自吳樾死後，年少之士欽慕吳之大名，欲步後塵者日多一日，此種人較空談革命者更為激烈，愈殺愈多。俄國虛無黨之風，行將大盛於中國，此亦專制政體所養成者。憲政一日不實行，此事即一日不絕。」又說，其平日所挾之主義，「非有意與朝廷為難，只求以激烈手段，要求政府能

五 馮自由：《革命逸史》第六集，第一〇九三頁。

六 德里克：《中國革命中的無政府主義》，廣西師範大學出版社二〇〇六年版，第六七頁。

七 韓孫：《露西亞虛無黨》，《辛亥前十年時論選集》第一卷下冊，三聯書店一九六〇年版，第五六七頁。

得真正立憲，俾四萬萬人同享幸福，不致如印度、朝鮮為人奴隸，萬古不復，此目的能達，雖粉身碎骨，亦所不悔。」[八]

馮自由在《革命逸史》中說：「烈士痛吾國士大夫萎靡疲茶，謂將以此亡國，於是行荊、聶之行以振之。並謂做事不必計成敗，成固善，不成以死繼之，必有慕風興起而竟其志者。烈士死，果有吳樾訪其事於胡瑛，感奮而炸清五大臣於北京前門。清廷之亡，實基於此。」[九] 汪精衛的暗殺攝政王，正是這種激進敢死的時代精神的產物，而汪精衛獄中所做之「慷慨歌燕市，從容作楚囚，引刀成一快，不負少年頭」，正是那個時代的精神象徵和青年的集體志向。

辛亥時期的汪精衛，也是無政府主義的信徒。雖然他對於無政府主義並沒有系統的研究，認識也不深刻，但他與吳稚暉、李石曾、褚民誼等無政府黨人私誼深厚，相互激勵感召，這在一定程度會影響到他的選擇。更重要的是，汪精衛無疑在無政府主義中，找到了與自己理想、性情和一貫行為方式相一致的政治手段。

他曾在一封致吳稚暉的信中說：「銘自二十歲以來，所知者排滿洲排專制而已，後乃漸聞無政府社會主義……數年以來，對此主義心加熱矣，而對於中國消除內難、抵禦外侮之念，仍時時而有，亦以此非惟不抵觸於主義，且為達此主義所必經之階級耳。」[一〇]

八　馮自由：《革命逸史》第六集，第一〇九二–一〇九三頁。

九　馮自由：《革命逸史》第三集，第五一五頁。語中「烈士死」指鄂人王漢刺殺鐵良未遂而自殺。

一〇　《汪兆銘答覆蔡孑民、吳稚暉及李石曾之來信》，中國國民黨文化傳播委員會黨史館近代人物書札，稚〇

辛亥革命成功後，汪被釋出獄，又參與策劃了彭家珍暗殺良弼的事件。一九一三年宋教仁被暗殺，汪精衛調和南北、呼籲袁世凱辭職未果，也曾策劃過「蒙假面」或「潛伏」，暗殺袁世凱，並在致吳稚暉信中說：「今再為無政府黨之行徑作一打算如下，自然以暗殺為第一義，銘此念至今未歇。」[一一]

汪精衛暗殺攝政王被捕，因此也成了眾人追慕的偶像。一九一一年八月與林冠慈一起謀炸廣東水師提督李準的陳敬岳，在行動前所書之絕筆信中寫道：「無論如何，必拼其一死，效汪君所為。譬將炊米作飯，以餉我最親愛之同胞，自願以身為燃料。不幸此身竟歿，而熱度亦居然升騰矣。弟寤寐思服，非此不足以振國魂，以張民氣。」[一二]

「薪」是汪精衛常用的一個自喻。他在《革命之決心》一文中說：革命黨人，或以身為薪，或以身為釜。薪於火中燃燒，「其光熊熊」，頃刻化為灰燼，是為革命之「烈德」；釜於水火之間受盡煎熬，「水不能蝕，火不能熔」，是為革命之「貞德」。薪和釜的用途雖然不同，但「合而炊飯」，為「四萬萬人共饗之」的目標，卻是一樣的。[一三]

九三九〇號，臺灣大學圖書館藏數位資料。【本書下引「書札」，只注編號。】

一一　《汪兆銘致吳稚暉函》，稚〇九三八一號。

一二　陳敬岳：《致李孝章絕筆書》（一九一一年六月二十七日），中國革命博物館編：《浩然正氣》，人民出版社一九九一年版，第一三七頁。

一三　汪精衛：《革命之決心》，《汪精衛先生文集》卷三，上海中山書店一九三六年版，第四二頁。

汪還寫過一首《見人析車輪為薪，為作此歌》：「年年顛蹶南山路，不向崎嶇歎勞苦。只今困頓塵埃間，倔強依然耐刀斧。輪兮輪兮，生非徂徠新甫之良材，莫辭一旦為寒灰。君看擲向紅爐中，火光如血搖熊熊。待得蒸騰薦新稻，要使蒼生同一飽。」[一四] 汪自稱不是政治上的棟樑之才，卻不惜為國家獻出生命，如同「薪」燃燒自我發光發熱一樣。

後來以刺殺廣東將軍孚琦而聞名的溫生才，在行動前留給南洋友人的絕筆信中，也以徐錫麟、汪精衛為榜樣，說：「自從徐、汪二君事失敗後，繼起無人。弟思欲步二君後塵……弟心已決，死之日即生之年，從此永別矣！」[一五] 當汪精衛在獄中得知溫生才遇難後，寫下「長記越台春欲暮，女牆紅遍木棉花」的詩句，以示感懷。[一六]

木棉花又叫英雄樹，在廣東山間普遍栽種，樹幹高大，春天未長葉時，先開出火紅而飽滿的花朵，滿山遍野，一片血紅的世界。汪精衛以木棉花隱喻革命者，歌頌生命的激情和綻放，傳達出革命黨人血染天涯的悲壯豪情。

一四　汪精衛：《見人析車輪為薪，為作此歌》，《雙照樓詩詞稿．小休集卷上》，香港：天地圖書有限公司二〇一二年再版，第二二頁。

一五　溫生才：《致南洋友人函》（一九一一年二月十六日），中國革命博物館編：《浩然正氣》，人民出版社一九九一年版，第九三頁。

一六　汪精衛：《獄中聞溫生才刺孚琦事》，《雙照樓詩詞稿．小休集卷上》，汪主席遺訓編纂委員會一九四五年版，第九頁。

1.2 烈士的心靈

在無政府主義信仰和整個時代的風潮之外，我們還要追問，為什麼壯烈的犧牲，對於汪精衛而言，具有如此強大的吸引力？是什麼樣的性格和心靈，容易受到這種「烈士精神」的感召？

在一九一〇年進京謀炸攝政王之前，汪精衛曾留給胡漢民一封血書，上面有八個字「我今為薪，兄當為釜」[一七]那一年汪精衛二十八歲，對於流血犧牲之「烈德」有着熱切的期待，夢想着自己的生命能夠像薪一樣，「炬火熊熊，頃刻而盡」。[一八]這種期待，反映了他內心深處對於個體生命存亡的某種美學想像。

那是一種在體悟到生命的短暫和脆弱之後，渴望年輕的生命能如流星般劃亮夜空燃燒自己，能如櫻花般在最璀璨的年華隨風飄落的美學想像。它不求成功，不求回報，只求完成一種生命的「姿態」。這種「姿態」的背後，有着對人生至深的苦悶。一個真誠的革命者，必定是對理想的生活有着真摯的愛戀，而又對現世的人生感到厭憤的人，他內心深處的愛恨交織，比一般平庸的人更加強烈。越是熱愛生命，越是痛感人生苦短，而不顧一切尋求實現生命的意義。

一七　胡漢民：《胡漢民自傳》，臺灣：傳記文學出版社一九八二年再版，第三五頁。

一八　汪精衛：《致胡漢民及南洋諸同志書》，第五五頁。

這種對於生命脆弱性和有限性的體驗，在汪精衛獄中所做的《述懷》詩中有充分的表露。在詩的開篇，汪精衛問道：「形骸有死生，性情有哀樂。此生何所為，此情何所託？」[一九]這是一種對於生命意義的追問——人的一生如此短暫須臾，悲歡離合又總是侵擾我們的內心，怎樣才能找到一種完成生命的方式，讓漂泊的身心得以安定，讓內在的激情得到抒發呢？

汪精衛出生在一個沒落的大家庭中，是家中的幼子，在兄妹十人中排行第十，因此幼年得以依依膝下，為父母所寵愛。然而在十三和十四歲的兩年中，汪分別遭受了喪母與喪父之痛。自此寄居兄嫂之下，過着清貧的生活。

他在詩中說：「嗟余幼孤露，學殖苦磽确。蓼莪懷辛酸，菜根甘澹泊。心欲依墳塋，身欲棲岩壑。憂患來薄人，其勢疾如撲。」孤露，是指喪父或喪母，孤單無所蔭庇。殖，是生長的意思。學殖，比喻學問的積累增進，如同農夫種植麥苗，日新日益，而「磽确」，則指土地堅硬不肥沃，不適於「學殖」。「蓼莪」，出自《詩經．小雅．蓼莪》，是《詩經》中感歎父母養育恩德，抒發喪失父母之哀傷的名篇，曾被方玉潤稱為「千古孝思絕作」。[二〇]

汪精衛借助這些隱喻，表達他幼年雖有進學的心願，但苦於年少失怙，無人教導的辛酸。在此後的歲月中，他不停地追憶清明秋日的早晨，中庭怒放的芙蓉花下，慈母督導勸學的場

一九　汪精衛：《述懷》，《雙照樓詩詞稿．小休集卷上》，汪主席遺訓編纂委員會一九四五年版，第一一頁。

二〇　周振甫：《詩經譯注》，中華書局，二〇〇二年版，第三二六—三二九頁。

景。[二二] 子欲養而親不待，這成為汪精衛情感中永遠的缺憾。而父母的早亡，也在他少年敏感的心靈中，埋下了孤苦和死亡的陰影，使他時時感到一種憂患相逼的心情。

汪精衛幼年讀書習詩，以王陽明《傳習錄》和陶淵明、陸放翁為主。晚清的士人，大都佩服陸放翁。梁啟超曾寫過四首《讀陸放翁集》，稱讚「亙古男兒一放翁」。陸放翁渴望建功立業，為國驅馳，老而不衰的胸襟、志向，正與晚清志士是相同的。汪精衛自幼讀放翁詩，不能不受到相當的習染。

一九〇四年，新式教育提供的公派留學機會，讓二十歲的汪精衛得以離開故土，遠赴東洋，受到民族、民權與民生思想的啟蒙，並在革命黨與立憲黨人的論戰中施展才華，看到了自己的能力和影響力。年輕的內心躊躇滿志。可以想見，投身革命事業，懷揣救世理想，將自身的痛苦與民族衰弱、民生疾苦聯繫在一起，會給一個孤獨而嚮往生命之榮耀的心靈帶來怎樣的充實感和成就感。

然而，革命的道路漫長而艱難，革命者的力量如此渺小，他們要反對的勢力如此龐大，革命的理想可以是光明而高遠的，但落實到具體的政治鬥爭，則無法避免各種瑣屑凡庸的日常事務，而且並不總是正義和激情的。汪精衛嚮往電光火石的激情，不能忍受日復一日的凡庸。他

二二　汪精衛：《自述》，《東方雜誌》第三一卷第一號；汪精衛：《正月的回憶》，《新中國報》副刊《學藝》第一三一期，一九四一年四月二十五日，第六版。

以「貞德」和「烈德」來比喻革命者的兩種不同人格，稱自己「平生慕慷慨，養氣殊未學。哀樂過劇烈，精氣潛摧剝。」這正鮮明體現了所謂的「烈士」的心靈。

在所投身的政治理想之外，「烈士」這個概念本身即傳達了一種精神，這種精神，包含着自我毀滅的強烈願望。正如蔣智由在《輓古今之敢死者》歌中所高唱的：「男兒抱熱血，百年待一灑。一灑夫何處，青山與青史。青山生光彩，煌煌前朝事。青史生光彩，飛揚令人起。後日馨香人，當日屠酤子。屠酤時一笑，一笑寧計此！」[二二]

屠酤，即殺戮。在革命者眼中，肉體生命本身是沒有意義的，它唯一的意義，在於投入一種更大的意義之中。將有形而速朽的生命，化作無形而永恆的精神，留名青史。在這裏，死亡不是生命的終結，而是真生命的開始。

汪精衛十分仰慕荊軻，曾在《述懷》詩中感歎：「驅車易水傍，嗚咽聲如昨。漸離不可見，燕市成荒寞。」悲風蕭蕭、易水猶寒的景象，讓他體會到壯士一去不復返的蕭穆，渴望自己也能在千載之下被人追思懷念，這反映了「烈士精神」所代表的一種特殊的心靈狀態、人格狀態和生命形態。

「烈士」的內心，往往對現實有着強烈的憤恨，而又深切地感受到形骸之易朽，人生之須臾，因而對靈魂的升脱、精神的不滅，有着至深的渴求。汪在《述懷》詩中說：「恨如九鼎

二二　郭延禮：《中國近代文學發展史》第二卷，山東教育出版一九九一年版，第八八五—八八六頁。

壓，命似一毛擢」，又說「九死誠不辭，所失但軀殼」。[二三] 於是棄生而慕死，壯烈的死亡或許可以成為一種成就生命意義的最便捷的方式。

這種捨生而求死的心靈狀態，不是汪精衛一人、而是清末民初的許多「烈士」所共有的。曾以《猛回頭》、《警世鐘》聞名而最終「以身投東海」的陳天華，曾在他的《絕命書》中說：「鄙人志行薄弱，不能大有所作為，將來自處，惟有兩途：其一則作書報以警世，其二則遇有可死之機會而死之。」[二四] 因謀刺鐵良而被殺的烈士王漢在生前說過：「正義千古不滅，肉體決不永存，果以身殉國，軀殼即暫時受苦，靈魂必永久享福」。[二五] 因謀炸出洋五大臣而身死的吳樾生前也曾在《與妻書》中說：

> 內顧藐躬，素非強壯，且多愁善病，焉能久活人間？與其悔之他日，不如圖之此日。抑或蒼天有報，償我以名譽於千秋，則我身之可以腐滅者，自歸於腐滅，而不可以腐滅者，自不腐滅耳。夫可以腐滅者體質，而不可腐滅者精靈。體質為小我，精靈為大我。吾非昧昧者比，能不權其大小輕重以從事乎？……則當捐現在

二三　汪精衛：《述懷》，《雙照樓詩詞稿．小休集卷上》，第一一—一三頁。

二四　陳天華：《絕命書》，《辛亥前十年時論選集》第二卷（上），三聯書店一九六三年版，第一五四—一五五頁。

二五　王育楚：《烈士王漢之死》，《湖北文史集粹》（政治軍事卷），湖北人民出版社一九九九年版，第二一〇頁。

之有限歲月，而求將來之無限尊榮。[26]

晚清以來的中國，經歷了傳統政治秩序和社會生活的瓦解，由此引發了更為深遠的文化危機。一個傳統中國士人得以生活於其中並以某種思想框架把自我、社會和宇宙理解為一個有意義的整體的那個世界，徹底破碎了。人生的目的是什麼？苦難、死亡和命運的神秘莫測，應該怎樣去面對？生命的意義感、尊嚴感與榮耀感，將以怎樣的方式來確立？這是促成辛亥時代「烈士精神」流行的深層原因。

而晚清社會、政治風氣的顢頇腐朽、虛與委蛇，又使得真性情、真血氣、真誠坦白的精神被賦予了崇高的價值，具有振奮人心的道義力量。在那個壯懷激烈的年代裏，人們信奉這種「真誠」的政治哲學，將真誠和自我犧牲的精神視為崇高的道德，並深信這種道德感召力在整個革命過程中的作用。人們相信，這種真誠勇毅的犧牲精神能在一國之人沉酣不醒的年代裏，以血鑄鐘，震盪人心，鼓動革命。

章太炎就非常重視精神的感召力在辛亥革命中所發揮的作用，曾在《檢論·小過》篇中，將辛亥革命的成功歸結為革命黨人艱苦卓絕，捨生忘死，以至誠的精神感動了天下之人。[27] 熊

二六　吳樾：《暗殺時代》，《辛亥革命前十年間時論選集》第二卷，三聯書店一九六三年版，第七三一頁。

二七　章太炎：《檢論》，《章太炎全集》第三卷，上海人民出版社一九八四年版，第六一七頁。

十力在為居正的《辛亥札記》所做的序言中也說：昔日每遇鄂中舊人，「必諮嗟太息而慰安之曰：辛亥之事，不忍忘也。」因鄂人王漢首拼一死，刺殺滿清親貴，其真誠弘毅高尚之精神，化作天下之氣，遂使鄂軍全體皆成革命黨，人人置生死於度外。此段雄壯之氣，乃辛亥革命成功的重要原因。[二八]

汪精衛在什剎海刺殺攝政王，正體現了這種崇尚真誠和自我犧牲的政治文化，因此獲得了時人廣泛推崇。在汪精衛行刺之前，蔡元培曾致函吳稚暉說：「精衛君至可敬愛，彼與同人所組織之小隊，或能發見一驚人之劇。」事敗之後，又對吳說：「承示精衛君被拘之訊，深為驚悼！此公屢經同人苦勸而不回，良可敬佩，然未下手而敗，則尤可悲也。」[二九]吳稚暉等留法同仁得知汪被捕消息後，特在《新世紀》週刊開闢「悼汪」專號，盛讚汪精衛「不知有功業，唯冀人民福利而已」，其真誠的道德境界遠在嚴復、梁啟超、楊度、張謇等人之上。張靜江甚至說：「使我費十萬金，購一活精衛來，亦所甘心」。[三〇]

汪精衛的獄中詩作，是清末革命文學的代表，其所抒發的烈士之心靈與精神境界，一經在《邱樊（囚犯）唱和集》中刊佈之後，即留傳海內，在社會中廣為傳佈，使汪成為了辛亥時代

二八　熊十力：《辛亥札記序》，《居正文集》（上冊），華中師範大學出版社一九八九年版，第八-九頁。

二九　蔡元培：《覆吳敬恒函》（一九一〇年春，汪精衛刺攝政王之前，於萊比錫），高平叔編：《蔡元培全集》第二卷，中華書局一九八四年版，第一一〇-一一一頁。

三〇　雷鳴：《汪精衛先生傳》，南京：政治月刊社，一九四四年版，第六七-六八頁。

首屈一指的革命偶像。

一九一二年四月十八日，汪精衛經田桐、景耀月和陳家鼎介紹，加入了清末民初最大的革命文人結社組織——南社。汪參加南社的活動不多，地位卻很重要，是革命文人加革命黨人的象徵。胡樸安編《南社叢選》，收入汪精衛文四篇，詩三十一首，並特邀汪精衛作序。汪在《南社叢選》序言中說：「革命黨人之所以能勇於赴義，一往無前，百折而不撓者，恃此革命文學以相感動也。」[三一]

包天笑作於二十世紀二十年代的紀實小說《海上蜃樓》第二十回中，描寫了南社成員在上海靜安寺路愚園雅集、誦讀汪精衛詩作的情景，後柳亞子證實，書中的角色，均有其人。其中，「祖書成」，即包天笑自己，「蘇玄曼」是蘇曼殊，「陳百忍」是陳佩忍，「楊萬里」是楊千里，「諸季屏」是朱少屏，「褚長真」是褚真長，「鄧問秋」是鄧秋枚，「汪填海」就是汪精衛。書中寫道：

在座有祖書成、蘇玄曼、陳百忍、楊萬里、諸季屏、褚長真、鄧問秋等諸人。席間，那諸季屏忽然取出一封信來，說這封信是汪填海從南洋寄來與南社諸子的。這裏頭還有兩首詩咧。大家聽得是汪填海從南洋寄來的詩，都湊上來看，卻是

三一　汪精衛：《南社叢選．汪序》，胡樸安編：《南社叢選》（上），解放軍文藝出版社，二〇〇〇年版，第一頁。

《感事》兩首七律。那詩道：

強將詩思亂離愁，卻惹茫茫感不收。九死形骸慚放浪，十年師友負綢繆。寒燈難續殘更夢，歸雁空隨欲斷眸。最是月明鄰笛起，伶俜吟影淡於秋。　珠江難覓一雙魚，永夜愁人慘不舒。南浦離懷雖易遣，楓林噩夢漫全虛。鵑魂若化知何處，馬革能酬愧不如。淒絕昨宵燈影裏，故人顏色漸模糊。

這時大家都湊上去，瞧那汪填海的詩，也有搖首沉吟的，也有高聲朗誦的。

褚長真道：「好一個伶俜吟影淡於秋，汪填海真是一個絕頂聰明的人。我知道他奔走國事，卻不知道他於文學上雅有天才。這種句子要是一個鈍根人，便埋頭苦吟十年，也做不出這個句子咧。」

諸季屏道：「汪填海近來很有犧牲此身以報國之志。只瞧他第一首裏面的九死形骸、十年師友一聯，和第二首裏的鵑魂馬革一聯，便意在言外了。聽得他從小本來對了一頭親事，後來因為執定要犧牲此身以報國家，把這頭親事退了。因恐有了家室之累，反多牽掛。但他卻是一個多情人。讀他的詩，便知道他的為人了。只不知所謂珠江難覓一雙魚裏面，有沒有人呼之欲出。」

祖書成道：「聽說汪填海年紀還很輕，正是個英俊少年，怎麼是個激烈家？犧牲無不可惜。」

諸季屏道：「人各有志，奚能相強。」……陳百忍低低的道：「你不知道汪填海已入了黨中實行部。所以他把已聘的這位未婚夫人退了。他說乾乾淨淨一死而已，無以家室為累。所以你瞧他的詩中如「九死形骸慚放浪，十年師友負綢繆」之句，與「鵑魂若化知何處，馬革能酬愧不如」之句，都是很明顯的了。[三二]

汪精衛真誠的犧牲精神，為他贏得了崇高的聲望。民初革命黨人推選總統時，章太炎甚至認為：「以功則黃興，以才則宋教仁，以德則汪精衛。」[三三]然而，這種得自於道德和「風烈」的政治聲望，並不能證明或賦予汪精衛更多的政治智慧和實際的政治能力。事實上，在很多重大的政治問題面前，汪精衛往往缺乏前思後想、妥善周全的能力，而常常表示出一死了之的決心。

在汪精衛致吳稚暉等友人的信函中常可以看到，在面對袁世凱專權和日本侵略問題時，汪精衛動輒即說：「果不幸而破裂，則從容東向自刭，即可了事」，「除了以身為殉之外，了無辦法」，「弟之辦法至為簡單——為日軍所殺，與為袁政府所殺，兩無所扞」這一類的話。[三四]

三二　柳亞子：《蘇和尚雜談》，《蘇曼殊全集》第四冊，當代中國出版社二〇〇七年版，第七六–七七頁。
三三　胡漢民：《胡漢民自傳》，臺灣：傳記文學出版社一九八二年版，第六三頁。
三四　《汪兆銘致吳稚暉函，請代決定是否可以回國》，稚〇七七〇五號；《汪兆銘致吳稚暉、蔡孑民、李石曾等函，告本身欲求中國不至於滅亡之構想》，稚〇九三九五號。

這些私人信件，表達的應該都是比較真實的處境和心情，說明汪精衛雖然不乏流血犧牲的意志，卻缺少深沉弘毅的政治智慧。更重要的是，這種踔厲敢死的烈士精神在辛亥時代的政治風氣之下，過快賦予了年輕的汪精衛過高的榮譽和地位，不可避免地影響了他對政治的認識，以為敢於自我犧牲便是政治中最高的道德。

汪精衛這種性格特點和他早年對政治的認識，對他今後一生的政治選擇和最終的命運，都產生了深刻的影響。

1.3 功成身退

辛亥革命成功後，汪精衛被特赦出獄，重返政治舞臺。他憑藉《民報》時期與暗殺行動中積累起來的政治聲望，議和南北，受到雙方倚重，被革命派公舉為「廣東都督」，又被袁世凱聘請為「高等顧問」。一九一二年十二月，章太炎被推為中華民國臨時稽勳局的「名譽審議」，他在與王揖唐談論民國功臣授勳問題時說：「由我而推，有五人焉：弟則首正大義，截斷眾流；黃克強百戰瘡痍，艱難締造；孫堯卿（武）振威江漢，天下向風，段芝泉（祺瑞）首請共和，威加萬乘；汪精衛和會南北，轉危為安。」[三五] 同盟會一九一二年一月在南京舉行會員

三五　高平叔：《蔡元培年譜長編》，第一卷，人民教育出版社一九九九年版，第四九一頁。

大會時，甚至有舉汪精衛為總理的提議。[三六]

面對政治高位的誘惑，汪表現出頗為自省的態度，以「自顧才力實不能勝」為由，予以了堅決推辭。[三七]一九一二年二月，汪精衛加入了無政府黨人李石曾發起的「進德會」，宣佈「不做官吏」。進德會會員有四種，所守戒約，分「當然進德」、「自然進德」兩種，「自然進德」又分甲部（四條），乙部（六條）、丙部（八條），故丙部又名「八不會」。汪精衛是丙部會員。隨後，汪又與蔡元培、唐紹儀、李石曾等人，在東海舟次發起「六不會」、「社會改良會」。「六不會」是從進德會改造而來的。

蔡元培曾在他的《自寫年譜》中說：「吳稚暉、汪精衛、李石曾諸君，以革命後舊同志或將由野而朝，不免有染着官場習氣的，又革命黨既改成政黨，則亦難保無官吏議員之競爭，欲提倡一種清淨而恬淡的美德。以不嫖、不賭、不娶妾為基本條件，進一步有不吸煙、不飲酒、不食肉、不做官吏、不作議員五條，如不能全守，可先選幾條守之。同船的人，除汪君外，大都抱改革政治的希望，宋（教仁）君尤認政治為生命，所以提議刪去不做官吏、不做議員二條。」[三八]由此也可知汪精衛在民初對於政治的拒斥態度。

三六　上海《天鐸報》，一九一二年一月二十三日，轉引自蔡德金，王升：《汪精衛生平紀事》，中國文史出版社一九九三年版，第一六頁。

三七　《民立報》一九一二年一月三日，轉引自蔡德金，王升：《汪精衛生平紀事》，第一四頁。

三八　高平叔：《蔡元培年譜長編》，第一卷，人民教育出版社一九九九年版，第四一〇頁。

汪精衛堅決表示「不做官吏」的姿態，受到了當時輿論的廣泛稱讚。一九一三年六月，汪精衛、蔡元培因「宋（教仁）案」回國調停，國民黨上海交通部舉行茶話會歡迎，部長居正致開會詞說：汪、蔡兩先生，「夙為民黨健者，革命功成，遠遊歐美，志尚高遠，品行清潔，人所欽佩。」[三九] 上海《公論》雜誌甚至說，創建民國之「革命偉人」，「要皆各有所偏，毀譽參半，求一如潔玉清冰，絕無瑕疵，婦人孺子，莫不知名，南人北人，同聲感頌者，不可多得有之，其惟汪精衛先生乎。」[四〇]

這種讚譽，反映了民國初年革命黨人崇尚道德、鄙視權力的政壇風氣。這種風氣與晚清士大夫是一脈相承的。曹聚仁在《文壇五十年》之「新小說」篇中曾論到：「清末士大夫，有一普遍的覺悟，即國家民族所以衰敗，乃官僚主義有以致之。因此，描畫官場的黑暗面，作正面的抨擊的，成為啟蒙期的共同題材。當時上海出版的新章回小說，如李寶嘉的《官場現形記》、《文明小史》、《活地獄》、吳沃堯的《二十年目睹之怪現狀》、《十年來目睹之怪現狀》，乃至葛嘯儂的《宦海風波》、八寶王郎的《冷眼觀》、張錫寶的《檮杌萃編》，都是風格相同的。」[四一] 李伯元在《官場現形記》的序文裏說：「官者，輔天子則不足，壓百姓則有

三九　高平叔：《蔡元培年譜長編》，第一卷，第五一〇頁。
四〇　石華：《人物月旦之汪精衛》，《公論》一九一三年第一卷第二號，一九一三年六月十六日出版。
四一　曹聚仁：《文壇五十年》，東方出版中心二〇〇六年版，第六五頁。

餘。有語其後者，刑罰出之；有誚其旁者，拘摯隨之。於是官之氣愈張，官之焰愈烈。羊狠狼貪之技，他人所不忍出者，而官出之；蠅營狗苟之行，他人所不屑為者，而官為之。……孝弟忠信之舊，敗於官之身，禮義廉恥之遺，壞於官之手。」這些小說在清末廣為流傳，反映了晚清知識分子對於官場黑暗荒淫的共識。

革命黨人孫毓筠在被捕後的供詞中說：「不肖之志，惟在救國，不論用何手段，但能有利於國，雖艱難險阻，亦所不辭。但數十年來目擊官場情形，腐敗不堪，雖有絕大本領，一入其中，即棘地荊天，無所措手。」[四二] 在廣州起義中犧牲的同盟會會員林時塽，在參加起義前夕，曾對同志說：「待民國既建，神州既復，彼時不患無英雄學者，為國宣力。我等當棄官遠遁，結茅西湖之畔，領略風光，詩酒談笑於深山幽谷之中，明月清風之夜，豈不快哉。」[四三]

這些都表現出清末民初的革命黨人，以躋身官場為恥，以功成身退為榮的政治風氣。他們認為，革命的意義在「排滿」等直接政治目的之外，還在於對腐惡官場的抵抗和對舊式官僚政治的拒絕。清高自守，發揚「道德」，既是革命黨人一種基本的自我要求，同時也被看成了「革命」的象徵。

辛亥革命的成功，雖然排除了滿清權貴的統治，但整個漢人官僚社會的積弊並未動搖。新

四二　馮自由：《丙午南京黨獄實錄》，《革命逸史》第六集，新星出版社二〇〇九年版，第一〇九一頁。

四三　中國革命博物館編：《浩然正氣》，人民出版社一九九一年七月第一版，第一〇一頁。

的政治理念，找不到獲得支持的社會基礎和得以依靠的政治力量。當時著名記者黃遠庸就痛切的說，革命的目的本在除去一切貪官污吏和盜賊乞丐，然而革命後的社會，不但依舊受官僚侵蝕，還產生了一種「不驢、不馬、不盜、不丐」的政客階級，其結果不過在晚清末年的奔競豪侈之上，又加了東京留學生會館放縱暴亂的狀態。[四四]

這種頹敝風俗與腐朽政治不設法挽救，任何制度層面的良好設計，都無從運轉。於是，退出政治，轉而從事思想文化教育，以學術綱正風俗人心，力矯涼薄之氣，培養新的社會力量，打造新的政治勢力，這就成為很多革命黨人和知識分子的共識。這是汪精衛加入「進德會」，宣佈不做官吏，進而退出政治，轉而從事教育救國的主要原因。

在清高自守的政治風氣習染之外，對於無政府主義的信奉，也促使汪精衛做出退出政治的選擇。

清末民初在中國流行的無政府主義，包含了歐洲無政府主義思潮和運動中的很多一般性原理，它反對從國家到家庭的一切強制性權威，包括附着在這些權威之上的禮法、宗教、軍隊、官僚和法律。它崇尚意志自由和個體解放，認為自由個體之間的自願組織和自願聯合，才是構成共同體的唯一正當的方式。曾有學者指出：「無政府主義者嚮往一個有秩序而無國家的社

四四　黃遠庸：《遊民政治》（一九一二年十二月二十六日，《少年中國週刊》），《遠生遺著》第一卷，上海：商務印書館一九二〇年版，第一二一頁。

會，其中，個人的自由能暢其極，物質的利益能得合理公平的分配，各種公共與共同的事物與工作皆在自願同意的原則下進行。」[四五]

因此，無政府主義所推崇的革命，必然會超越政治層面，而深入為社會和文化的革命，並將改變日常生活習慣和養成「公德心」為目標的「教育」，視為更根本的革命手段。用褚民誼的話說：「昔以刀兵流血成渠而為革命也，今日僅以言論書報而成革命。蓋人人知公理，舉凡世間一切不合公理者，抗拒而不肯為也。」[四六] 在無政府主義者看來，所謂革命，不過教育普及以後，人人拋棄其舊習慣，而改易一新生活，「真理、公道，日日傾向於進步，即教育須臾不可息，亦即革命無時可或止。」[四七]

汪精衛在民國成立後，毅然宣佈「不做官吏」，並辭去一切職務，赴法留學，倡導教育救國，這完全符合無政府主義者對於「政治」的理解。他們認為，教育、宣傳是比爭權奪利的現實政治遠為根本的一種「政治活動」，爭權奪利層面的政治是達不到喚醒民眾、教育民眾的目標的。

汪精衛等留法無政府主義者，寄望於依靠新的思想文化，打造一批新的知識分子，形成新的政治主體和社會力量，以淘汰舊式官僚，力矯晚清以來中國政治積弊。而這也是民初許多革

四五　王遠義：《無政府主義概念史的分析》，《臺大歷史學報》第三三期，二〇〇四年六月，第三九九-四二五頁。

四六　褚民誼：《普及革命》，《無政府主義思想資料選》，北京大學出版社一九八四年版，第一八〇頁。

四七　吳稚暉：《無政府主義以教育為革命說》，《辛亥革命前十年間時論選集》，第三卷，三聯書店一九七七年版，第二一九頁。

命黨人的共識。瞭解汪精衛在清末民初的思想和行為，必須深入理解其所處的時代環境，以及汪的行為與時代風氣之間的張力。

第二章　進退：教育與政治

汪精衛在民國初年一舉登上中國政治的高峰，體現了道德感召力在辛亥革命過程中的實際意義和民初革命黨人崇尚道德的政治風氣。民國成立之後，晚清延續而來的官僚政治依舊，腐敗社會依舊，革命黨人並不能在政治上真正有所作為，「退隱」成為一時風氣，汪精衛也隨之退出政壇，轉而投身教育救國。[一]在當時的他看來，退隱與做官相比，更加符合「革命黨人」的身份與目標。汪精衛不認同「政治家」，但認同「革命黨」。他的無政府主義信仰，使他崇尚暗殺，繼而將教育視為比政治更為根本的救國手段。

但是，無政府主義與教育手段，並不能解決國內政治中層出不窮的危機局面，這使心憂國

一　汪在民國初年功成身退，常被認為是政治上的「小休」時期，而未給予足夠重視，甚至認為他此時厭倦了政治，沉醉於山明水秀的異國風情之中。（聞少華：《汪精衛傳》，吉林文史出版社一九八八年版，第三六－四〇頁）這是很大的誤解。由於對汪在留法時期的活動和內心世界缺乏瞭解，我們無法對汪從民初信仰無政府主義、「不做官吏」，到二十年代重返政治，追逐權力，這其中的變化做出令人信服的解釋。事實上，留法時期，在汪的個人生涯中具有重要意義。在這段「不做官吏」的時光中，無論汪個人對於政治的理解，還是中國政治本身，與民初相比，都發生了根本的變化。正是在這段時間裏，汪走完了從一個無政府主義青年邁向高層政治領袖的心路歷程。本書發掘利用《吳稚暉檔案》中的汪精衛手稿，對於這一時期汪的活動和心境進行了比較詳細的探討。

家的汪精衛，無法忘情於政治，內心充滿苦悶掙扎。在這「退隱」的數年中，中國政治經歷了五四新文化運動和國共合作，進入到一個新的歷史階段。革命黨人開始注意到意識形態與群眾運動的問題，不再追求以道德風氣感染國人，而是開始依靠發展獨立的軍事和社會力量，與舊勢力進行真正的「實力」較量。此時，汪精衛似乎又找到了他以一個「革命黨人」和「文人」得以進入政治的方式，於是積極投身國民革命。從此，汪拋棄了早年以暗殺和宣傳為主的無政府主義革命方式，開始投入到實際的政治與權力鬥爭當中。

2.1 教育救國

一九一二年十二月，汪精衛與蔡元培等人一起商議今後的行動計劃，以為除了教育、宣傳，「自造輿論」之外，「別無何等奇計」。[二] 汪來到巴黎後，即與李石曾發起一《民德雜誌》，「專發揮人道主義和科學知識，不談政治。」[三] 一九一三年八月九日蔡元培致函吳稚暉討論救國方法，當天吳稚暉在日記中寫道：

二 《蔡元培致吳稚暉函》，稚〇七八八六號。

三 《蔡元培覆蔣維喬函》（一九一二年十二月二十六日），高平叔編：《蔡元培年譜長編》第一卷，人民教育出版社一九九九年版，第四九一頁。

國事決非青年手足之力所能助，正不若力學之足以轉移風氣也。近日余與子民、石曾、精衛等聚談，皆確然深信，唯一之救國方法，只當致意青年有志力者，從事於最高深之學問，歷二三十年，沉浸於一學專門名家之學者，出其一言一動，皆足以起社會之尊信，而後學風始以丕變。即使不幸而國家遭瓜分之禍，苟此一種族，尚有學界之聞人，異族虐待之條件，必因有執持公理之名人為之刪減。於是族人回復之力，可不至於打消淨盡。[四]

汪精衛還從民族競爭、人類進化的角度，論證了教育的功能。他在一篇文章中說：生物進化最大者，莫如知識之進化。知識之進化，可以決定人類之進化。造成這個世界人種優劣，國家強弱，人群貴賤這種種差別的原因，「一言蔽之，以人類知識之不齊而已」，若知識齊，則「優劣強弱貴賤之殊，將不復見於人類」。然而知識如何才能進化？「以其所醞釀而言，則曰教育；以其所表現而言，則曰文化」。此數十年中，中國的外患日甚一日，而知識之進步，遠不及外患的逼迫，循此以往，則亡國之日不遠矣。[五]

在刊登在《旅歐雜誌》的一封公開信中，汪精衛說：「人類之中有幸而謀教育較先，其

四　高平叔：《蔡元培年譜長編》，第一卷，人民教育出版社一九九九年版，第五二八頁。

五　汪精衛：《吾人對於中國之責任》，《旅歐雜誌》第九期，一九一六年十二月十五日。

人受教育之機遇較易，而資於教育者亦較深。於是自處於優與強，而對於不幸者，則處之以劣與弱。……是故中國今日欲求脱於劣與弱，非進其知識不可。欲進其知識，非教育不可。」又說：今日憂國之人，動輒即說中國人無科學知識，中國人無組織能力，與其在這裏吁嗟歎息，為何不奮起直追，致力於教育的發展呢？[六]

汪還認為，民國建立過程中遇到的種種困難，主要是因為國人的思想對於新的政治形態缺乏理解，這正需要依靠文化教育事業，來改變國人的思想。他在給吳稚暉的信中說：「十餘年來，我輩雖主張三民主義，然議論及運動固偏於排滿，而國人所受之思想亦以排滿為尤多，至今日而係食種族革命之果。……國人思想不過如此，則其行事亦不過如此，欲更造一新思想，仍須更造一新學説也。」[七]因此，革命以後的最大任務，就在藉言論出版之自由以傳播真理，而移易國人之思想。

談到自己赴法留學的緣由，汪精衛説：「元年以來，銘亦嘗與諸君子戮力共此艱難，及大局粗定，即岌岌捨去，當時固有以朅然相責者，而兆銘之志，則以為革命後之最大希望，莫如藉言論出版之自由以傳播真理，而移易國人之思想。此而不圖，則前此之從事革命為無意義，故不憚拋棄一切而致力於此。而致力之道，莫如一面讀書，一面以其所得介之國人，此西行之

六　汪精衛：《答王易安君書》（續），《旅歐雜誌》第一二期，一九一七年二月一日。
七　《汪兆銘致吳稚暉函，論革命後思想及國學之研究》，稚〇九五七三號。

所由來也。」[八]

一九一二年春，李石曾、吳稚暉、汪精衛、張溥泉、張靜江等無政府黨人發起留法儉學會，在《民立報》上刊登《留法儉學會緣起及會約》說：「今日共和初立，欲造成新社會、新國民，更非留學莫濟，而尤以民氣民智先進之國為宜。茲由同志組織留法儉學會，以興勤儉苦學之風，以助其事之實行也。」[九]

在教育救國的信念之外，汪精衛還感到，自己目前的能力，並不足以承擔民初政治形勢對政治家提出的要求。汪在出國之前留給孫中山的信中說：「弟平日自恨不通歐文，於世界科學真理茫乎不知其畔岸。……現時弟所有者只社會上虛名，此等虛名，自誤誤人，不可久屍。故弟求學之念至堅，而不可搖。」[一〇]這番話是比較符合事實的。

汪精衛早年揚名，先借助於清末革命派與立憲派的論戰，後得益於庚戌年銀錠橋邊的暗殺。他本人最擅長的政治能力是宣傳鼓動，借文章書報演說製造輿論，宣傳主義，而非處理實際的政治事務。事實上，不僅汪精衛，民初年輕的革命黨人，大都面臨政治經驗不足的問題。他們以青年學生投身革命，雖有充沛的救國熱忱，卻缺乏實際的知識和政治能力。在民國初年內憂外患的局面下，此輩年輕而毫無政治經驗的革命黨人若投身於官僚政治當中，不僅不能有

八　汪精衛：《答某君書》，《旅歐雜誌》第六期，一九一六年十一月一日。
九　《民立報》，一九一二年五月三十日。
一〇　《汪精衛致孫中山函》（一九一二年八月九日），《孫中山藏文件選編》，中華書局一九八六年版，第六二五頁。

所作為，反而會誤國誤身。這一點，汪有着比較清醒的認識。他曾對吳稚暉說：

> 先生望弟向學之心至殷至厚，令我且感且懼。回憶二十一歲初留學東京時，原欲摒棄一切、專心學問，而卒以從事革命之故，奪去修學時間無數，時時以此自疚。然使置革命事業於不顧，以一意於學問，又非此心之所能安。此兩者兼顧不可、擇一不可，真是一大苦事。每當擲卻書卷、收拾行李時，輒欲發聲一哭。人苟良心不死，莫不欲授銜轡於社會而自為其牛馬，然為社會計，亦當以其茁壯始令服役。乃事勢所迫，竟以出生之犢引重致遠，甚且瞎馬馱盲人入於深池，為此小犢與瞎馬下一判語，直可曰：「其罪當誅，其心無他」，亦可曰「其心無他，其罪當誅」。在人才不足之社會中，此種苦痛，無能倖免。弟此時心理及將來之所行亦俟。[一一]

民國的基本政治格局形成之後，汪精衛等人都認為，建設國家的任務，在政治層面上已經完成了，此時，應將國家政治交於「穩健派」之手。以後他們所要做的工作，是在經濟、社會層面建設國家，打造物質基礎，養成新的政治主體，轉移社會風氣等等。蔡元培在《自寫年

一一　《汪兆銘致吳稚暉函，述革命與學問及研究國學之目的》，稚〇九五六四號。

譜》中說：船中同志三十餘人，「對時局都是樂觀的，指天畫地，無所不談」。他在致吳稚暉的信中還曾說：「精衛行則已定，而當以祖國有無危險為行止之標準。弟當時武斷告以必無危險，且言此時不能不讓穩健派當局之理由，渠亦甚以為然。」[一二] 一九一二年八月，汪精衛離開了紛擾的民初政壇，偕陳璧君赴歐求學，來到法國的蒙達爾城，開始了一段赴法留學、教育救國的生涯。

2.2 徘徊掙扎

汪精衛在法國，主要居住在距巴黎南境二三百里外的蒙達爾城。這裏是法國的「中原」，農業發達。因李石曾習農，最先居住於此，不久汪、陳夫婦也帶着親戚朋友一同遷來。這裏有農校、工校及普通預科學校、女校各一所，汪精衛的朋友、子女分別在這些學校學習，留法儉學諸君亦彙集在此。

蒙達爾城是一所幽靜清雅的田園城市，據吳稚暉說：「通衢二三、市廳劇院，大店小肆，都邑之所有，應有盡有。其地人口面積僅等於江浙間之一市鎮，而氣象仍如□巴黎之一部分。清麗雅秀，則有過之。城居迤下之處，故方里之中，導為清溪數環，以容積水。溪旁皆古木森

一二 《蔡元培致吳稚暉函》（一九一二年十一月二十六日），稚〇七八六五號。

立，整齊而奇偉，愈顯全城之古茂。最大之長溪能通舟楫，平橋架其上，橋旁美麗之公園在焉。市廳矗於其中，公園隔水有居宅，適對平橋，望之如在圖中。汪君家以同居者過多，已以三十元之月租得之，將分局其人之半。三家皆環市而居，各去公園不半里。汪君之舊居，普通預科校在其對街。學會諸君之預備語文及科學者，有二十餘人，皆在此校。」[一三]

汪精衛到法國後，聘請了專門的家庭教師，學習法國語言文學，想等語言文字稍通之後，再選擇性情相近之學科進行深造。[一四] 相比於留日時期擔任《民報》主筆的慷慨激越的革命生涯，留法生活要平淡很多。每日除了學習語言，讀書、譯書，籌辦雜誌之外，汪精衛還參與了一些推動留法儉學和中法文化交流的工作。

一九一四年六月，汪精衛、蔡元培等人在法國出版了《學風》雜誌。一九一五年二月籌劃發起了「世界編譯社」，其旨趣在促進中國人良心、智識與能力之增進。[一五] 同年又成立「世界社」，為「傳佈正當之人道，紹介真理之科學」，推廣留法儉學，傳佈社會改良。[一六]

後來，因第一次世界大戰的爆發，出版編譯工作遭遇了很大挫折。汪精衛在致吳稚暉的信

一三　吳稚暉：《歐戰前後兩遊法國記》（一九一七年六月十五日），羅家倫主編：《吳稚暉全集》，中國國民黨中央委員會黨史史料編纂委員會出版，一九六九年三月，第二〇一－二〇二頁。

一四　《汪兆銘致吳稚暉函，就國學問題論儉學者所應注意者，並談同盟會俱樂部事》，稚〇九五七六號。

一五　高平叔：《蔡元培年譜長編》，第一卷，人民教育出版社一九九九年版，第五七二頁。

一六　高平叔：《蔡元培年譜長編》，第一卷，人民教育出版社一九九九年版，第五九五頁。

中說：「前年銘在粵集籌的資本三十萬元，而以戰事致成泡影」，「《學風》雜誌、譯書局等日日在拮据之中」。最終《學風》與世界編譯社都中道而廢。[一七]

一九一六年，蔡元培、汪精衛、李石曾、吳玉章與法國國會議員穆岱、大學教授歐樂、法士乃、中學教師裴納等人，共同發起了「華法教育會」，蔡元培任中方會長，汪精衛任中方副會長。隨後又有感於歐洲的學理和民權發達，因此物質文明和精神文明得以進步不已，而創辦《旅歐雜誌》，以「交換旅歐同人之智識，傳佈西方文化於國內」為宗旨，介紹世界大事、國內要聞、旅歐華人近況等。

一九一九年，吳稚暉提倡以國內創辦大學之經費移設大學於國外，以免國內政潮的纏繞，汪精衛、李石曾十分贊成吳稚暉的想法，於是在法國積極參與籌備，一九二〇年中法里昂大學在法國里昂成立。[一八]

汪精衛的特長在於演講和文字宣傳，辛亥革命前，常隨孫中山赴南洋活動，為革命活動籌款。汪來到法國之後，留法諸君出版雜誌、維持印刷局所需的籌款工作，也主要由他負責。汪精衛在給吳稚暉的信中說：「如官費不撤，銘與石曾合力，每月可籌四萬佛郎以為維持印刷局之用。印刷局房租每月百餘佛郎，陳君月費一萬佛郎，尚餘二萬餘佛郎儲之，以為出小本子之

一七　《汪兆銘致吳稚暉函，談論關於謀中國改革及世界社事》，稚〇九三九六號。
一八　曾仲鳴：《里昂中法大學》，收入氏著：《中國與法國》，一九三〇年十一月第一版，第一三五—一三八頁。

用。小本子出版無定期，大約十二月出一冊，每冊一、二千本。」[一九]

但令汪精衛尷尬的是，他為教育運動在南洋籌款，國內跟隨孫中山從事反袁鬥爭的革命黨人，為革命活動也在南洋籌款，從前的同志，今日反而成了「爭款」的對手。

汪在寫給吳稚暉的信中說：「弟在南洋不難於向南洋同志籌款，而難於與來南洋籌款者爭款。……所希冀者尚有一二之地與三五之人未為他人所知，可以一籌而已。今始知此一二之地與三五之人皆已在來籌款者之包圍中。……此數月中奔涉各處，所適皆然。雖未嘗與人爭款，而因已招籌款者之忌矣。……彼以政治問題而來籌款，我以教育問題而亦來籌款，真有適從何來遽集於此之感。」[二〇]

因「爭款」問題而與革命黨人發生齟齬，使汪對孫中山亦頗有微詞。他在給吳稚暉的信中抱怨說，革命黨人污蔑他受陳璧君的控制，甚至要編一本《填海錄》，專述他的「變節」，謂從前以革命而填海，今以戀婦而填海。還說「精衛被囚於璧君，乃無一毫之自由也」，甚至說他當年刺殺攝政王的舉動是「璧君之決心暗殺，以求精衛而不得，乃欲拉之同死，精衛亦遂被拉而與之同死」，認為「精衛被囚可諒，而璧君之囚精衛乃可惡」，宣佈要殺死陳璧君。更讓汪精衛不滿的是，孫中山竟然聽信謠言，致書於庇能（馬來西亞地名）革命黨人說：「精衛現

一九 《汪兆銘致吳稚暉函，列舉蔡孑民、李石曾、褚民誼等人討論讀書譯書、維持印刷局等事》，稚〇九五七七號。

二〇 《汪兆銘致吳稚暉、蔡孑民、李石曾函，報告南洋籌款與人衝突及同志污蔑》，稚〇九三八四。

受制於璧君之下，行動不能自由，非復昔日之精衛。」[二一] 此事讓汪精衛十分憎惡。

除了這些具體事務上的誤會、衝突之外，汪這一時期對於孫中山的不滿，主要還在於政治理念的分歧。一九一三年袁世凱暗殺宋教仁之後，孫中山開始組織武力倒袁。汪精衛雖然也反對袁世凱專權，但認為中國的外患方殷，必須維持政局穩定，因此不贊成孫領導的「倒袁」軍事行動。二次革命失敗後，孫中山流亡日本，組織中華革命黨，以元勳公民、有功公民、先進公民等級制區分黨員，使黨員立誓服從孫中山，「如有二心，甘受極刑」，並蓋指模為證。汪精衛更加激烈的反對，以至於欲與孫絕交。他在致吳稚暉信中說：

> 年來國民黨受人誹謗，有甚於千夫所指，然無論如何，誹謗終不至有失其立腳地。今中山黨綱已成，則彼立腳地而自失之矣。盡千萬偵探之造謠、千萬文人之曲筆，當亦不能想到杜撰出如此之黨綱以污革命黨人之面目，今竟自做出來。……我等白白與中山相識一場，直至其臭腐到如此田地，始與絕交，可為一哭。卻怪竟有如許人與之絮聒、與之調停，甚至與之議改章程，真不可思議。東海有逐臭之夫，信不誣也。
>
> 銘不滿於中山久矣，數年以前同在安南謀搗亂，其委苦熱，中山語之曰：

二一 《汪兆銘致吳稚暉、蔡孑民、李石曾函，報告南洋籌款與人衝突及同志污蔑》，稚〇九三八四。

「爾畏熱乎？待我打到北京，給頤和園於爾住」，銘聞之愕然。自是恒不樂，然不解何故。直至去歲，在上海時親見其種種作為，猶不與之絕，則銘之逐臭亦久矣。璧君自民國成立後，即痛恨彼輩，□不與面，每談之，輒罵詈，銘恒以為過。數月前孑民先生飯於銘家，亦以璧君之言為過。由今思之，璧君雖亦嘗逐臭，但其省覺為猶早也。

「元勳公民」四字，苦思竟不得確對。前讀《儒林外史》，見胡屠户之稱「賢婿老爺」，不得其對，後讀蔣心餘《臨川夢傳奇》，有「舍侄相公」之稱，歎為絕對。今「元勳公民」四字，不知何時始得巧對也。讀其黨綱，如讀彼等死刑之宣告。彼等死矣，無可再生，不須更為之一計將來，但痛恨既往之逐臭而已。[二二]

從汪精衛與孫中山的分歧和他對中華革命黨的不滿中，可以看出辛亥革命的歷史經驗對汪的影響。在中華民國政黨腐朽、國家分裂的新形勢下，汪精衛對於政治的理解還停留在辛亥革命的歷史階段，希望以風烈、道德、輿論感召國人，影響軍隊，聚集起「反袁」的力量。此時的他還沒有意識到建立一個組織嚴密、紀律嚴明的革命黨對於現實鬥爭的意義。

汪精衛、李石曾等人對於留法儉學將來會在中國歷史上產生的影響，寄予了很高期望，

二二 《汪兆銘致吳稚暉函，談革命黨事及對中山不滿》，稚〇九五六二號。

但在與留法學生的頻繁交往中，也發現了很多不盡人意之處，促使汪對這一運動產生了一些反思。在一九一六年十月十五日出版的《旅歐雜誌》上，汪精衛曾發表文章，批評留法學生。據說，十月十日國慶日，駐法公使胡惟德在中國駐法公署備茶點，邀請留法學生前往慶祝。不料諸留學生齊聚入座之後，「無一人發揮共和之真理，舉杯以申祝賀之意。而一種呼茶喝酒之聲，大有韓愈送窮文中之一般窮鬼狀態。」座中有人見狼藉太甚，請同學「多發正言以祝我中華民國萬歲」，話音未落，竟有某官費生說：「吃飽了就是，何必說話」。

而當胡惟德公使發表演說時，還未講完，「而座中逃亡者已過半矣」。此事令汪精衛十分憤慨，感歎到：「留學生為國民之知識較高者，國慶日為國家之盛典，以知識較高之國民，逢此盛典，而演此怪像，中國前途，尚有希望耶？故鄙人常語人曰：中國只知派留學生於外國，而不問學生在外學與不學，以國家有用之財，養一班造糞之器，可不痛哉？願今日當道者，際此國家板蕩之秋，欲為國育才，當以慎於選派留學生為始。」[二三]

還有些留學生，一到法國，就匍匐在歐洲文明腳下，認同乃至崇拜西方文化，厭惡本國文化習俗。汪精衛對於這種現象深感痛心，提出留學生應加強「國學」修習。他在給吳稚暉的信中說：「石曾兄發起儉學會後，來學者源源不絕，居恒與數人相聚議，以為此舉為新中國有絕大之影響。然此時所宜注意者，則為國學問題。」今日留學少年一涉足西洋，往往生厭惡本國

二三　汪精衛：《旅歐華人近況》，《旅歐雜誌》第五期，一九一六年十月十五日。

風習之觀念，儼然想成為一個外國人。汪精衛說：今日中國「四萬之人方纍纍然陷於可憐之境遇，吾輩求學，本欲拔此可憐之同胞於水深火熱之中，若提倡求學之結果，乃製造出多少有學問之外國人，豈素心所願？惟時時以祖國語言文學相切礪，使常懸一吾同胞顛連困苦之影子於心目間，庶良心不致澌滅。」[二四]

汪本人也是一名留學生，對留學生的種種心境和問題，有着比較敏銳和切實的觀察。他的思想也帶有典型的留學生特點，認同西方的民主體制、自由觀念，對於中國傳統文化持批判態度。他曾經說：「中國書籍為中國人思想薈萃之淵藪，數千年之遺傳悉藏垢納污於其中，故未讀國學之書者，如一無垢之白紙，學之愈久，積垢愈厚。」甚至認為「國學可以不講，但期世界語之普及於中國人類已足矣。」但是，面對一些留學生數典忘祖的現象，汪還是意識到，必須加強留學生的國學教育。

至於進行國學教育所應選擇的書籍，汪精衛認為，經、史書籍，雖為國學「根幹」，但往往使學之者揚起功名之心，應暫緩研讀，先取文學、道學之書。文學可以培養志趣，道學可以涵養心性，於此兩部嚴加選取，既能增進民族意識，又能減少流弊。

在法期間，汪自己也曾致力於國學研究，其目的，在於深入瞭解和改造中國的人心風俗。學術，是造成中國的人心風俗之病的「病源」，人道主義和科學知識，是解救病痛的「醫

二四　《汪兆銘致吳稚暉函，就國學問題論儉學者所應注意者，並談同盟會俱樂部事》，稚〇九五七六。

藥」。汪精衛說：「窮中國人心風俗之源委與學術之蘊奧，透悉病情，庶施醫藥，靡不對症。其次者，亦當略知病情，期與病人周旋，弟研究國學之目的，蓋在於此。」[二五] 在這一點上，汪精衛的思想與五四新文化運動的態度頗有相通之處。

清末民初，中國的留學生群體，是一個備受人們尊寵與期待的群體。人們把對西洋文明的驚奇與敬畏，投射到留學生身上，又將改造老舊中國的願望寄予留學生。梁啟超在《敬告留學生諸君》中，稱留學生為「吾所最敬最愛之中國將來主人翁」，說：「今諸君立於世界競爭線集注之國，又處存亡絕續間不容髮之時。其魄力非敢與千數百年賢哲挑戰，不足以開將來；其學識非能與十數國大政治家抗衡，不足以圖自立。」又說：「今日諸君之天職，不徒在立國家政治之基礎而已，而又當立社會道德之基礎。諸君此之不任，而更望諸誰人也？」[二六]

《蘇報》曾刊登文章說：「蓋學生者，今日處於最重要之地位者也。其責任重，其價值高，稍有熱誠者，咸引領張目而望之，名之曰『主人翁』，比之曰『獅子吼』，其於學生如是其殷勤也。彼學生者，又以西鄉隆盛、瑪志尼、加富爾、加里波的自命，欲行其惟一之主義，以造一新中國，使吾漢族永享無窮之幸福」[二七]

汪精衛、吳稚暉、蔡元培等人留學法國，教育救國，也以中國將來之「主人翁」自期。

二五　《汪兆銘致吳稚暉函，述革命與學問及研究國學之目的》，稚〇九五六四號。

二六　梁啟超：《飲冰室文集之十一》第二三，二五頁：《飲冰室合集》第二冊，中華書局一九八九年。

二七　《倡學生軍說》，《蘇報》，一九〇三年六月二十四日。

「主人翁」這個詞，常常出現在他們的書信中。但與蔡、李諸人不同的是，汪有着更為激烈的政治意識和民族危機感。[二八] 汪雖然推崇無政府主義，相信教育救國理念，但他對於政治的熱衷程度，對於以政治手段解決中國問題的信念，遠遠高於吳、蔡、李諸人。他不甘寂寞的性情，也為他最終退出教育，重返政治，由「不做官吏」向「爭做官吏」轉變，埋下了伏筆。

汪精衛在民初退出政治之時，上海《公論》雜誌曾評論說：「先生固一純粹的社會主義家也。其斤斤以不做官自矢，即其不以有政府為然者也。何以不直倡無政府主義？蓋深知社會之程度不一，當群言淆雜之時，倘再導之以新奇之論，則鮮不立召滅亡者。故守之於己者，先以不做官為主旨，見之於行事者，倘在不得已之時，則仍從事於政治上之運動，以期暫且維持社會之現狀，使國力發達，再為根本上之計劃。」[二九]

所謂「不得已之時」，即國家政治的危急之時。在民國初年內憂外患的危機環境中，政治仍然是最直接、最有效的改變時局、影響歷史的手段。正是這種頻繁出現的「不得已之時」，使汪精衛儘管相信「教育救國」的理念，卻難於安心從事教育宣傳工作。在留法數年中，一直掙扎徘徊於教育與政治之間。

二八 相比於清末民初留學歐洲和美國的學生，留日學生往往在政治上更為激進，早期的許多留日學生都追隨孫中山，成了反清革命的骨幹力量。或許是因為留日學生的生活更加艱苦，受到的屈辱與刺激也更加深刻，因此有着更為激烈的政治意識和民族危機感？此點有待深入研究。

二九 石華：《人物月旦之汪精衛》，《公論》一九一三年第一卷第二號，一九一三年六月十六日出版。

每當國內政治出現危機，汪就感到局促不安，以為自己如果身在國內政治漩渦之中，總可補救一二。[三〇] 然而，等親身回國參與政治之後，就會發現，國內政局之複雜，遠非自己當初的簡單設想所能應付。但若完全置之不理，專門從事教育，內心又感到不安。[三一]

一九一六年冬，汪精衛在法國，收到友人告知國內時事的書信，寫下一首《蝶戀花・冬日得國內友人書，道時事甚悉，悵然賦此》：

> 雨橫風狂朝復暮，入夜清光，耿耿還如故。抱得月明無可語，念他憔悴風和雨。天際遊絲無定處，幾度飛來，幾度仍飛去。底事情深愁亦妒，愁絲永絆情絲住。[三二]

詩中對於國內政治形勢的憂思和身在天涯的感懷之情溢於言表。

一九一三年三月，宋教仁被暗殺，革命黨人與袁世凱的矛盾激化。汪精衛、蔡元培為解決「宋案」回到中國，主張南北調和。「二次革命」爆發後，汪、蔡又與唐紹儀聯名致電袁世凱勸其退位，並聯絡反袁各方，發表多篇言論，呼籲袁世凱去職，但最終都於事無補。

一九一五年一月，日本大使向袁政府提出滅亡中國的「二十一條」。消息傳出後，對留法

三〇　《汪兆銘致吳稚暉函》（一九二四年五月十四日），稚〇七七〇二。

三一　《汪兆銘致吳稚暉、蔡孑民、李石曾等函》，稚〇九三九五號。

三二　汪精衛：《雙照樓詩詞稿・小休集卷下》，汪主席遺訓編纂委員會一九四五年版，第七六頁。

諸君「刺激甚劇」。蔡元培在二月十九日致吳稚暉信中說：「日本竟下辣手，雖以我等之奄奄如陳死人者，亦大為刺激，以為不可不採取一種急進之方法，以為防禦。」[三三]

汪精衛也致函吳稚暉說：「木屐兒蠢動之消息，已如疾風驟雨而至，此事固非意外，但前此尚希冀木屐兒有所顧忌而不敢為，今則或噤如寒蟬或且為之張目，木屐兒已直視中國為彼之印度。」[三四]並與陳璧君、方君瑛等商議歸國後的行動辦法，急則歸國「效死」，緩則籌款設立學校，專行精神教育。[三五]

同年六月，汪精衛回到上海，「駐滬十日，所見所聞，傷心刺骨」。於是提出「本身欲求中國不至於滅亡」的十三條構想，最終落在「教育救國」的結論上。但他同時又感到，教育雖是根本的救國之道，教育可以發揮作用的前提，卻是國家保持完全的獨立。亡國之後，教育的權力操於外之人手，雖欲不受愚民教育，亦有所不能也。[三六]

在急迫的亡國危機背後，民初幾年國內政治惡化的程度，也遠遠超出了汪精衛等人當初的預想。袁世凱的倒行逆施，使「民國」的基本政治格局陷於危難，連形式上的共和亦不能維

三三　《蔡元培至吳稚暉函》（一九一五年二月十九日），高平叔編：《蔡元培年譜長編》第一卷，人民教育出版社一九九九年版，頁五七二。
三四　《汪兆銘致吳稚暉函，陳述必須抗日之故》，稚〇九三九七號。
三五　《蔡元培致吳稚暉函》（一九一五年二月二十五日），高平叔編：《蔡元培年譜長編》第一卷，人民教育出版社一九九九年版，第五七三頁。
三六　《汪兆銘致吳稚暉、蔡孑民、李石曾等函》，稚〇九三九五號。

持。以致國內倒袁之風，比當年排滿之風猶烈。蔡元培說「獨夫橫行無忌，並保皇、維新之流，亦不能與之共事。」[三七] 汪精衛說：「顧夢漁之言曰：『袁世凱比滿洲政府更壞』，馬君武之言曰：『彭家珍殺良弼做什麼？良弼死了真可惜，良弼若在，必能為袁世凱的對頭』。[三八]

這種急迫的現實危機，使汪感到，欲與國事相終始，則當「袁倒」以前，不能不為革命黨人，而袁倒以後，不能不為政治家。不為政治家者，是仍不能與國事相終始。因為「倒袁」之後，必更有重於「倒袁」之問題。不為政治家，則不能貫徹「倒袁」之目的。既為政治家，則必不期然而然以為官吏議員。[三九]

一九一六年十一月，汪在《旅歐雜誌》上刊登了一封信，其中說：「兆銘去冬來法，未幾而袁氏稱帝、西南討賊之報相繼而至，中心彷徨，不可終日。既而自決，義師有成無敗則已，若不幸而敗，則必星奔而歸，與諸君子同暴骨於沙場，必不令諸君子獨死，而兆銘獨生。」[四〇]

對於汪精衛這種彷徨動搖的心情，李石曾、蔡元培、吳稚暉等「無政府黨」友人，曾有過多次討論，都希望他能夠安心於教育，「既認定教育可以救世，便當斷絕政治上之迷信。」[四一]

三七 《覆吳敬恒函》（一九一三年十一月十六日），高平叔編：《蔡元培全集》第二卷，中華書局一九八四年版，第三三〇頁。
三八 《汪兆銘致吳稚暉函》，稚〇九三八〇。
三九 《汪兆銘致吳稚暉函》，稚〇九三八〇。
四〇 汪精衛：《答某君書》，《旅歐雜誌》第六期，一九一六年十一月一日。
四一 《蔡元培覆吳稚暉函》（一九一四年一月二十六日），高平叔：《蔡元培年譜長編》，第一卷，第五四三頁。

吳稚暉甚至警告他說，如現在廢學從政，則將有犧牲中國之「主人翁」資格的危險。汪精衛則回覆吳稚暉說：

> 銘誠愚甚，不解「主人翁」是何界說？如以為當以此責任存於心歟？銘固無時不存於心者。「大學問家」，吳先生所以相期，銘固未嘗以此相期也；「大政治家」，多少黨人所以相期，銘亦未嘗以此自期也。然則銘所以自期者何在？（一）賡續《民報》之未了事；（二）賡續什剎海之未了事而已。而此幾年中，不能不以文法及動詞表為參考書，故此幾年中不能不為寒蟬。而凡以不負責任相誚者，皆充耳如不聞也。欲達第二之希望，不得不將姓名行事埋之深深之墓中。數年之後，亦可以見天日，而凡以從赤松子遊相誚者，不惟不辨，且樂於受也。銘之所能盡於此矣。孫行者有七十二變，豬八戒卻只三十六變，變來變去，不能出此無可奈何也。[四二]

汪精衛這封信，清楚表達了他對於在民國新形勢下，以無政府主義文化教育方式參與政治的懷疑和苦悶心情。他說他的自我期許，不在當大政治家，也不在當大學問家，而在於像民國

四二　《汪兆銘答覆蔡孑民、吳稚暉及李石曾之來信》，稚〇九三九〇號。

以前那樣，從事革命宣傳與暗殺活動。但是從宣傳方面而言，在法國的宣傳工作，遠沒有達到汪精衛期待的效果。

對比當年《民報》的影響力，汪等人在法國創辦的《民德》、《學風》都不成功，他自己也沒有任何成就感，說：「銘前此之作民報有日本書籍為參考，今之作民報特以法文典、法文教科書為參考，凡此諸端，只需略一思及，便覺可羞、可笑、可哭、可歎、可恨、可鄙」，又說：「西方雜誌正如一大戲臺，各種腳色已都齊備，銘於此間不過扮一小兵，遇得勝時則搖旗吶喊，敗時則低頭受戮而已，有何價值可以討論？」[四三]

就政治活動方面而言，汪精衛在民國之後，也曾嘗試延續清末時的暗殺手段，除掉袁世凱。他在給吳稚暉的信中說：當宋教仁被刺殺以前，欲取袁世凱的人頭，真如探囊取物，但當時袁世凱的真面目還沒有暴露，總以為其罪不當誅，而沒有先發制人的決心。「書生之不如奸雄，真矣無可救藥之病。」然而當袁世凱殺了宋教仁之後，他對革命黨人也有了防範，不容易下手了。

汪精衛幾次想接近袁世凱行暗殺，先在上海通過唐少川求見，後在廣州通過陳炯明疏通梁士詒求見，又在北京通過朱希煌見袁克定，想通過袁克定接近袁世凱，但都被識破。之後汪又

四三　《汪兆銘致吳稚暉函》，稚〇九三八一號。

策劃以蒙面、潛伏，甚至學習「易容術」等各種辦法，暗殺袁世凱，但都沒有成功。[四四]

刺袁、倒袁計劃的失敗，使汪精衛認識到，在民國新的政治形勢下，依靠清末革命黨人的宣傳與暗殺手段，已經無法再對國家、社會產生根本性的影響。「變來變去，不能出此無可奈何也」。這使他開始懊悔自己在民初退出政治的舉動，甚至感到「既有今日，何必當初」，後悔不該在民初加入進德會，也不該留學於海外。[四五]

他在《與雷鐵崖書》中說：「弟在此生活狀態略異曩在東京時。一面自力於學，一面思為社會有所盡力。思慮無涯，憂愁隨以無涯，而精神氣力有涯，亦可笑也。數年以來，對於學問，如饑者之求食，渴者之求飲，而對於應盡之責任，又如眇者不忘視，跛者不忘履，欲求兼顧，反致兩失。坐是碌碌，無所成就。」[四六] 對於這幾年來進退失據、毫無建樹的處境，汪精衛曾設喻說，自己本為一錘，欲熔而鑄之以為鋸，最終卻落得錘不成錘，鋸不成鋸。[四七]

汪精衛的彷徨苦悶，反映出從清末到民國，中國政治發生的變化。這種變化讓一個有政治熱情的人，無法再通過與政治「疏離」的方式，通過個人英雄主義的革命方式，對政治產生深刻的影響。新的分水嶺出現了，歷史對於革命者的要求，或者如李石曾、蔡元培等人，認定教

四四 《汪兆銘致吳稚暉函》，稚〇九三八一號。
四五 《汪兆銘致吳稚暉函》，稚〇九三八〇號。
四六 汪精衛：《與雷鐵崖書》，胡樸安編：《南社叢選》（上），解放軍文藝出版社二〇〇〇年版，第一〇五頁。
四七 《汪兆銘致吳稚暉函》，稚〇九三八〇號。

育救國，便當斷絕對政治上的迷信，全心投入文化教育，培養新的人才。或者，回歸政治，重新尋找一條革命的道路。

胡適在他的回憶錄中說，一九一七年七月，他從海外歸來，船到橫濱，聽見張勳復辟的消息。到了上海，看到出版界的孤陋，教育界的沉寂，方知張勳的復辟乃極自然的現象，於是打定二十年不談政治的決心，「要想在思想文藝上替中國政治建築一個革新的基礎。」四八

一九一五年－一九二〇年之間，胡適、陳獨秀、李大釗，蔡元培等人，在國內掀起了新文化運動的大潮，並借新文化運動而獲得了巨大的聲望。幾年以後，一批由新文化運動打造出來的新知識青年，登上了中國歷史的舞臺，成為二十年代中期國民革命的生力軍。這在某種程度上實現了蔡元培等人通過教育、文化改造中國的願望。

蔡元培也希望汪精衛能夠投身到這一運動當中，將汪譽為今日中國之費希特，邀請他前往北京大學主持國文類教科。在一九一七年三月寫給汪精衛的信中，蔡元培說：「在弟觀察，吾人苟切實從教育入手，未嘗不可使吾國轉危為安。而在國外所經營之教育，又似不及在國內之切實。弟之所以遲遲不進京、欲不任大學校長，而卒於任之者，亦以此。昔普魯士受拿破崙蹂躪時，大學教授菲希脱（今譯費希特）為數次愛國之演說，改良大學教育，卒有以救普之亡。而德意志統一之盛業（普之勝法，群歸功於小學校教員，然所以有此等小學校教員者，高等教

四八　胡適：《我的歧路》，《胡適文集》第三冊，北京大學出版社一九九八年版，第三六三頁。

育之力也），亦發端於此。先生即我國今日之菲希脱也，弟深願先生惠然肯來，主持國文類教科，以真正之國粹，喚起青年之精神。」[四九]

汪精衛沒有應邀前來。在這個歷史分化的關頭，他對政治比對教育表現出了更大的熱情。

2.3 重返政治

一九二〇年十月，汪精衛奉孫中山之召第四次從歐洲回國，次年擔任了廣東省教育會會長和廣東軍政府最高顧問。在就任廣東省教育會會長職演説辭中，他特別強調，民國以來，因為曾經宣佈，不願做官吏、議員，所以當國內和故鄉父老委以責任時，往往退避不遑。如今服務的這個教育會，是一種地方團體，「完全無官吏性質，絕無政治臭味。應該擔任，義不容辭，故兄弟今日就職。」[五〇] 一九二一年汪精衛又擔任了廣東軍政府總參議，一九二三年成為國民黨中央臨時執行委員會候補執行委員。

就在汪精衛躍躍欲試，想要回復革命黨人身份，重返政治舞臺的時候，中國的政治形勢也出現了一系列新的變化。在二十年代以後，隨着國際共產主義力量的興起、共產主義思想在中

四九　高平叔：《蔡元培年譜長編》第二卷，第一八頁。

五〇　汪精衛：《廣東省教育會就會長職日演説辭》，《廣東省教育會雜誌》第一卷第一號，一九二一年七月。

國的傳播、第一次國共合作的開展和「五四」新文化運動所造就的「新青年」登上歷史舞臺，中國革命的形勢有了全新的發展，中國現代政治隨之進入了新的歷史階段。孫中山在中華革命黨時期即意識到的「建黨」問題和「革命武力」的問題[五一]，在國共合作之後都具備了實現的條件。

新一代「革命黨人」，不再追求以道德風氣感染國人，而是清醒的認識到，「革命」是一種「實力」的較量。某一種政治主張，只有找到自己的社會基礎，才能變成實際的政治力量。信奉這一主張的政黨，必須有軍隊、有群眾、有階級基礎，必須結合某種社會力量，才可能形成自身的政治勢力。

在這個新的歷史階段，革命黨人對於什麼是「革命」，什麼是「革命」的目標和方式，都有了新的理解。群眾型政黨和群眾運動兩種政治理念登上了歷史舞臺。「革命」不再是一種個人英雄主義的政治行動，而是結合了政黨、軍隊、群眾、意識形態等諸多力量的「實力鬥爭」，以奪取國家最高權力為最終目標。

新的歷史形勢，要求新一代的革命黨人，告別個人英雄主義式的暗殺行動，有紀律、有組

五一　孫中山在《致鄧則如等函》（一九一六年四月十日）中說：「非真民黨，不能任維持共和，振興民國。……國是未定，則吾人須有不可侮之實力，質言之，即是武力。如何創有組織或駕馭原有之師旅，皆須以敢死得力之同志為本位，然後堅固不搖，戰勝一切。……再加上軍事上之訓練，用備他日中下級軍官之選。」《孫中山全集》第三卷，中華書局一九八四年版，第二六七—二六八頁。可見孫中山在中華革命黨前後已經形成建立一個紀律嚴明、組織嚴密的政黨並創建和訓練自己軍隊的建黨建軍思想。

織的發動群眾。它要求革命黨人認識到：「我們要改造社會，決不會有這麼容易簡單地用手槍炸彈去打死幾個社會上的敗類，就可以成功的。……我們要實行有組織有計劃的社會革命才好！我們要宣傳民眾，訓練民眾，指揮他們去打倒軍閥，奪取政權才好！」[五二] 他們還要明白：「今天革命團體的內部，還鬆懈沒有力量，農工平民還不曾歸向於一個革命的旗幟下面……現在最要緊是，整頓革命黨，向農工平民宣傳革命黨的主義，把他們吸引而組織到革命的旗幟下面。」[五三]

這種新的歷史形勢，讓以「革命黨」自居的汪精衛看到了在政治上有所作為的新的空間。辛亥革命之後，汪看到晚清以來漢人官僚政治積弊之深，原革命黨人紛紛投身其中以爭政治地位而自足，恐革命黨人退化為官僚，政治變為官僚政治，因而退出政治，不做官吏，轉身投入教育救國運動。如今，他似乎看到了使中國政治擺脱官僚和軍閥控制的某種可能，於是最終下定了重返政治的決心。

一九二五年三月十二日，孫中山在北京盍然長逝，汪精衛在孫逝世之前一直隨侍左右，並草擬了孫的遺囑。四月下旬，安葬孫中山之後，汪從北京南下廣州，從此迎來他一生政治生涯最輝煌的時代。

一九二五年七月一日，廣州政權改組，正式成立了國民政府，頒佈了《中華民國國民政府

五二　冰冰：《手槍與炸彈》，《中國青年》一九二三年第二十二期，第七頁。

五三　代英：《手槍炸彈與革命》，《中國青年》一九二三年第二十五期，第七頁。

組織法》和《中華民國國民政府軍事委員會組織法》。規定國民政府受中國國民黨之指導及監督，掌理全國政務，軍事委員會亦受中國國民黨之指導及監督，管理統率國民政府所轄境內海陸軍、航空隊及一切軍事各機關。

汪精衛當選為國民政府主席、軍事委員會主席，兼任國民黨中央執行委員和實業部部長，一舉登上國民黨權力的最高峰。這對於他個人來說，不能不說是一個政治上的重大飛躍。而在六月三十日選舉國民政府主席時，汪精衛更以全票當選，留下了「自己選自己」的笑談。[五四]也表現出他躍躍欲試的心情。

當年九月，陳璧君致函汪精衛，請其勿忘民初「不做官吏」的諾言，辭去國府委員。[五五]汪回覆陳璧君說：

當此罷工未了，外交事未可知，東江戰雲日迫，仲愷死、展堂、汝為去，敵人進攻我輩，戰線動搖之時，我之進退關係安危，如退而無礙於事，或者且有益，我

五四　蔣永敬：《胡漢民先生年譜》，中國國民黨中央委員會黨史委員會，一九七八年版，第三三四頁。

五五　陳璧君致汪精衛書未見，但在臺灣大學圖書館藏數位資料「中國國民黨文化傳播委員會黨史館近代人物書札」中有一封陳璧君寫給吳稚暉的信，信中提到此事，可以為證。見稚〇七六一五.一，陳璧君致吳稚暉函，一九二五年九月二十六日，其中說：「季兄致璧君一函，係答璧勸彼辭去國民政府委員者，亦另抄一份□呈……再者，季兄近日因事忙，久不回家，璧君與彼不見面已將半月，故每有事相商則以函代，季兄致璧君之函乃答璧君昨日致函勸彼辭去國民政府委員者」云云。

何故不為？如退而有礙於事，我何故為之？自民國六年以來，我恢復辛亥以前革命黨人態度，從事於政治之工作，既從事於政治矣，為官吏與否異其形式而已，實質固無所異也。

民國九年以來，我不嘗為廣東省政府高等顧問乎？我不嘗為大總統府顧問乎？獨非官吏乎？何以彼時可為之，今日則不可為之乎？

民國元年我宣言不做官吏，以彼時癡心妄想以為國民革命之事已了，今後當進一步為國民革命以上之工作也。何圖二年以後國事日非，仍有需要於國民革命，六年以後由歐返國，投身於國民革命……我非為官吏也，做國民革命之工作而已。在政府，此政府名為革命國民政府，在軍隊此軍隊名為國民革命軍隊。我捨此將何之乎？我並非拋卻無政府主義之理想，但此理想之實現總在國民革命之後。今日盡瘁於國民革命之進行，即所以求無政府主義之理想能得比較接近，又何疑而以為被嫌乎？[五六]

從一九二五年七月國民政府改組，到一九二六年一月國民黨第二次全國代表大會召開，這期間，廣州政權經歷了艱難的考驗，汪精衛也全力以赴投入到政治當中。陳璧君曾對吳稚暉描

五六　《汪精衛覆陳璧君函，說明就任國府委員之理由》（一九二五年九月二十五日），稚〇七六一五·三號。

述說：「彼已自視非人，每日不過睡四五時，而尚有得一日之生，做一日之事之勢。」[五七]

對於當選國民政府主席之後的處境和心情，汪精衛曾寫信對吳稚暉說：「弟四月杪南下，原擬在廣州小駐旬日即回北京，不虞抵廣州後內容複雜險惡至於無極，加以六月二十四日以後香港屢欲加兵打廣州，更不能捨之他適。國民政府成立受中國國民黨之指導監督，弟不能自絕於黨，即不能自絕於政治……七、八、九、十、十一數月間，日日與反側之徒及外來之強敵拼命，苦戰至十二月而粗定。……無論責備者如何，而廣東統一則為不可掩之事實，弟終覺此心生可以見同志，死可以見總理也。」[五八]

從此，汪精衛徹底拋棄了「《民報》與什剎海之未了事」，告別了無政府主義的理想，改變了以在野身份從事書報宣傳和暗殺的行動方式，一頭扎進了波詭雲譎的實際政治和權利鬥爭當中，開啟了其後半生波瀾起伏的政治生涯。

五七　《陳璧君致吳稚暉函》，一九二五年十一月二十四日，稚〇七六三六。

五八　《汪兆銘致吳稚暉暨李石曾函，擬於第二次代表大會後辭政權及兵柄，專力於黨務》，稚〇七六〇七

第三章　沉浮：聯共，反共

汪精衛的政治立場以反共著稱，在孫中山籌劃聯俄和第一次國共合作之初，汪也持反對態度。雖然他在一九二三年被孫任命為國民黨改組委員會委員，具體參與了國民黨本部的改組事宜，但至少在一九二四年之前，汪精衛對於聯俄聯共政策都是心存疑慮的。

孫中山在一九二四年致蔣介石的一封信中說：「精衛本亦非俄派之革命，不加入（革命委員會）亦可，我黨今後之革命，非以俄為師斷無成就，而漢民、精衛恐皆不能降心相從……」[一] 吳稚暉曾經說：「在總理提議聯俄之初，（汪）先生因向不滿於馬克思之學說，故廖、蔣、胡等皆積極贊同，而先生獨致冷淡。先生曾譬蘇俄如孫悟空，國民黨如豬精，孫悟空遁入豬精之腹中，盡量的翻筋斗，舞他的金箍棒，豬精毫無辦法。」據說，直到一九二七年四月，汪精衛在上海和武漢之間，選擇了武漢陣營時，還曾說過「蘇俄不但把國民黨當工具，他把什麼東西都當作工具」之類的話。[二]

如果吳的說法可信，說明在整個第一次國共合作期間，汪始終沒有真正接受和信任過共產

一　蔣介石「請總理應准胡、汪加入革命委員會函」及孫中山「覆蔣介石請應准胡漢民汪精衛加入革命委員會函」（一九二四年十月九日），第二歷史檔案館編：《蔣介石年譜》，中國檔案出版社一九九四年版，第二四三頁。

二　吳稚暉：《用真憑實據再與汪先生商榷》，《三民週報》第十一期，一九二七年五月三十日，第二三六頁。

黨，即使在國共關係最為緊密的時期也不例外。然而，在一九二五–一九二七年間，汪精衛卻又以國民黨「左派」領袖的身份，積極支持和維護了孫中山的「聯俄容共」政策。尤其是在廖仲愷遇刺之後。汪精衛在各種公開場合，對共產黨的評價之高，在國民黨內無出其右者，甚至連被認為是「汪派」的顧孟餘都抱怨說：汪精衛「從馬克思主義的觀點來論述一切」。[三]

在一九二七年四月，蔣介石率先領導國民黨「清黨」時，汪選擇了與蔣分裂，與陳獨秀發表聯合宣言。但短短三個月時間，一九二七年七月，以汪為首的武漢政府就實行「分共」。從此，汪的反共態度日益激烈。如何理解汪精衛在這一時期同共產黨的合作？是中共黨史主流敘述中所說的——投機革命？還是如傳統的中國國民黨史研究者所認為——完全是第三國際和共產黨「操縱」的結果，其本身並無獨立的政治要求？[四]這是我們要理解汪精衛的思想與人格，及大革命時期中國的政治現實，所必需深入探討的問題。

3.1 相互借力

汪精衛既沒有「降心以從俄」的信念，我們該如何理解他在一九二五年廣州國民政府成立

三 《維經斯基同顧孟餘談話記錄》（一九二六年八月十七日於廣州）：《聯共（布）、共產國際與中國革命檔案資料叢書》，第三卷，北京圖書館出版社一九九八年版，第四〇一頁。

四 蔣永敬：《鮑羅廷與武漢政權》，臺灣：傳記文學出版社一九六三年版。

之後，到一九二七年七月武漢「分共」之前，對共產黨的高度評價，及其與共產國際代表之間的密切合作呢？以往的研究對於汪精衛在一九二五－一九二七年間的聯共行為，均缺乏相對必要的重視。

在國共兩黨的官方史學之外，有一種觀點認為，汪精衛的聯共，只是消極接受孫中山的既定主張而已，並無個人的政治目的。例如雷鳴的《汪精衛先生傳》中就寫道：「如果說當時國民黨內確有左派與右派之爭，先生卻無所偏頗，而唯國民黨與三民主義是奉。」[五]

這種論述並不符合歷史事實。汪精衛在廣州和武漢國民政府時期的「左傾」，是當時人們所公認的。在一九二七年四月寧漢對立期間，汪精衛從法國取道莫斯科回國，旋即來到武漢，喊出「革命的向左來，不革命的走開去」。在當時，「左傾」就是聯共的同義詞，國民黨「左派」這個符號的起源，本身也是共產黨所賦予的。直到國共分家之後，汪精衛避居法國，才開始思考發展獨立的「左派」組織和「左派」理論的問題。在以後的數年中，以汪精衛為首的政治勢力，一直以國民黨「左派」自居。

汪精衛在整個大革命期間與共產黨的關係，大致可以分為三個階段：第一階段從二十年代初孫中山開始策劃聯俄容共，到一九二五年三月孫中山逝世前後，這段時間汪精衛不佔據重要地位。第二階段是從一九二五年六七月間，汪精衛重返廣東並出任國民政府主席和軍事委員會

五　雷鳴：《汪精衛先生傳》，南京：政治月刊社一九四四年版，第一四〇－一四一頁。

主席，到一九二六年「三二〇事件」汪精衛被迫離職之前，尤其是在一九二五年八月廖仲愷遇刺之後。在此期間，汪精衛一躍成為廣州政府的核心和「左派」最主要的代表，積極推動了聯俄、容共、扶助農工的政策。第三階段是一九二七年四月到七月間的武漢政權時期，這是汪精衛從聯共高潮走向反共的階段。

聯共政策的制定，深刻影響了國民黨內、乃至整個中國政局中的力量對比，促成了國民黨的迅速激進化和北伐戰爭，繼而使國民黨奪取了全國政權。第一次國共合作時期又是汪精衛在政治上經歷飛躍和遭遇重大挫折的時期。為了聯共，汪精衛不惜與相知多年的師友吳稚暉、李石曾、蔡元培等人，分道揚鑣。因此，我們有必要重新思考汪精衛聯共與反共的原因及其得失，並對汪精衛的聯共與黨的建設、群眾運動等問題的關係，進行更加深入和細緻的分析。

從一九二五年七月廣州國民政府成立前後，到一九二七年七月武漢政府「分共」之前，汪精衛與蘇俄顧問和中共之間越來越密切的合作關係，並非只是「消極」的繼承總理遺志的表現，而是借助蘇俄勢力和新興的共產主義因素以擴大自身權力基礎和政治地位、同時推行其政治主張的一種「積極」的行動。

在一九二五－一九二七年的聯共過程中，汪精衛兩次在關鍵的時刻，借助共產黨的力量，提升並鞏固了自己的政治地位。第一次是在一九二五年孫中山逝世，廣東政權改組前後。當時的國民黨內，最有資格登上最高領導地位的，首先應推廣東大本營的代理大元帥胡漢民，其次是左傾的實力派廖仲愷。但汪精衛卻後來居上，佔據了黨內最高領導地位。這其中的一個重要原因，就是汪在一九二五年前後的左傾表現，得到了蘇俄顧問的支持。

國民黨「一大」之後，蘇聯顧問鮑羅廷，在廣州政局中佔據着舉足輕重的地位。很多人認為，汪精衛能夠登上國民政府主席與軍事委員會主席的位置，主要是仰賴了鮑羅廷所代表的蘇俄勢力。胡漢民在一九三〇年八月十八日國民黨立法院的紀念周報告時曾經說：「共產黨來中國，其利用國民黨與消滅國民黨是有嚴格計劃的，計劃的第一步，便是要在國民黨中，找到具有相當資望而又『夙無主張、誇夫死權』的人，作為他們唯一的工具。……當時鮑、加兩人所擬議的共有三人，便是兄弟與汪精衛和戴季陶三人，他們詳加考慮之後，便各下一個考語，以定取捨，對兄弟的考語是『難相與』，對戴季陶的考語是『拿不定』，對汪精衛的考語是『有野心，可利用』。經此一番評定之後，汪精衛便中選了。」[六]

胡漢民作為當事人，他的看法不一定客觀且流露出明顯的個人恩怨，但也說出了一些歷史事實。一九二四年國民黨改組之後，中國共產黨即開始着手進行發展國民黨「左派」的工作。一九二四年一月一日在上海舉行的共產黨和青年團聯席會議上，鮑羅廷對中共的工作進行部署，指出：共產黨的任務，是使各地的國民黨組織中都有自己的同志，在國民黨的組織中貫徹

六　蔣永敬：《胡漢民先生年譜》，中國國民黨中央委員會黨史委員會一九七八年版，第三三二頁。這種觀點又見於：何甫：《三中全會前之國民黨各派系》，《現代史料》第二冊，香港：波文書局一九八〇年重印，第一〇頁；及郭廷以：《近代中國史綱》下冊，中國社會科學出版社一九九九年版，第五四一頁。

共產黨的決議，並且，共產黨所走每一步都應該是鞏固國民黨「左派」，盡可能使它更明朗。要在組織上把國民黨扶植起來，幫助它制定黨的紀律。[七]

扶植「左派」的第一步工作，就是確認「左派」的高層領導，在國民黨上層尋找親蘇親共的領導人和軍事將領，同時，利用蘇俄在華的勢力和鮑羅廷的影響力，幫助他們取得黨和政府的領導地位，推動國民黨本身的「左轉」。正試圖在政治上有所作為的汪精衛，與共產黨相互借力，是順理成章的。

也有人認為，與胡漢民相較，汪在民初即離開政壇，在廣東沒有政治背景，也沒有武力和派系勢力支持，比胡更容易為各實力派所接受。汪貌似寬容持重的氣度，相對於胡一貫言詞刻薄的作風，也更容易使人對他抱有好感。張國燾在回憶錄中說：孫中山病重期間，汪在政治會議席上，當眾受到吳稚暉的諷刺羞辱，「滿座為之愕然」，而汪「坐在那裏一言不發」。事後「多數人反而覺得汪精衛受了委屈，增加了對汪的同情與敬佩。本來，人們心目中只認為汪是隨孫北上辦外交的，還輪不到他做孫中山的繼承人，現在覺得他能容忍持重，氣度大於胡漢民。這些觀感也許對汪以後的當權大有關係。」[八]

陳公博也說，胡漢民素來自負聰明，好罵人，詞鋒尖酸刻薄，許多地方實力派都不喜歡

七　《鮑羅廷的札記和通報》（不早於一九二四年二月十六日）：《共產國際、聯共（布）與中國革命檔案資料叢書》第一冊，北京圖書館出版社一九九七年版，第四四一－四四五頁。

八　張國燾：《我的回憶》，東方出版社二〇〇四年版，第三五一－三五二頁。

胡，如許崇智就與胡關係不睦。在廣州的軍隊中，數量最多的是許崇智的粵軍，實力最強的是蔣介石的黨軍，許、蔣都傾向於汪精衛，其次的湘軍統帥譚延闓、滇軍統帥朱培德，也對胡漢民惡感多而好感少，這樣，胡漢民不能當選的形勢就清楚了。[九]

廖仲愷也是支持聯俄政策的代表人物，而且是廣州重要的實權派。據廖仲愷傳記所描述，在這一時期，他一共擔任了十三個重要職務，每天要辦公十二至十七個小時。但是，廖仲愷的左傾態度過於激進。他對於一九二四年廣州商團叛亂的反應，比孫中山更激烈；對於一九二五年的省港大罷工，他認為其政治性遠遠超過其經濟性，是反對不平等條約的先聲；他對於群眾在革命中的地位有充分的認識，故而在擔任農民部部長、工人部部長期間，特別致力於農民和工人的組織工作。由於他在群眾運動方面顯出的過分激進，曾被人懷疑是共產黨。[一〇]

廖仲愷還擔任着財政部長，致力於從軍人手中收回財政權，這勢必遭到軍人勢力的反對。正因為這種激進的態度，廖仲愷遭到了一些人的仇視，他在一九二五年八月二十日被暗殺正說明了這一點。因此，連鮑羅廷也認為，廖仲愷似乎應多做些實際工作，而不是居於領導地位。[一一] 這樣，最高權力就非汪精衛莫屬了。

九　陳公博：《苦笑錄》，現代資料編刊社一九八一年版，第一八頁。
一〇　參見陳福霖：《廖仲愷——一個中國革命家》，《近代中國思想人物論——社會主義》，臺灣：時報文化出版事業有限公司一九八〇年版。
一一　張國燾：《我的回憶》（上冊），東方出版社二〇〇四年版，第四一二頁。

一九二五年八月，廖仲愷被反對派暗殺，黨內政爭達於高潮。汪精衛作為最高領導人和左派領袖，在處理「廖案」及推行「聯共」政策過程中，也遭到反對勢力的攻擊。早年加入同盟會的革命黨人莫紀彭在致吳稚暉函中，斥責汪精衛說：

> 汪君改組國民政府，自居首長，白面書生臉孔愈弄愈凶。殺廖仲愷者本非胡展堂主謀，乃藉故放逐胡氏。林直勉係彭同鄉，於其行動知之頗悉，林平日好罵人，是其本性，於廖案無關，汪精衛何嘗不知之，乃必羈囚數月未解，果何為者耶？熊錦帆明明冤獄，只憑競存一方之函證，資為口寔，嫁以謀危政府之罪，其後有友由廣州來言汪於此事，後有悔意。既悔之，即當釋之，而必左推右擋，今日言付之特別法庭，明日又付之第二次大會，掩飾自文。是果有政治家風度耶？自其秉政，引用一班急功貪利狂妄少年，用心黠詐，不忍細數之者。[一二]

一二　《莫紀彭致吳稚暉函，述經營出版合作社情況，斥汪兆銘專權》一九二六年一月十五日，稚一一四七三。熊錦帆，即熊克武，四川軍閥。一九〇四年留學日本，加入同盟會，一九一三年加入中華革命黨，一九一五年參與蔡鍔、唐繼堯討袁護國之役。護國戰爭勝利，被委任為第五師師長兼重慶鎮守使。一九一八年任四川靖國軍總司令，兼攝四川軍政民政。一九二四年在國民黨「一大」上被選為中央執行委員會委員。孫中山逝世後，湖南軍閥趙恒惕倒向北方，武力驅熊，為參加北伐，熊克武率三萬人到廣東。一九二五年十月，廣州國民政府發動第二次東征的同時，拘禁了時在廣州的川軍總司令熊克武，出兵殲滅熊部川軍，此即轟動一時的「熊克武事件」。

「廖案」導致左右兩派矛盾激化，勢同水火，在這種形勢下，汪精衛甚至也面臨被右派勢力謀害的危險。以致陳璧君不得不寫信向吳稚暉「托孤」，陳對吳說：

> 璧所以遺兩孩於先生者，（一）故為兩兒求學；（二）則更有不能言之苦心在。蓋精衛苦心孤詣，我為其友，亦為其妻，目睹其憔悴煩憂之形容情緒，復知其以負責而觸他人之怒，因救其友而自犧牲其身，旦暮可為人所乘。則托孤之責，捨先生其誰？
>
> 先生固為吾兒師，亦即他日吾兒之父母，故與其他日倉猝負托先生，則不如及其未然，早沐春風時雨也。璧季之至友，生存者尚有三姊與石兄，然苟有事，三姊必不能再受託孤，而石兄事煩體弱，亦決不能任此，方君璧、曾仲鳴當可助其學費，亦決不能任教育。諸君夫婦，其子女將次繁多，亦不能為力，故千回萬轉，只先生矣。
>
> 此書先生不必燒毀，亦不必示人，他日或需此以示兩兒及汪陳親族也。精衛此數月之犧牲，我真為之心膽催裂，一言以蔽之，彼真為一真純之黨人，受人所不能受之病苦者，先生得此函不必為人言，亦不必為石兄言，以石兄體弱，不宜於知其良友之困難也。[一三]

一三　《陳璧君致吳稚暉函，以嬰惺兩兒托孤於吳稚暉》，一九二五年八月十六日，稚〇七六四五。

汪精衛第二次借助共產黨的力量重返政治中心，是在中山艦事件汪被迫離職之後，共產黨發動的「迎汪復職」運動。這一運動不但直接幫助汪返回權力中心，而且極大的提高了他的社會聲望。

一九二六年三月二十日，蔣介石因懷疑汪精衛與俄國顧問密謀將其押往俄國，而出兵包圍蘇俄顧問住宅和省港罷工委員會、收繳蘇俄顧問衛隊和工人糾察隊的武器，並逮捕大批共產黨員。這一事件對聯俄容共政策和汪精衛本人都是一個重大打擊。事件發生的原因，據陳公博在《苦笑錄》中的說法，純粹是「右派」設計的「拆散廣州局面」、離間蔣介石與共產黨關係的「小把戲」，不料結果卻「求一得二」，不止反共，而且還趕走了汪精衛。[一四]

共產國際則認為，蔣介石的行動是因為俄國顧問及加入國民黨的共產黨人在軍事工作中所犯的錯誤引起的。「軍隊集中管理進程的加快、政委制的過快推行、過於粗暴的政委制度條款和對這一條款的粗暴運用、對中國將領的過多監督、共產黨人的過於突出、他們過多地佔據主要職位。」[一五] 這些錯誤加劇了蔣介石與共產黨之間的矛盾，導致了三二〇事件的發生。[一六]

一四　陳公博：《苦笑錄》，現代資料編刊社一九八一年版，第五六-五八頁。

一五　《穆辛關於中共在廣州的任務的提綱》（一九二六年四月二十四日於廣州），《聯共（布）、共產國際與中國革命檔案資料叢書》第三卷，北京圖書館出版社一九九八年版，第二二一頁。

一六　也有學者認為，事件的發生更多是出於蔣對俄國顧問季山嘉個人的厭惡和對汪精衛祖護季山嘉的不滿，「出於極端猜疑和任性的性格，為了表達內心不滿的一次衝動行為，它既非針對蘇聯和共產國際，亦非針對共產黨，未必有多少深謀遠慮。」見楊奎松：《蔣介石從三二〇事件到四一二的心路歷程》，《史學月刊》二〇〇二年

事件發生後，蘇俄和共產國際的一系列分析和判斷，對國民黨內權力格局的演變產生了關鍵性的影響。一九二六年三月二十四日，聯共（布）中央書記兼紅軍總政治部主任，時任蘇聯派駐中國的政治局檢查團[一七]團長的布勃諾夫，在廣州蘇聯顧問團大會上和在隨後寫給鮑羅廷的信中都指出：三二〇事件是蔣介石旨在「反對俄國顧問和對中國共產黨人」的「小規模準起義」。鑒於廣東政治力量的對比，此時應該對蔣介石做出讓步。布勃諾夫在報告中還認為，蘇俄試圖通過「絕不接受共產主義的國民黨」在中國推行共產主義，這種做法遇到了嚴重的困難。[一八]

第六期，第七〇-七一頁。關於中山艦事件的來龍去脈，有許多學者做過探討。楊天石曾撰文指出：中山艦駛往黃埔並非李之龍「矯令」，它與汪精衛、季山嘉無關，也與共產黨無關，多年來蔣介石和國民黨部分人士一直宣傳的所謂中山艦事件是中共和共產國際的陰謀說，不能成立。蔣介石沒有直接給海軍局或李之龍下達過命令，所謂蔣介石下令調艦，而又誣陷李之龍「矯令」，中山艦事件是蔣介石蓄謀已久的陰謀之說，也不能成立。中山艦事件是在蔣汪矛盾逐步升級的情況下，右派乘虛而入，利用蔣介石多疑的心理，散佈蘇聯顧問擬聯合汪精衛、利用俄國船隻強虜蔣介石去蘇聯受訓等謠言，廣州的孫文主義學會成員又出面假傳蔣介石命令，誘使李之龍出動軍艦，以便和謠言相印證。而蔣則相信「擺佈」、「陷害」他的陰謀的核心人物是汪精衛，遂匯出了令人震驚的「三二〇」事變。楊天石還對中山艦事件之後，汪精衛為何突然隱匿、繼而悄然出走，蔣介石為何一路順風掌握國民黨和軍隊最高權力，在對蔣妥協退讓的過程中蘇聯顧問的意見如何，中共中央起了何種作用等一系列重要問題進行了探討。楊天石：《中山艦事件之謎》，《歷史研究》一九八八年第二期；《中山艦事件之後》，《歷史研究》一九九二年第五期；《中山艦事件三題》，《百年潮》一九九七年第二期；以上三篇文章均收於《蔣氏秘檔與蔣介石真相》，社會科學文獻出版社二〇〇二年版。還有《汪精衛何以隱匿、出走——中山艦事件探幽之一》、《歐陽格的被捕——中山艦事件探幽之二》、《李之龍的「變節」、「脫黨」問題——中山艦事件探幽之三》等文章，收於《國民黨人與前期中華民國》，中國人民大學出版社二〇〇七年版。

一七 這個檢查團一九二六年二月初到四月底在中國工作。

一八 《聯共（布）、共產國際與中國革命檔案資料叢書》第三卷，北京圖書館出版社一九九八年版，第九-一〇頁。

在這種判斷下，共產國際採取了對蔣介石「讓步」的政策，召回了蔣介石所厭惡的季山嘉，指示共產黨在組織方面對國民黨做出讓步，限制了共產黨在國民黨中的活動。這一決定，深深打擊了汪精衛的積極性。三二〇事件之後，汪就稱病不再露面了，兩個月後索性去了法國。對於汪精衛的出走，駐廣州的蘇聯顧問認為，主要原因是——蘇聯對蔣介石的讓步，以及召回汪竭力想要保留的季山嘉，使汪感到受了委屈，受了侮辱。據説，汪曾經對宋子文、譚延闓和朱培德等人説，他丟了臉，應該離開工作一段時間。這使蘇聯人感到，他們的決策出現了失誤：「如果我們更加溫和的預先讓汪精衛對此做好準備，然後再向蔣介石讓步，就可能把汪精衛留下來。」[一九]

隨着汪的出走，國民黨政權從汪精衛、共產黨集團手中轉到了蔣介石集團手中。特別是「北伐」開始之後，廣東的政治形勢發生了明顯變化。蔣以武力統一中國的思想佔據了主導地位，北伐成了重中之重，群眾運動受到壓制，為籌集資金而強行徵稅和攤派軍事債券，加重了農民的負擔，強化了豪紳和舊官吏的地位。

蔣介石的權力擴張，觸及到國民黨內反蔣勢力的利益，使他們也希望同共產國際代表合

一九　《索洛維約夫給加拉罕的信》（一九二六年三月二十四日），《聯共（布）、共產國際與中國國民革命運動（一九二六-一九二七）》（上），北京圖書館出版社一九九八年版，第一七八頁。

作，敦促汪精衛回國，利用共產黨作為反蔣的先鋒。[二〇] 在這種形勢下，共產黨決定結合在廣東和在北伐戰爭中崛起的反蔣派系，發動一場聲勢浩大的「迎汪復職」運動，迎汪抑蔣，支持親汪的軍人唐生智，抑制蔣介石的勢力。

一九二六年八月，在遠東局舉行的聯席會議上，瞿秋白說：「我們想拋棄蔣介石和他的獨裁。他已經把自己孤立起來了。中央應當由左派來領導。……蔣介石已經名譽掃地，代表大會很容易把他清除。對於全國來說，汪精衛是更有聲望的人物，他能夠巧妙地應付各派。」[二一]

同年十二月，中共《中央局報告》中又指出：「現時北伐基本各軍中，以唐之第八軍實力最雄厚，合一、二、三、六軍之總和始能及第八軍，湘，鄂實權均在唐手。蔣對唐的政策是十分的壞，同時影響到國民黨及國民政府對唐的政策亦不好，蔣處處想以總司令權力限制唐生智……唐自然不滿意蔣，但他現在並不站在右派方面反蔣，而是由左反蔣，他對於K.M.T.領袖特別尊重汪精衛，他尚未妨害民眾的自由。」[二二]

二〇　《中共中央執行委員會特別委員會、中共中央執行委員會代表團和共產國際執行委員會遠東局委員會聯席會議記錄》（一九二六年八月十日於廣州）：《聯共（布）、共產國際與中國革命檔案資料叢書》，第三卷，北京圖書館出版社一九九八年版，第四一〇頁。

二一　《共產國際執行委員會遠東局委員會和中共中央執行委員會代表團聯席會議記錄》（一九二六年八月十九日於廣州）：《聯共（布）、共產國際與中國革命檔案資料叢書》，第三卷，北京圖書館出版社一九九八年版，第四〇六-四〇七頁。

二二　《中央局報告》（十、十一月份）（一九二六年十二月五日），中央檔案館編：《中共中央檔案選集》（二），

這場「迎汪」運動，發動了國民黨中央及地方各級黨部、各軍黨員代表大會、各界群眾大會和湖北省總工會、武昌學生聯合會等各種民眾團體。一九二六年十月十八日國民黨中央及各省、各特別區、及海外黨部聯席會議，致電各級黨部，一致決議請汪精衛銷假復職，除電達汪精衛之外，並請何香凝、彭澤民、張曙時、簡琴石等五人前往敦促。在《漢口民國日報》等黨的機關報上，「促汪銷假」的通電，鋪天蓋地。蔣介石迫於形勢，也發出通電，以責任道義為言，懇切陳詞，促汪返職，還請張靜江、李石曾前往勸駕。

時論認為，此次迎汪運動造成的聲勢，「大有斯人不出，如蒼生何之慨」。經過此翻運動，「汪精衛」這個名字立時在新一代革命青年心目中留下了深刻印象，不但視汪精衛為「今之完人」，還給他添上了「黨聖人」的稱號。[二三] 這場大規模的輿論動員運動，使三二〇事件導致的無奈出走，反而為汪精衛贏得了巨大聲望。《國聞週報》有一署名為「客觀」的記者評論說，「蔣以武人方法對汪，汪以文人方法對蔣，論者不察，乃非蔣而是汪。故曰汪氏二年來之聲譽，孰造成之，蔣介石造成之也。」[二四]

中共中央黨校出版社一九八九年版，第四九五頁。

二三　何甫：《三中全會前之國民黨各派系》，《現代史料》第二冊，香港：波文出版社一九八〇年重印，第一〇-一一頁。

二四　客觀：《從去年三月二十到今年三月二十——國民黨三年來變化略述》，《國聞週報》第五卷第一〇期，一九二八年三月十八日，第二頁。

一九二六年八月下旬，廣州的國民黨中央接到了汪精衛從海外寄回的一封信，信中說：

中央執行委員會常務委員會公鑒：

茲奉五月二十日手示，敬悉一切。前因病請假，幸蒙許可，原期早日調理就痊，照舊奉職，嗣因病勢非旦夕可愈，而所任各職，關係重大，又未便久懸，故不敢不提出辭職。茲奉否決並暫准假休養，深感待遇之寬，及責望之殷。惟弟自念獻身革命事業，一切畏難卸責之思想，固不容存之胸中，而擔負與能力之是否相稱，則不能不有所量度。蓋不量力而僨事，與畏難而卸責，其咎維均。一年以來，弟之不能勝任國民政府委員會軍事委員會及政治委員會等職，至三月間而至顯明。弟即使病癒勉強復職，於政治、軍事也有害而無利。弟個人不足惜，誠不願政治軍事之進步為之阻滯也。茲尚在給假休養期間，再申前情。伏祈允准辭去政治委員會、國民政府委員會軍事委員會諸職，俾弟銷假以後或在粵或在別處為黨服務，一切危難均不敢辭。耿耿至誠，惟祈鑒察。專此敬請公安。

汪精衛謹覆。七月十六日。二五

二五 《廣州民國日報》一九二六年八月二十五日。

汪在信中要求中央解除他一切職務，同時允許他回來從事黨的工作。蘇俄顧問認為，這是一個信號，意味着汪精衛「這位公認的左派領袖在被迫離開廣州三個月以後提出了回到廣州的問題」。[二六]

一九二七年四月一日，汪從法國途徑莫斯科回到上海。四月五日，在上海與陳獨秀共同發表「汪陳聯合宣言」，號召兩黨同志：「站在革命的觀點上，立即拋棄相互間的懷疑，不聽信任何謠言，相互尊敬，事事開誠，協商進行。政見即不盡同，然如兄弟般親密，反間之言，自不得乘隙而入也。」[二七] 隨後，汪精衛來到武漢，成了武漢「左派」的中心。

汪精衛在上海的五天中，與堅持反共的國民黨人進行了怎樣的談話，我們不得而知。在這次國民黨的分裂中，與汪有深厚交誼的民初無政府黨人——吳稚暉、李石曾、蔡元培等人，全都站在了蔣介石陣營一邊。只有汪精衛，執意支持聯共政策。

在從上海前往武漢的途中，汪寫信給李石曾說：「五日談話會散後，痛苦萬分。弟深信弟之意見，決不能得吳先生等之贊同。而吳先生之意見，弟亦決不能贊同。終日談話討論，戕賊感情外毫無其他結果，故不如決然捨去也。」還說，他與吳稚暉等人「感情道義，至少有十數年之膠

二六 《共產國際執行委員會遠東局使團關於廣州政治關係和黨派關係調查結果的報告》（一九二六年九月十二日於上海）：《聯共（布）、共產國際與中國革命檔案資料叢書》第三卷，北京圖書館出版社一九九八年版，第四七三-四七四頁。

二七 中央檔案館編：《中共中央檔選集》，第三卷，中共中央黨校出版社一九八九年版，第五九四頁。

結，其力量之偉大，過於萬萬機關槍炮」，而分裂造成的感情痛苦，「過於生命之摧毀」。二八

既然如此，汪為何堅持前往武漢呢？據他自己解釋說：第一，他堅持國民黨「改組」的精神和政策決不可犧牲，「聯俄」的意義並非普通的國際關係，而在於接受蘇俄的革命方法。第二，既然有「黨」，就必須有「黨紀」，改組政策如欲更改，必須經由全國代表大會或中央執行委員會通過，不能由中監委和一班軍人來操作。最後，汪精衛認為，民生主義是必須堅持的，而反共產的人則將民生主義也一同拋棄了。二九

以上三點，都可以看作是汪精衛支援聯共的理由。但是，還有更重要的一點他沒有提及，這就是汪精衛在取道俄國回國的途中，與莫斯科之間是否有什麼相互的保證或約定？這一點我們沒有發現直接的檔案。在一九二七年六月，武漢政權已陷於嚴重危機的時候，莫斯科仍對汪精衛抱有幻想，希望他支援農民運動和土地革命，而武漢則對莫斯科提出貸款和物質援助要求，條件是他們將反對蔣介石。

斯大林在六月二四日致莫洛托夫的一封信中，提到武漢政權向莫斯科提出的貸款要求，並且說：「我想現在就可以從一千萬項目下匯出三百-四百萬，但一千五百萬的問題暫緩。他們還要求我們提供一千五百萬，看來，如果我們不提供這一千五百萬，（他們）就拒絕立即反對蔣

二八　汪精衛：《四月六日寄李石曾書》，《汪精衛集》第四卷，上海光明書局一九三〇年版，第五頁。
二九　汪精衛：《四月六日寄李石曾書》，《汪精衛集》第四卷，第一-六頁。

介石。」[三○]

莫斯科還直接電示汪精衛說：「我們認為，國民黨必須支援土地革命和農民。……懇請您運用您的全部威望對國民黨的其他中央委員施加影響。……我們認為，通過國民黨的民主化、更多地聯繫群眾、停止領導層內的動搖是可以挽救事業的。國民黨左派與共產黨人的合作有堅實的客觀基礎。我們希望，借助於您的威望，國民黨中央內的動搖是會減少的……」[三一]

這些材料都顯示，汪精衛在回到中國之前，與莫斯科之間是有過某些相互承諾的。

3.2 政治考量

汪精衛為了聯共，不惜國民黨內部分裂，不惜與早年的摯友蔡元培、吳稚暉等人分道揚鑣，最終被排除出黨的權力核心，出國流亡，可謂付出了巨大代價。

對於汪精衛執意要去武漢與共產黨合作，吳稚暉說：「汪先生有他真摯的人格，此其所以有汪先生的價值」，正是這「真摯的人格」，讓他受了共產黨的引誘和欺騙，此其一；第二，

三○《斯大林給莫洛托夫的信》（一九二七年六月二十四日於索契）：《共產國際、聯共（布）與中國革命檔案資料叢書》第四卷，北京圖書館出版社一九九八年版，第三五二頁。

三一《聯共（布）中央政治局會議第一一二號（特字第九○號）記錄》（一九二七年六月二十三日於莫斯科）：《共產國際、聯共（布）與中國革命檔案資料叢書》第四卷，北京圖書館一九九八年版，第三四六頁。

共產黨把那麼一頂「偉大左派的帽子」，輕輕鬆鬆套在了汪精衛頭上，便控制了愛慕虛榮的汪精衛；第三，汪去國一年，不知道國內政治已發生翻天覆地的變化，他只道一年前的共產黨，同一年來的共產黨，「還是那麼一個共產黨」；第四，他疾病坎坷，久在歐西，三十天內經過了莫斯科，接晤了一群久慕大名的大革命家，俄國火車、俄國輪船伴送了回來，又一向有深刻的總理聯俄容共歷史影在腦中，如何能在上海聽了幾個老朽朋友的一席話，就突然變換了一個大方向呢？「這不但汪先生自信力強到十二分的人做不到，便是誰亦做不到。」[三二]

但是，汪精衛的聯共，果真是如此被動又盲目的嗎？

一、社會主義思想

可以斷言，汪精衛之所以積極支援聯共政策，並非「受了共產黨的引誘和欺騙」，也不僅僅出於權力鬥爭的需要，這其中有一定的思想基礎，還有更深遠的政治訴求。汪精衛、甚至蔡元培、吳稚暉等人，不但早年就熱心社會主義，且對「世界革命」的觀念也並不陌生，只是他們當時沒有用「世界革命」這一套話語來表述而已。

汪精衛在法國留學時，就曾認為，中國的反帝革命若想成功，必須設法促進歐洲內部的

三二　吳稚暉：《反駁汪精衛銑電》，《中華民國史史料外編——前日本末次研究所情報資料》第二十二冊，廣西師範大學出版社一九九七年版，第五〇〇頁。

社會主義運動，也就是說，必須有一個「世界革命」。如果歐洲的社會主義不能成功，我們雖然日日鼓吹社會主義，但終不能使中國擺脱籠罩世界的帝國主義邏輯。汪認為，中國若不能走上社會主義，而陷入追逐資本主義的邏輯，失敗則淪為列強的殖民地，如越南、朝鮮，僥倖成功，則變成像日本一樣的侵略國家，這是帝國主義的邏輯使然。因此，今日中國之真愛國者，不是倡言富國強兵，而是熱心社會主義。他在致吳稚暉的信中說：

> 歐思同君恒言：「欲中國之改革，不可不先謀歐洲之大改革」，銘深以其言為中。蓋歐洲一日不改革，帝國主義一日植立於大地之上，我等雖日日鼓吹社會主義，終無以止中國人之熱趨於帝國主義也。熱趨於帝國主義而不及，則為衰落之安南、高麗，幸而及之，則為驕横之日本，殆無第三途。
>
> 今日中國之真愛國者，皆兢兢致力於此。蓋歐洲之帝國主義，逼之使不得不如此。其力量之弘過於社會主義，示人以當然者不啻信徒也。然則中國之真愛國者，日日言富國強兵，自是前門拒狼之策，而我等之熱心社會主義者，助力於歐洲之大改革，實乃釜底抽薪之計。
>
> 苟捨此不謀，而猶日言社會主義，是無異德國之兵已臨法境，而法人方以反對軍備為言（此非事實，但設言耳），適是以為敵人之資而已。然欲助力於歐洲

大改革，必須籌極大之款以資工黨。歐君以籌款事相詢問，銘竟無以對也。[33]

汪精衛以一個客居法國的知識分子身份，而想像着籌款資助歐洲國家之工黨，謀歐洲社會主義改革的成功，這在今天的人們看來，無異於天方夜譚，癡人說夢。但俄國社會主義革命成功，率先廢除了對於中國的不平等條約，又不遠萬里前來尋求與孫中山合作，並喊出了「世界革命」的口號。這在當時的很多人看來，似乎迎來了一個新的歷史紀元。

從汪精衛在大革命中的表現來看，他是欣然接受了這一新的歷史形勢，對政治的理解也有了新的進展。他熱烈的讚美國民黨「改組」和「喚起民眾」、「打倒帝國主義」這兩項新的策略，稱之為中國革命的「光明大路」，一條孫中山用了四十年心血和經驗從九死一生的痛苦中找出來的「唯一的光明大路」。從他在留法儉學時期即反對帝國主義的事實看來，他在聯共時期所宣揚的「打倒帝國主義」，並不僅僅是掌握了一套新的革命話語，而是有真實的思想淵源。

反過來說，許多人——如蔡元培等無政府主義信徒——反對「聯共」的原因，也並非反對社會主義或共產主義的思想，而是出於其他一些更為現實的考慮，如反對群眾運動和階級鬥爭對中國社會造成的破壞。

蔡元培在一九二六年國民革命發動之初就對《國聞週報》的記者說：「共產主義，為余

三三 《汪兆銘致吳稚暉函，談論關於謀中國改革及世界社事》，稚〇九三九六號。

素所服膺者。蓋生活平等、教育平等，實為最愉快、最太平之世界。然於如何達到此目的之手段，殊有研究、討論之餘地。以愚觀之，克魯泡特金所持之互助論：一方增進勞工之智識與地位；一方促起資本家之反省，雙方互助，逐漸疏浚，以使資本家漸有覺悟，以入做工之途，則社會不致發生急劇之變化，受暴烈之損失，實為最好之方法。若夫馬克思所持之階級爭鬥論，求效過速，為害無窮。」[三四]

蔡元培尤其反對青年學生參加革命，說「今日學生界之浮囂現象，余至不贊成，蓋學生究在『學』的時代，不宜多問外事，成年之大學生，普通知識既已充足，使以個人名義，信仰何種主義，發表何種主張，或迫於熱心或義務心而不能自遏，以預聞國家社會之事，固未嘗不可。但如因少數人信仰某種主義、確定何種主張之故，必強人以同，然後以機關或團體名義，發表意見，不從，或竟出以強迫恫嚇之手段，甚有演成武劇者，此則決非吾人所敢苟同。」[三五]

此外，他們也擔心蘇俄借助共產主義之名，達成控制中國之實，憂心外來勢力干擾中國的民族解放運動。汪精衛也有此顧慮。但在聯共時期，他對於這一點沒有論及。此時，他更加擔憂的，是中國政治始終被武力綁架、受困於軍閥的局面。從蘇聯引入的以黨治軍和群眾動員等模式，使汪精衛看到了希望。他試圖借助聯共契機，在這些方向上，對於中國的政治有所建樹。

三四　蔡元培與《國聞週報》記者的談話（一九二六年二月四日），高平叔編：《蔡元培全集》第五卷，中華書局一九八八年版，第五九頁。

三五　蔡元培與《國聞週報》記者的談話（一九二六年二月四日），同上，第五八頁。

二、以黨治軍

孫中山逝世之後，共產國際在國民黨中大力推行軍事委員會制度和黨代表制度，試圖形成集體領導和以文人制裁武人的局面，一舉解決黨內新軍閥的問題。這與汪精衛的期待不謀而合。一九二五年六月十五日，國民黨中央執行委員會決議，將廣東各部軍隊統一改編為國民革命軍，成立軍事委員會。七月五日頒佈了《中華民國國民政府軍事委員會組織法》，規定軍事委員會「受中國國民黨之指導及監督，管理統率國民政府所轄境內陸海軍航空隊及一切關於軍事各機關。」[三六] 由汪精衛擔任軍事委員會主席。

同年七月，軍事委員會設立政治教育處——「北伐」籌備期間改為國民革命軍總司令部政治部。十月，又公佈《國民革命軍黨代表條例》，規定：黨代表為軍隊中黨部之指導人，並施行各種政治文化工作。軍隊中一切普通組織工作，均受其指導，並指導所轄各級黨代表及政治部；黨代表應深悉所屬部隊中各長官及該部中一切日常生活情形，研究並考查官兵之思想及心理；黨代表為所屬軍隊之長官，其所發命令，與指揮官同，所屬人員須一律執行之；黨代表有會同指揮官審查軍隊行政之權；黨代表認為指揮官之命令有危害國民革命時，應即報告上級黨代表，但於發現指揮官分明變亂或叛黨時，黨代表得以自己的意見自動的設

三六　中國社會科學臺灣研究所編：《中國國民黨全書》，陝西人民出版社二〇〇一年版，第一一四頁。

法使其命令不得執行。[三七]

這些規定，賦予黨代表與軍事指揮官相等的權力和平起平坐的地位，意在充分確立黨對軍隊的領導地位。國民革命軍第一任軍校及各軍總黨代表是廖仲愷。一九二五年八月廖仲愷遇刺後，國民黨中央政治委員會第五十四次會議決議，推薦汪精衛為各軍及各黨立軍校總黨代表，請中央執行委員會追認。

於是，中央執行委員會於九月十七日分別致函汪精衛和國民革命軍第一、二、三、四軍軍長，九月十八日致函軍事委員會，任命汪精衛為國民黨黨立軍校及各軍黨代表。[三八] 這使汪在夢寐以求的「以黨治軍」、「文人制約武人」的道路上，邁出了第一步。

一九二六年四月，汪精衛因「三二〇事件」稱病離職之後，總黨代表職位由軍事委員會政治訓練部主任陳公博代理。廖、汪、陳三人，不但在政治立場上同屬國民黨「左派」的重要代表，私人關係也十分密切。

一九二七年汪精衛回國之後，繼續試圖加強黨對軍隊的領導地位。他感於各軍及軍事機關

三七 《國民革命軍黨代表條例》（一九二六年十月二十七日），湖北政法史志編纂委員會編：《武漢國共聯合政府法制文獻選編》，農村讀物出版社一九八七年版，第一二九—一三二頁。

三八 《政治委員會致中執會函》，一九二五年九月十五日，漢口檔案二八一一八·一；《中執會致汪兆銘函稿》，一九二五年九月十七日，漢口檔案二八一一八·三；《中執會致國民革命軍第一、二、三、四軍及各軍黨代表函稿》，一九二五年九月十七日，漢口檔案二八一一八·四；《中執會致軍事委員會函稿》，一九二五年九月十八日，漢口檔案二八一一八·五；中國國民黨黨史館藏。

特別黨部之間的隸屬及指導權劃分不清，「辦事上殊多滯礙」，與陳公博聯名上書中央執行委員會，呈請批示「軍委會所屬各軍及軍事機關特別黨部總綱」：

第一條，特別黨部隸屬於中央執行委員會；

第二條，特別黨部應受黨代表之指揮及政治訓練部之指導；

第三條，特別黨部之組織由政治訓練部秉承中央之命令，指派黨代表或政治工作人員組織之；

第四條，特別黨部之黨務應呈報政治訓練部轉呈中央黨部審核之；

第五條，政治訓練部秉承中央之意旨，辦理特別黨部一切指導計劃等工作，並傳達中央黨部之命令於特別黨部。[三九]

「總綱」規劃了軍事機關中的一個自上而下垂直領導的黨務系統，事實上是要將軍隊中的黨部和政治訓練部，從軍事指揮系統中獨立出來，直接隸屬於上級黨組織，再次強調了政治對軍事的監督和指導地位。

聯共期間，國民黨所進行的以黨治軍的制度試驗，特別是黨代表制度，原本可能成為解決中國政治軍閥化的有效方案。但因為黨代表職務和與此相關的軍隊政治工作，多把持在共產黨人手中。國民黨「清黨」之後，也連帶廢除了黨代表制度。一九二八年二月，國民黨召開二屆四中全會，其中軍事提案審查委員會議定「不恢復黨代表制度」。

三九　《汪兆銘等上中執會呈》，一九二七年六月八日，漢口檔案一四二七·一，中國國民黨黨史館藏。

由於黨代表制度的顯著功效，「北伐」結束之後，主張恢復黨代表制度的呼聲不絕如縷。如戴季陶就認為：「只有借用俄國這黨代表的制度，以防止軍隊的惡化腐化，並且把軍隊的最高掌握權，集中於中央。黨能夠直接掌握軍權，然後軍隊才不至變為個人的軍隊……我敢斷定我們以後，如果要主張以黨治國……必須要維持這以黨治軍的黨代表制度。……因噎廢食的毛病，是千萬要不得的。今後我們所要研究的，是如何改革黨代表的弊害，如何補救黨代表制度的不足，而不能便主張廢除黨代表制度。」戴甚至說：「軍隊中置黨代表和政治部這兩件事，是中國革命以來最有意義的制度。……如果從此把這兩種制度完全廢了，無異乎國民黨把以黨建國，以黨治國的目的拋棄了一樣，萬萬要不得。」[四〇]

但是，蔣介石沒有同意恢復黨代表制度。

三、群眾運動

考慮到汪精衛早年的教育和思想傾向，國民黨改組過程中所提出的紀律嚴格、組織嚴密的群眾型政黨的改造方案，如何能被汪精衛理解和接受呢？無論是早年儒家教育中接受的「固有民族思想」[四一]，還是在後來與立憲派論爭中所表達的人民主權論和權力分立論，或是如辛亥革

四〇　戴季陶：《黨代表制度好不好》（一九二八年二月），中國人民大學中共黨史系中國近現代政治思想史教研室編：《戴季陶主義資料選編》一九八二年版，第一五六－一五八頁。

四一　汪精衛在《自述》中說，「我在國內研究史學的時候，對於遼金元之侵吞中國，免不了填胸憤慨，對於清，自

命以後的無政府主義思想，都與嚴格的組織和紀律格格不入。事實上，汪精衛也從未對組織和紀律表露過特別的興趣。然而，二十年代中期這場大革命中的某些機制，對汪精衛而言卻是具有吸引力的。這就是鼓動和宣傳。

一九二五－一九二六年間的廣東，出現了一系列重要的變化。在這個時期，政治不再僅僅是幾個領袖人物的密謀和一些軍事派系的爭鬥，而是走向了大街小巷，群眾運動進入了政治過程。正如蘇聯顧問達林在他的回憶錄中所說：一九二五－一九二六年間的廣州，處在一個群眾革命的時代裏，那裏的政治生活朝氣蓬勃，「街道上的行人總是比肩接踵，時而是罷工工人的示威，時而是慶祝國民革命軍勝利的遊行，時而是商人的遊行……廣州政權就是處於街頭巷尾這種革命氣氛的影響之下。某些問題有時不是用法令，而是通過鬥爭的各方在街頭的爭論來解決的。國民黨中央執行委員會和政府變成了某種仲裁委員會。國民黨中央執行委員會的門口總是聚集着工人、商人。」四二

群眾運動為國民黨提供了一種依靠群眾運動擴大社會基礎、打擊帝國主義的鬥爭方法，為

然是一樣的。只是被什麼「君臣之義」束縛住了。及至留學法政，從憲法學得到了國家觀念及主權在民觀念，從前所謂「君臣之義」撇至九霄雲外，固有的民族思想，勃然而興，與新得的民權思想，會合起來，便決定了革命的趨向。」其在北京獄中所做的「憂來如病亦緜緜，一讀黃書一泫然」（《雙照樓詩詞稿》汪主席遺訓編纂委員會，一九四五年）也表現出強烈的傳統民族主義情緒。

四二　[蘇]C.A.達林：《中國回憶錄（一九二一－一九二七）》，中國社會科學出版社一九八一年版，第一八一頁。

國民政府擴大政治參與通道、樹立政權權威創造了條件，它也教育了廣東的工農和市民，強化了「國民意識」的啟蒙。這一切都讓以汪精衛為首的國民黨「左派」認識到了群眾運動對於奪取、鞏固政權的重要意義。

群眾運動，廣場集會，需要鼓動和宣傳。對於一個沒有一兵一卒的文人領袖，對於一個富有煽動性的演說家，對於一個「慷慨歌燕市，從容做楚囚，引刀成一快，不負少年頭」的「革命者」來說，在各種罷工、群眾集會和遊行示威中進行演說，比在軍隊和戰爭中，更能夠發揮他的特長和影響力。

汪精衛以演講感動人、號召人，也用演講宣傳自己的政治主張，他曾經說：「我覺得拿生平的演講和論說，當作自傳，是最真實的，不必另外再作自傳了。」[四三] 這句話不單單是一句自我標榜。我們不應該忘記，國民黨對全國的統治權是在一系列爭奪權力和樹立正統的戰爭中建立起來的，而汪精衛從未穩固掌握過軍隊。相對於以蔣介石為代表的各路握有軍事實權的國民黨要員而言，發表演說，宣傳主義，動員群眾，就成為以汪精衛為首的文人政客參與國民革命的主要方式，也是他們獲得社會影響、擴大政治基礎的重要手段。

一九二五年二月，汪精衛在上海南洋、同文、文治幾所大學，都做了題為「政治與群眾」的演說，宣稱達到「好政治」的唯一途徑，便是革命。革命是什麼？就是「打倒軍閥，打倒帝

四三　汪精衛，「自述」，一九三四年一月號《東方雜誌》。

國主義」，而革命的方法，就在於喚起群眾。[四四]

從一九二五年六月回到廣東，到一九二六年五月離職出走這期間，廣州幾乎所有的大型群眾集會、慶典，都有汪精衛到場演講。國民政府成立、軍事委員會成立、廖仲愷遇刺、省議會宴請商界、政府招待教育界等幾乎所有重要場合，汪精衛也要到場發表演說。在這些演說中，汪精衛為了中國人民的苦難，無數次的「忍不住流眼淚」，無數次的「感着無窮的哀痛」，對着帝國主義的壓迫，汪精衛號召人民跟隨國民黨，「槍來槍去，炮來炮去」，「流出紅血來證明他的覺悟」。[四五]一九二五年九月六日，在黃埔陸軍軍官學校第二期畢業典禮上，汪精衛演講了「國民革命的意義」。他說：所謂國民革命，就是國家要求自由平等的革命，在今天的中國，就是反對帝國主義的革命。但是，今後的國民革命與以往的革命不同。十八世紀歐洲的革命，所得的幸福被「少數資產階級」佔有了，而我們的國民革命的責任，「要各階級的民眾共同擔負」，國民革命所得的利益，「也要各階級的民眾共同享受」。我們的國民革命，要追求中國的自由平等，還要追求全世界一切被壓迫民族的自由平等。為了達到這兩個目的，首先必須要喚起民眾。最後，汪滿懷激情的說：

四四　汪精衛：《政治與群眾》，《汪精衛集》第二卷，上海光明書局一九三〇年版，第六七-八四頁。
四五　汪精衛在一九二五年七月二十三日在沙基烈士周月紀念大會上的演講，《廣州民國日報》一九二五年七月二十五日，第三版。

諸君啊，諸君於今開始負着這責任了，向着那一條光明的大路開始前進了！世界終是光明的，中國的國民革命終是成功的！一個人的理想是無窮的，而生命是有限的……我們此後的生命最多不過幾十年，少者幾年，最少者幾月，皆未可定。只要在世的時候，為國民革命盡心盡力做過一些工作，那麼到生命盡頭的時候，亦不枉為人一世了。諸君啊，在諸君今日畢業的時候，兄弟敢以至誠為諸君祝：繼續總理遺志！繼續廖黨代表工作！完成中國國民革命！中國自由平等萬歲！世界上一切民族自由平等萬歲！四六

汪精衛早年是一個革命者，他始終認同革命，作為一個政府領袖，不以官員而時時以「革命黨人」自居。第一次國共合作下的政治，不是普通的政治，是革命的政治。革命有政治理念和實踐的層面，也有更深遠的精神層面，革命掀起的巨大激情、恐懼、犧牲的意志和個體與群體、與歷史合而為一的歸宿感，震撼着無數真誠易感的心靈。而革命的動人之處，往往就在它為了「無窮的理想」而投入「有限的生命」時的忘我激情。

革命作家蔣光慈在描述布洛克與俄國革命的「相遇」時，曾寫道：「革命在一瞬間把布洛克弄得再生了……他在革命中看見了電光雪浪，他愛革命永遠送來意外的新的事物，他愛

四六　汪精衛：《國民革命的意義》，《汪精衛先生文集》卷一，上海中山書店一九三六年版，第三二—三七頁。

革命的鐘聲永遠為着偉大的東西震響。」[四七]

在蔣的成名作《少年漂泊者》中，他描述了一個抱恨漂泊的少年、至死不屈服於黑暗、決心將此生「完全貢獻在奮鬥的波浪中」的故事。主人公是典型的大革命青年，當過學徒、茶房、工人，經歷過戀人死亡、抵制日貨、京漢鐵路工人罷工，進過監獄，後來考上黃埔軍校。在惠州戰役中，高喊着「打倒軍閥、打倒帝國主義」的口號壯烈犧牲。對於他的死，蔣光慈寫道：「光榮！光榮！無上的光榮！」[四八]

這種激情，這種光榮，都是汪精衛所熟悉的。在一九二五年前後，汪寫過一首「飛花詞」：

疾風吹平林，眾樹失芳菲。古今傷心人，淚眼看花飛。花飛正紛紛，子生已離離。今日青一撚，他日大十圍。一樹能開千萬花，不啻一花化作千萬枝。花亦解此意，飛去不復疑。飄颻隨長風，安擇海角與天涯。今年送春去，明年迎春歸。新花未滿枝，故花已成泥。新花對故人，焉知爾為誰？故人對新花，可喜還可悲。春來春去有定時，花落花開無盡期。人生代謝亦如此，殺身成仁何所辭！[四九]

四七　蔣光慈：《十月革命與俄羅斯文學》第二部分：《革命與羅曼蒂克——布洛克》，《創造月刊》第一卷第三期，一九二六年五月十六日。

四八　蔣光慈：《少年漂泊者》，上海亞東圖書館一九二六年一月初版。

四九　汪精衛：《雙照樓詩詞稿》，具體時間不詳，但排在《小休集》之後：《粵海舊聞錄》作者祝秀俠認為應作於

這首詞雖然婉轉憂傷，帶有濃厚的傳統文人傷春悲秋的情懷，但卻已經完全沒有了「零落成泥碾作塵，惟有香如故」的清高自守，而表現出「千萬花」與「千萬枝」的磅礴意象，最後的「人生代謝亦如此，殺身成仁何所辭」，更是慷慨決絕。

花謝花飛，隱喻了革命者的前赴後繼。二十年代的大革命中，這種倡勇敢、輕生死的烈士精神，演化成了一種更加激烈而壯闊的抒情，一種以群眾為主體的、能夠喚起最大多數人流血犧牲的意志、使人們可以共享人生偉大目的和崇高價值的抒情。在這風雲激蕩的革命年代裏，汪精衛以他煽動人心的文字，滔滔不倦的演說，恰如其份的配合了時代的激情，使他再度成為當之無愧的革命偶像。而這種革命的政治形態，也完全符合一貫以「革命黨」自居的汪精衛對政治的期待。

四、革命的話語權

值得注意的是，在這場大革命的宣傳中，汪精衛儘管頻繁使用「階級」、「壓迫」、「世界革命」等概念，他對這些概念的解釋，卻與共產黨有着根本的區別。汪明確的將國民革命解釋為「各階級民眾的革命」，革命的責任和利益，要各階級的民眾共同擔負和享受。並指出，國民黨要喚起的民眾，既包括作為國民革命最大勢力的農工，也包括同樣受帝國主義經濟壓迫

一九二四－一九二五年之間，見該書，中外圖書出版社一九七二年版，第一〇〇頁。

的商人和知識分子，認為：「國民革命時代最要緊的，是集合全民眾的勢力，向着一個目的進行，決不可使之分散。」對於普遍流行的「世界革命」口號，汪精衛強調，只有從「普遍的人道主義」立場上，才能理解世界革命的涵義。[五〇]

可見，汪雖然承認，民眾是分「階級」的，但國民革命要「喚起」的，恰恰是所有階級的民眾對帝國主義壓迫的共同感受和對各階級之間共同利益的體認。雖然使用了「階級」的概念，汪卻堅決反對一切階級鬥爭。相對於共產黨的階級革命，汪將國民黨領導的革命稱為「全民革命」。他說，「中國國民黨是聯合民眾來做國民革命的」，「要滿足人人的生存欲，同時抑制人人的支配欲」。[五一]

汪精衛力圖「改造」共產黨的話語，在共產黨的語言中，注入一種新的含義，這一策略並不成功。在一九二六年以後，「普遍的人道主義」意義上的「世界革命」觀已無人提起，而以「世界資產階級」和「被壓迫群眾」之間的鬥爭來解釋世界歷史的觀念卻風行一時。「帝國主義」被更直接的解釋成了「外來的資本家」。中國的國民革命，「就是中國被壓迫和被剝削的社會各階級民眾起來反抗這個壓迫和剝削中國人民的國際資本帝國主義，這個被

五〇　汪精衛：《國民革命的意義》，《汪精衛先生文集》卷一，上海中山書店一九三六年版，第三二—三七頁。

五一　汪精衛：《我們怎樣實行三民主義？》，《汪精衛先生文集》卷一，上海中山書店一九三六年版，第四七頁。

壓迫者反抗壓迫者，就是一個世界的階級鬥爭」。[五二]

一九二六年二月六日，《廣州民國日報》上發表了正在旅俄考察中的胡漢民致國民政府主席汪精衛的兩封信。胡在信中說，俄國黨人對主義的解釋，「完全根據於（孫）先生的演講，且以先生生平革命的精神，當然是如此。我們隨處都可以看出先生和列寧主義之一致……本來世界的革命，是整整一個，革命的理論，又豈能有參差？」[五三] 發表這封信的本意，在於確立孫中山主義的領導地位，而結果卻恰恰相反。隨着「世界革命」的傳播，汪精衛等人所強調的國民革命的「民族性」，已經越來越被國民革命的「階級性」所取代了。難怪鮑羅廷當時曾樂觀的認為，華南的思想已是共產黨的勢力範圍。[五四]

3.3 走向反共

一九二七年四月十日，汪精衛從上海來到武漢，旋即喊出「中國國民革命到了一個嚴重的時期了，革命的往左邊來，不革命的快走開去」。[五五] 四月十二日、十五日，上海和廣州相繼宣

五二 《廣州民國日報》，一九二六年三月十日，第四版。
五三 《胡漢民致汪精衛書》，《廣州民國日報》，一九二六年二月六日，第二版。
五四 《鮑羅廷在中國的有關資料》，中國社會科學出版社一九八三年版，第一四七頁。
五五 《中央副刊》第二〇號，一九二七年四月十二日。

佈「清黨」之後，劫後餘生的「左派」青年紛紛逃往武漢，武漢聚集了大批革命青年，成了全國革命的中心，各種政治力量在武漢進行了新的分化組合，中國社會的一切新舊矛盾在這裏集中爆發，激進的革命意識在整個社會中延伸擴展。

一、疾風暴雨

一九二六年七月-八月，北伐軍進入湖南之後，一場農村大革命如暴風驟雨般在兩湖地區席捲而來。湖南農民自發的參與了北伐戰爭，組織農民協會，反對苛捐雜稅、預徵錢糧，要求減租減息，到一九二六年十一月，湖南全省七十五個縣（兩個特別區）中，有二十九個縣成立了農民協會，十九個縣成立了農協籌備處，區農協有四百六十二個，鄉農協有六千八百六十七個，會員達到一百三十六點七萬人，一九二七年一月激增到二百萬人，[五六]到六、七月間增加到六百萬到七百萬，並提出沒收地主土地、解除鄉紳武裝的要求，還時常發生農會私自審判、處決豪紳的事件。在陽新縣處死的四十五名紳士中，有部分是在農民的壓力下，由縣當局處死的，另一部分則是農民自己處死的。在湖北中部和東部的一些縣裏，政權實際上掌握在農民協會手中。[五七]

五六　《中國現代革命史資料叢刊：湖南農民運動資料選編》，人民出版社一九八八年版，頁七七一。

五七　《維經斯基在共產國際執行委員會主席團會議上的報告》（一九二七年六月二十二日於莫斯科）：《共產國際、聯共（布）與中國革命檔案資料叢書》第四卷，北京圖書館出版社一九九八年版，頁三二六，三二八。

兩湖農民運動中出現的擅自捕人、殺人、罰款、打人，破壞宗祠、廟堂，衝擊北伐軍官家屬的現象十分嚴重，其暴烈形勢，正如毛澤東在《湖南農民運動考察報告》中所說：「幾萬萬農民從中國中部，南部和北部各省起來，其勢如暴風驟雨，迅猛異常……反對農會的土豪劣紳的家裏，一群人湧進去，殺豬出谷。土豪劣紳的小姐少奶奶的牙床上，也可以踏上去滾一滾。動不動捉人戴高帽子遊鄉……為所欲為，一切反常，竟在農村造成一種恐怖現象。」[五八] 三十多年後，毛澤東重返湖南，仍然滿懷激情的回憶湖南農民運動說：「殺！殺！殺！殺盡一切反動派，燒！燒！燒！燒盡一切反動派的屋，縱橫十里燒光。」[五九]

北伐軍到達武漢之後，又在兩湖的大小城市中觸發了一場空前規模的群眾運動。工人為改善經濟社會地位，自發舉行罷工，罷工席捲了整個武漢，大約有十六、七萬的大工廠工人參加，家族式的商店，被罷工浪潮衝擊得最厲害。底層的群眾不經上級主管部門的同意，就自行組織工會，大部分罷工是在無計劃無準備的情況下進行的。

國共兩黨對這種罷工形勢既沒有清醒地估計，也沒有什麼長遠的計劃。[六〇] 據湖北總工會

五八　毛澤東：《湖南農民運動考察報告》，《毛澤東選集》第一卷，人民出版社一九九一年版。

五九　《毛澤東一九五九年六月的回憶》，龔固忠、唐振南、夏遠生主編：《毛澤東回湖南紀實（一九五三－一九七五）》，湖南出版社一九九三年版，第八一頁。

六〇　[蘇]A.B.巴庫林：《中國大革命武漢時期見聞錄（一九二五－一九二七年中國大革命札記）》，中國社會科學出版社一九八五年版，第四－六頁。

在十二月份的初步統計，從國民革命軍到達武漢以來，湖北工人罷工達到一百五十到一百六十起，幾乎每月罷工五十起，大部分發生在半手工業式的小企業裏，參加罷工的總人數達二十萬。武漢工人建立了三百多個各自為政的工會，湖北總工會不起什麼作用，群眾都是自發組織起來，獨立採取行動。[六一] 手工業工人和店員向僱主算賬，要求增加以後的薪水、補發從前的薪水，有的把賬算到了幾十年前。[六二]

這種激烈的革命形式，引起了許多人對武漢政權的憂慮。梁啟超在一九二七年一月二日的家信——《與令嫻書》中寫道：「時局變遷極可憂，北軍閥末日已到，不成問題了。……但一黨專制的局面誰也不能往光明上看。尤其可怕者是利用工人鼓動工潮，現在漢口、九江大大小小鋪子什有九不能開張，車夫要和主人同桌吃飯，結果鬧到中產階級不能自存，而正當的工人全部失業。放火容易救火難，黨人們正不知何以善其後也。」[六三] 在十幾天後的《給孩子們書》中，梁又感歎：「現在漢口、武昌的商店，幾乎全部倒閉。失業工人驟增數萬，而所謂總工會者每月抽勒十餘萬元供宣傳費（養黨人），有業工人之怨恨日增一日，一般商民

六一　[蘇]A.B.巴庫林：《中國大革命武漢時期見聞錄（一九二五－一九二七年中國大革命札記）》，中國社會科學出版社一九八五年版，第二八頁。
六二　鄭超麟：《鄭超麟回憶錄》（上），東方出版社二〇〇三年版，第二八一頁。
六三　丁文江，趙豐田編：《梁啟超年譜長編》，上海人民出版社一九八三年版，第一一〇七頁。

更不用說了……將來真不知何法收拾。」六四

迅猛發展的革命形勢，將原先的「國民革命」的目標和策略，遠遠抛在後面。無論是以汪精衛為首的國民黨「左派」，還是中共中央，或是兩黨的基層黨組織，在這個關鍵時刻，都沒有能力領導民眾，也無法控制革命形勢的發展。

瞿秋白在一九二八年的一份報告中說，在武漢政權時期，共產黨內激進派的「土地革命」口號廣泛散佈，變成了一般工農群眾的口號，並隨着自發的農民暴動而普及到極廣大的農民中，波及到士兵中。不但汪精衛、張發奎在工農群眾中失去了信仰，「真正的國民黨左派」在工農貧民中的信仰也喪失殆盡。

瞿秋白所說的「真正的國民黨左派」，是指那些青年學生。瞿說，在「五卅」以前，「學生子」這三個字在工人以及農民之中，差不多就等於「革命黨」，工農是歡迎他們的，往往請他們去領導，而在武漢政權走向反動的前後，不但國民黨的青年，甚至於共產黨的「學生子」也已經在群眾中喪失信仰，農民群眾遇着這些過去的「領導者」，甚至要槍斃他們，工人也拿着切菜刀追殺他們。六五

兩湖工農運動的激烈形勢，還造成了軍隊與農會之間的衝突。因為國民革命軍的中下級

六四　丁文江，趙豐田編：《梁啟超年譜長編》，上海人民出版社一九八三年版，第一一一〇頁。

六五　瞿秋白：《中國革命與共產黨——關於一九二五年至一九二七年中國革命的報告》（一九二八年四月）：《瞿秋白文集》政治理論編，第五卷，人民出版社一九九五年版，第三五三–三五四頁。

軍官，大多來自兩湖地區的中小地主家庭，兩湖的農民運動，衝擊到這些軍官的利益。如國民革命軍第八軍軍長李品仙的一個姐姐，家裏有十畝地，農會向她索要四百大洋，這位姐姐交不出，只好把地契交出來，想以此免受土地的牽連，農會還是不應，她於是找到了李品仙。又如李品仙屬下某營長的弟弟，因有七十畝地，農會要罰款。他沒有錢，又怕和全家人戴高帽子遊鄉，就在米飯裏摻進洋火頭給孩子們吃，孩子中毒死了，他們夫婦二人也投河自盡。李品仙對此十分不滿，說他本人及手下高級軍官都同意無償地交出自己的土地，但是軍隊裏還有大量下級軍官需靠土地為生，他擔心軍隊會喪失鬥志。[六六]

一九二七年五月二十五日，國民革命軍第四集團軍總司令唐生智，在河南前線致電長沙省黨部省政府，聲稱：前線軍人在湘境各縣眷屬財產，常被「暴徒」侵害搶掠。甚至兵士付洋數元匯家養贍，亦被農會奪去。妻室被人奸誘離婚。軍心極為不安，異常焦灼。要求嚴懲侵擾軍人家屬財產之「暴徒」。[六七]

兩湖地區本為中國南部重要的稻米產區，自農工運動迅猛開展以來，軍糧的供應也成為很大問題。孝感劉家廟及大智門各處彙集三萬傷兵，無米為炊。呻吟痛楚，怨氣充塞。稍能行動，便到處搶劫，仇殺長官。唐生智曾憤然移書武漢及湖北省政府說：「吾兵戰死可，餓死則

六六　[蘇]A.B.巴庫林：《中國大革命武漢時期見聞錄（一九二五—一九二七年中國大革命札記）》，中國社會科學出版社一九八五年版，第一六四—一六五頁。

六七　湖南省博物館編：《馬日事變資料》，人民出版社一九八三年版，第七二頁。

不可也」，而武漢政府終無辦法。[六八]

到一九二七年五月，原先支持武漢政府的朱培德、王天培、劉佐龍等軍事實力派，都相繼表明了反共立場。駐防宜昌的鄂軍師長夏斗寅，會同四川的楊森，在蔣介石的策動下發動叛亂。緊接着江西的第三軍軍長朱培德亦在部屬要求下，在六月初，停止了江西的農工運動。馮玉祥的西北軍六月一日與武漢北伐軍會師鄭州之後，又與南京北伐軍在徐州會晤，接受了蔣介石的經費援助和反共要求，宣佈「清黨」，解散全軍政治人員，同時致電武漢，要求取消共產，驅逐鮑羅廷。[六九] 武漢陷入反共軍隊的三面包圍封鎖之中，經濟全面崩潰，紙幣跌落，米價高漲，錢莊商店停業，中等以上階級爭相逃入租界避難，失業人口達到二十萬以上。

二、和平分共

汪精衛來到武漢後，對於急劇爆發的階級衝突和社會矛盾深感焦慮。他擔心引起帝國主義的武裝干涉，對於南京的封鎖造成的經濟危機和軍隊中的反革命傾向憂心忡忡，對於共產國際堅決與蔣介石決裂的主張，也不贊同。

在一次與陳獨秀的談話中，汪表達了他的幾點不滿：第一，一九二七年一月三日佔領日本

六八　《武漢派日暮途窮》，《廣州民國日報》，一九二七年七月七日。

六九　蔣永敬編：《北伐時期的政治史料——一九二七年的中國》，臺灣中正書局，一九八一年版，第四〇八-四〇九頁。

租借的行動，不是根據國民黨的指示採取的，而是共產黨人宣傳鼓動的結果；第二，「打倒蔣介石」的口號，是共產黨人在未向國民黨通報的情況下提出的，國民黨對此一無所知；第三，存在兩個黨組織是不合適的；第四，蘇聯唆使中國人民同帝國主義進行鬥爭並做出殘酷的自我犧牲，但他們自己卻不積極參與鬥爭。[七〇]

汪精衛既反對蔣介石，又反對共產主義傳播，要求繼續堅持反帝的國民革命路線，維護國民黨對國民革命的領導權。陳獨秀後來在一九二九年十二月十日《告全黨同志書》中說：

> 我於四月初到漢口，第一次會見汪精衛，即聽到他一些有反動傾向的言論，和上海談話時大兩樣。我告知鮑羅廷，他也說是如此，並說汪精衛一到武漢，即受了徐謙、顧孟餘、陳公博、譚延闓等的包圍，漸漸和他疏遠了。蔣介石李濟深相繼屠殺工農後，國民黨日益看輕了無產階級的力量，汪精衛及國民黨全體中央委員的反動態度與政策日益發展；我在本黨的政治局會議上報告兩黨聯席會議時說：「我們和國民黨的合作日益入於危險，他們和我們所爭的，面上好像是這樣那樣的各個小問題，實際上他們所要的是整個的領導權；現在只有兩條路擺在我們的

七〇　《中共中央政治局和共產國際執行委員會代表聯席會議記錄》（一九二七年五月一二－十三日於漢口），武漢地方誌編纂委員會辦公室編：《武漢國民政府史料》上冊，武漢出版社二〇〇五年版，第二九二頁。

面前：放棄領導權或是和他們決裂。」[七一]

陳獨秀的話表明，汪精衛在來到武漢之後，已日益表現出反共的傾向。但共產黨並未立刻選擇同汪精衛決裂，這主要是因為，在共產國際和早期中國共產黨的階級論中，以汪精衛為首的武漢「左派」，並不僅僅是國民黨的代表，還是「小資產階級」的代表。

在第一次國共合作中，共產黨之所以不遺餘力的發展國民黨「左派」，其中一個重要原因，就是爭取「小資產階級」群眾的考慮。當時的共產國際認為，「在現時中國民族革命過程中，包羅着極廣大的小資產階級群眾，他們在民族革命中佔極重要的地位，這些群眾絕不是C.P.所能包辦組織起來的……並且他們也不能接受C.P.的政綱。」[七二] 因此，必須發展出一個國民黨「左派」的政綱，在共產黨代表的工農利益之外，來表達小資產階級的利益，以便形成工農和小資產階級的聯合戰線。

武漢政權下工農運動的猛烈爆發，使共產國際對中國的形勢做出了新的判斷，認為：以蔣介石為代表的民族資產階級已經脫離革命，中國革命已開始從民族革命轉變為工農革命和土地

七一　中共中央黨史研究室第一研究部編：《共產國際、聯共（布）與中國革命文獻資料選輯（一九二六—一九二七）（下冊）》，北京圖書館出版社一九九八年版，第三五四頁。

七二　《粵區來信——答覆中央十月四日去信》（一九二六年十月二十一日）：《中共中央檔選集》（第二冊），中共中央黨校出版社一九八九年版，第六三九頁。

革命，並提出了建立獨立的工農武裝的要求。[七三]

一九二七年四月初，共產國際代表羅易來到武漢，帶來了共產國際要求中國革命轉變為土地革命的最新指示。羅易認為，對汪精衛和國民黨「左派」的作用，不應估計過高。他們是小資產階級的代表，小資產階級是沒有獨立的政治力量的，他們沒有共產黨和工人階級的支援，就「活不到明天」。他堅決主張立即從下層推進土地革命，並設想在兩湖武裝農民，建立一支共產黨的軍隊，自下爭取士兵，使其轉身反抗軍官。[七四]

由於汪精衛被認為是「小資產階級」的代表，中共聯合小資產階級，就必然表現為與汪精衛合作。蔡和森說：「這樣，汪精衛就成為我們全部政策的中心」。[七五] 為了重新博得汪精衛的信任，一九二七年六月一日，羅易突然約汪精衛談話，並擅自將斯大林的「六一電報」副本交給汪精衛。這份電報反映了莫斯科對中國共產黨的最新指示，內容包括：

第一，必須同過火行為作鬥爭，但不能動用軍隊，而要通過農會；

七三　斯大林：《中國革命問題》（一九二七年四月二十一日）《共產國際、聯共（布）與中國革命檔案資料叢書》第六卷，北京圖書館出版社一九九八年版，第八〇頁。

七四　[美]羅伯特·諾思，津尼亞·尤丁編著：《羅易赴華使命——一九二七年的國共分裂》，中國人民大學出版社一九八一年版，第九－一〇頁。

七五　蔡和森：《中國問題》第一期，第五〇頁；（美）羅伯特·諾思、津尼亞·尤丁：《馬日事變後共產國際及其代表關於中國革命問題的資料》，《共產國際、聯共（布）與中國革命檔案資料叢書》第五卷，北京圖書館出版社一九九八年版，第五八〇頁。

第二，堅持主張從下面實際佔領土地；不進行土地革命，就不可能取得勝利，不進行土地革命，國民黨中央就會變成不可靠將領手中的可憐的玩物；

第三，只應沒收大、中地主的土地，不要觸及軍官和士兵的土地，如果形勢需要，暫時可以不沒收中地主的土地，但是，應從下面多吸收一些新的工農領導人加入國民黨中央，他們的大膽意見會使老頭們變得堅決起來，或者使他們變成無用之人；

第四，應該改變國民黨目前的構成，務必要更新國民黨上層人士，充實在土地革命中脱穎而出的新領導人，而地方機關應當依靠工農組織中的數百萬人加以擴大；

第五，應當消除對不可靠將領的依賴性，要動員兩萬共產黨員，再加上來自湖南、湖北的五萬革命工農，組建幾個新軍，要利用軍校學員做指揮人員，要組建自己可靠的軍隊；

第六，要成立以著名國民黨人和非共產黨人為首的革命法庭，懲辦和蔣介石保持聯繫或唆使士兵迫害人民、迫害工農的軍官等。

莫斯科的新指示，使汪精衛大吃一驚，他對羅易說，國民黨無論如何也不能接受這樣一份決議。隨後，汪將電報副本拿給了宋慶齡和陳友仁看，陳當即嚇得面如土色，說「這意味着國民黨與共產黨之間的戰爭」。[七六]

七六 *T'ang Leang-Li: The Inner History of The Chinese Revolution.* Reprint edition published by University Publications of America, INC. Arlington, Virginia. 1975. pp. 281.

形勢發展已將國共兩黨推到戰爭的邊緣。汪精衛後來說：當一九二四年國共合作之初，兩黨都要國民革命，然只有一個中國，只有一個國民革命，譬如共坐一條船。將來終有一天，國民黨要將國民革命帶往三民主義的路上去，共產黨要將國民革命帶往共產主義的路上去。如今，「已到了爭船的時候了，已到了爭把舵的時候了，要將國民革命帶往共產主義那條路上去的，不能不將國民黨變做共產黨，否則只有消滅國民黨一法。要將國民革命帶往三民主義那條路去的，不能不將共產黨變做國民黨，否則只有消滅共產黨之一法。」[七七]

這使汪精衛最終下定了「分共」的決心。

羅易從教條的「小資產階級」脆弱而沒有獨立生存能力的理論出發，認定汪精衛和國民黨「左派」是「小資產階級」的代表，又認為，「左派」只有同共產黨合作才能生存，否則就要被右派消滅，因此擅自將斯大林的電報交給汪精衛。當鮑羅廷得知羅易的魯莽行動後，大為惱怒，立刻電告共產國際執行委員會。因為鮑羅廷更加清醒的認識到，無論國民黨「左派」代表的是什麼，它仍然是「國民黨」。

羅易很快被共產國際召回。但國共分裂已箭在弦上。

七月十四日，共產國際先發制人，在《真理報》上發出宣言，斷定「武漢政府之革命工作

七七　汪精衛：《武漢分共之經過》（一九二七年十一月五日在廣州中大的演講）：《汪精衛集》卷三，上海光明書局一九三〇年版，第二二二，二三一，二三二頁。

告終，該政府現已成反革命的勢力」，要求中國共產黨全體黨員：

一、毫不遲疑地退出武漢政府，以示抗議；

二、退出武漢政府時發表原則性政治聲明，說明採取這一步驟的理由是武漢政府仇視土地革命和工人運動，並要求嚴懲鎮壓工農的一切罪犯，同時全面揭露武漢政府的政策；

三、不退出國民黨。儘管國民黨領導在開展將共產黨人清除出國民黨的運動，要留在國民黨內。要同國民黨基層建立更密切的聯繫，由基層做出決議，堅決抗議國民黨中央的行為，要求撤換國民黨現領導，並在此基礎上準備召開國民黨代表大會；

四、全力加強無產階級群眾的工作，建立群眾性的工人組織，鞏固工會，教育工人群眾準備採取「決定性」的行動；

五、開展土地革命，有步驟的武裝工農；

六、鑒於有遭鎮壓和屠殺的危險，要建立黨的秘密戰鬥機關；

七、糾正中共中央的機會主義。[七八]

一九二七年七月十五日，武漢國民黨中央執行委員會常務委員會舉行擴大會議，議決在一個月內召開第四次中央執行委員會全體會議，討論決定「分共」問題，在未開會以前，中央黨

七八 《共產國際執行委員會關於中國革命當前形勢的決議》（一九二七年七月十四日），中共中央黨史研究室第一研究部編：《共產國際、聯共（布）與中國革命文獻資料選輯》（上），北京圖書館出版社一九九八年版，第四九四頁。

部應制裁一切違反本黨主義政策之言論行為。

必須指出的是，武漢「分共」時，沒有史料表明，汪精衛曾說過「寧可錯殺一千，不可使一個漏網」的話。武漢分共是「和平分共」。在「分共」的同時，武漢政府甚至希望能繼續「聯俄」並維護農工運動。會議中通過的《統一本黨政策案》規定：凡在國民黨各級黨部，各級政府及國民革命軍任職的共產黨員，應自即日起，聲明脫離共黨，否則一律停止職務。不准共產黨以國民黨名義作共產黨工作，不准國民黨員加入他黨。但同時議決：派遣國民黨重要同志前往蘇俄，討論切實的聯合辦法。

一九二七年七月十六日，武漢國民政府頒佈了《保護共產黨員個人身體自由暨保護農工訓令》，指出：七月十五日的《限制共產分子之提案》，目的在於厲行黨的專政，提高黨的權威，「完全根據革命利益，執行紀律，並非妨害共產同志之個人身體自由」。要求各級黨部、國民政府及軍事委員會轉飭各屬，「有對於共產分子壓迫、妨害其個人之身體自由，或誣指他人為共產分子，意圖傾陷者，務必即依法嚴辦。」[79]

「訓令」還特別聲明：農工政策在國民黨中有長遠的歷史，在三民主義中亦有「確切的基礎」，並非因容納共產黨提出，亦不因限制共產黨而停止，要求各級黨部、國民政府及軍事委

七九　中國第二歷史檔案館編：《中華民國史檔案資料彙編》，第四輯（上），江蘇古籍出版社一九八六年版，第四二九頁。

員會轉飭各屬，對於農工團體須極力保護，對於農工利益須加意維持，以期鞏固農、工、商、學、兵之大聯合。若違背黨意，少加摧殘者，將執行革命紀律，決不寬貸。[八〇]

武漢「分共」之所以採取和平手段，並非因為汪精衛對共產黨有多少好感，是客觀形勢使然。武漢政府所依靠的軍隊中，特別是張發奎的軍中，有大量共產黨員。在一期北伐過程中，表現最出色的就是張發奎的第四軍、李宗仁白崇禧的第七軍和唐生智的第八軍。特別是第四軍，可謂攻無不克，戰無不勝，軍威之盛，有「鐵軍」之稱。寧漢分裂後，武漢方面繼續北伐，進入河南與張作霖部作戰，主力是張發奎的部隊。討奉之役勝利後，張發奎威望益隆，被擢升為第二方面軍總指揮，下轄的三軍九個師及各直屬部隊，都是精銳之師。

在張發奎的部隊中，共產黨的實力非常雄厚。秘書長高語罕、政治部主任郭沫若，皆有名的共產黨。下轄三軍九師中，賀龍的二十軍，全控制在共產黨手中。第十一軍中的二十四師師長是葉挺，二十四師已是共產黨的軍隊。蔡廷鍇的第十師，三個團長中兩個是共產黨，九個營長中四個是共產黨。第四軍的參謀長葉劍英、軍部參謀李人一、張公達都是共產黨。繆培南的第十二師，三個團長中有兩個是共產黨。營連排長中共產黨更多。總指揮部直屬部隊警衛團團長盧德銘、特務營營長羅皆衡，第二方面軍總指揮部憲兵第一營營長廖偉，炮兵第二營營長章

八〇 中國第二歷史檔案館編：《中華民國史檔案資料彙編》，第四輯（上），江蘇古籍出版社一九八六年版，第四三〇頁。

銘等，都是共產黨。至於政治工作人員，就更不用說了。

因此，對於「分共」，張發奎是很勉強的，他在總指揮部報告時質問道：「我們如果分共，還有什麼？」汪精衛在《武漢分共之經過》中也說：

> 主張立時分共，是做不到的。因為四月十九日誓師北伐，第四方面軍陸續出發，沿京漢路線，和張作霖作戰。第四方面軍的主力部隊如張發奎軍長所統率的第四軍第十一軍，及唐生智總指揮所統率的第三十五軍第三十六軍，在容共時代，自然有不少共產分子雜在裏面。吳先生曾責備兄弟為什麼說和共產黨死在一塊，生在一塊，其實這是容共時代的事實。十四年間東征時候，和十五年間北伐時候，死屍堆裏可以證明。即如此次北伐，蔣先雲等確是共產黨人，確是和國民黨忠實的武裝同志死在一塊的。當第四方面軍在前方和張作霖死戰的時候，如果後方同志，發生分共問題，則聯合戰線，為之動搖，無異給張作霖以一個絕好的機會了。所以當時一般忠實同志，雖明知已到了國共兩黨爭生死存亡的時候，不是共產黨將國民革命帶往共產主義那條路上去，便是國民黨將國民革命帶往三民主義那條路上去，已是無可並存的，然而為前方武裝同志着想，不便提出分共問題。[八一]

八一　汪精衛：《武漢分共的經過》，《汪精衛先生文集》卷二，上海：中山書局一九三六年版，第三五－三六頁。

雖然在六、七月份以後，第四方面軍收復河南，陸續班師回漢，但是武漢經過「赤都」時代的洗禮，軍隊和各級黨部、政府中，共產黨員與左傾的國民黨混雜交織，是很難分清楚的。特別是，共產黨的身份是秘密的，國民黨的身份卻是公開的，因此除了少數公開身份的共產黨員，很難將所有共產黨都準確的找出來。

怎麼才能判斷出，誰是共產黨呢？僅僅靠行為的激進程度，是無法判斷的。因為共產黨的綱領雖然比國民黨激進，但在武漢「打倒一切」的革命氛圍中，身為共產黨的青年在行動上卻並非比身為國民黨的青年更激進。共產黨有嚴密的組織和紀律，對黨員有相對嚴格的約束，而國民黨卻沒有嚴密的組織約束黨員行動，因此左傾的國民黨青年往往比共產黨青年還要「左」一些。

陳公博在回憶錄中也說，在大革命期間沒收土地的行動中，夾雜了許多國民黨的左派，「這班先生自然不是共產黨，但以為國民黨要勝過共產黨，應該更要比共產黨來的兇。」[八二] 在這種形勢之下，如果採取上海「清黨」的方式，勢必對武漢國民黨造成根本性的傷害，因此，武漢「分共」最初採取了和平的手段。

三、激烈反共

武漢「分共」之後，武漢政府即組織「討蔣軍」，委任譚延闓為國民革命軍第一集團軍

八二　陳公博：《苦笑錄》，現代資料編刊社一九八一年版，第八一頁。

軍長、討蔣軍總司令，魯滌平、程潛等亦有意加入「討蔣」陣營。張發奎部第四、第十一、第二十各軍，已向九江、南昌等地集中，準備沿江東下。[八三]

正當汪等人緊鑼密鼓籌備對蔣行動時，一九二七年八月一日，張發奎部下賀龍葉挺突然在南昌發動武裝起義，參加的部隊有賀龍二十軍全部三個師，葉挺的二十四師全部，蔡廷鍇第十師（後脫離起義軍進入福建），二十五師七十三、七十四團。張發奎部隊損失了四分之三。所剩僅黃琪翔的第四軍十二師、第十一軍二十六師兩個師，及葉劍英的教導團和梁秉樞的警備團。而葉、梁都是著名的共產黨，團內營連排長共產黨尤多。

張發奎焦頭爛額，在江西已無所作為，只好在爭得李濟深同意之後，率部追擊南昌起義軍，由贛南入粵，回到廣東圖謀發展。而南昌起義的軍隊被鎮壓後，隨即也向廣東進軍，並以中國國民黨中央革命委員會的名義發表宣言及政綱，自居國民黨左派正統，擁護聯俄容共農工三大政策，並自稱與從北江入粵的張發奎黃祺翔軍隊有諒解。[八四]

八三　《廬山大開討蔣會議》，《中華民國史史料外編——前日本末次研究所情報資料》第二十五冊，廣西師範大學出版社一九九七年版，第八五頁。

八四　《汕頭九月二十六日東方電》，《中華民國史史料外編——前日本末次研究所情報資料》第二十六冊，廣西師範大學出版社，第六七三頁。又據當時總政治部副主任郭沫若身邊的文牘員趙蘭回憶，八一南昌起義後，張發奎曾收到一封由趙蘭親自送交的周、朱、賀、葉四人的覆信，知道共產黨無意逗留南昌，並建議和張發奎的第四軍並行南下，起義軍以廣州潮汕為目的，勸張回駐廣州，互不侵犯。參見趙蘭：《南昌起義打亂了汪精衛的陰謀詭計》，廣東省政協學習和文史資料委員會編：《廣東文史資料存稿選編》第六卷，廣東人民出版社二

賀、葉佔領潮汕後，武裝農工階級蜂擁而起，佔領各地警察署，為四月十五日清黨報仇，殺死多人，後郭沫若周恩來等相繼來到，才出安民告示加以制止。[八五] 賀、葉軍在廣東實力原本不強，但張發奎部到廣東之後，與駐守東江的陳濟棠部形成了對抗之勢，因此陳濟棠不願分兵去剿除賀、葉殘部，張發奎也無法派兵去東江，因這在陳看來無疑是挑釁。這就給賀、葉提供了發展的契機。很短時間內，海豐、陸豐、惠來、紫金、五華等縣，都成立了蘇維埃。

張發奎回粵之後，打出了「擁護汪精衛」，「打倒割據地盤之惡勢力」，「粵人治粵」，「改造新廣東」的標語。反對派因此對汪精衛猜忌更深，甚至認為是汪先假手賀、葉來粵，然後又派張發奎入粵平之，就勢驅逐親蔣軍隊離開粵境。[八六]

這種局促之境，加深了汪精衛對共產黨的仇恨，也加速了他與寧方和解的步伐。在八月五日國民黨二屆中常會第二十三次擴大會議上，汪說：「這種狼心狗肺的東西，我們再說優容，我們就是叛黨！這種叛徒，我們要用對付敵人的手段對付，捉一個殺一個，同時我們要自請處分，本席就預備向第四次中央執行委員會議請求處分。為什麼容共政策到發現了第三國際給鮑

八五　〇〇五年版，第八七頁。
　　《香港二十七日國聞電》，《中華民國史史料外編——前日本末次研究所情報資料》第二十六冊，廣西師範大學出版社一九九七年版，第六七四頁。

八六　《中華民國史史料外編——前日本末次研究所情報資料》第二十六冊，廣西師範大學出版社一九九七年版，第六三四頁。

羅廷、魯依（羅易）的命令，還不把他們一個個抓來槍斃？現在事實已經大變了，共產黨已經明目張膽的做了，我們的敵人，和我們開戰。再有誰說優容，誰就是叛徒。我們要向第四次中央執行委員會議請求處分，因為我們對於容共政策，太不知變通了。」[八七]

九月二十四日，汪又致電南京政府，說：「共賊日熾，粵境勢變，瞻念前途，不寒而慄。前電曾詢討伐共軍主張，及粵中近情，迄今未得明白覆示，近聞共賊猖獗益亟，殊為焦灼。值此戰雲彌布，當有徹底馳援計劃，以免死灰復燃，留為後患。勿忘早蕩赤禍，藉奠粵局，不勝盼切之至。」[八八]

一九二七年十月，汪精衛因與唐生智不合，決定前往廣東，依靠張發奎的勢力，與南京國民黨對抗。十月三十日，汪約同甘乃光、陳公博、何香凝等在粵中央委員召開聯席會議，主張在廣州開中央執行委員會第四次會議，解決黨務、政治、軍事各項問題，恢復中央黨部。之後，又由汪出面，邀請把持廣東政權的李濟深赴上海開會。十一月十七日，張發奎按事先部署，突然發難，圍攻李濟深住宅，驅逐桂系軍人黃紹竑，繼而向西江、北江進攻，奪取廣東政權。此所謂「驅黃護黨運動」，史稱「廣州事變」。

八七 《汪精衛在國民黨二屆中常會第二十三次擴大會議的談話》，解放軍歷史資料叢書編委會編：《土地革命戰爭時期各地武裝起義·綜合冊》，解放軍出版社二〇〇一年版，第一四六五頁。

八八 《中華民國史史料外編——前日本末次研究所情報資料》第二十六冊，廣西師範大學出版社一九九七年版，第五六一頁。

「驅黃」造成廣州城內兵力空虛，恰好給共產黨提供了武裝暴動的契機。十二月十一日下午三時，張太雷、葉劍英等率領張發奎部下教導團、警衛團和工人赤衛隊五千餘人，發動廣州起義。雖然只維持了短短三天時間，卻對國民黨的政治和心理造成了重大打擊。

如程天放所說：「這次粵亂，不是局部問題，是黨國生死存亡的問題。我們寧可失了南京，我們絕對不能失了廣州，因為南京失了，我們保住了廣州，還可以再來革命、再來北伐，廣州如果在共產黨之手，我們奪不轉來，中國不久就要受千古未有的奇禍了。」[八九]

廣州起義徹底粉碎了汪精衛的「護黨救國運動」，使汪狼狽不堪，無比的震驚和憤怒。起義被鎮壓後，李濟深回到廣州，在泰康路天字碼頭造下了一座石碑，將事變經過和「禍首」名字刻在石碑之上。所謂禍首，卻不是葉挺、張太雷，而是汪精衛、張發奎、黃琪翔、陳公博、顧孟餘。[九〇] 借着廣州的恐怖氣氛和肅清共產黨的決心，國民黨內對汪派展開了凌厲的聲討，指控汪「甘受第三國際指揮」，「唆使張黃竊據百粵、勾結共黨、焚劫廣州。」[九一]

為了擺脫窘境，挽回在黨內的聲望和地位，汪精衛表現出更加激進、徹底的反共態度。他在致陳公博等電文中說：「廣州省城，經此次焚劫，綢繆善後，刻不容緩。竊意宜集合各界公

八九 程天放：《上了共產黨的當了》，《申報》一九二七年十二月十七日，第三張第十版。
九〇 王唯廉：《汪精衛與廣州暴動》，《現代史料》第一集，海天出版社一九三五年再版，第十二頁。
九一 《廣州特別市黨部黨務指導委員會呈請中央拒絕汪精衛等出席第五次會議電》，《黨聲旬刊》第一期，廣州特別市黨務指導委員會編印，一九二八年七月十一日出版。

正人士，共謀補救，共黨餘孽，必去之務盡；即浮薄少年，好為偏激之論者，亦宜痛斥，不可錄用。民眾運動，在中央未確定方針以前，宜停止進行。農工運動中，尤易雜入莠民，不可不防。」[九二]

儘管如此，汪精衛仍難以獲諒於黨內同志，在很長時間裏，他一直被反對派稱為「準共產黨」或「灰色共產黨」。

一九二七年十二月十七日，汪精衛偕陳璧君、曾仲鳴等人，再度流亡法國。

從四月份回國，到再度去國。八個月間營營奔走的結果，是汪的政治主張和個人聲望都受到嚴重的打擊。汪從他的政治生涯頂峰跌落到了低谷。

一九二八年二月二日，國民黨第二屆四中全會在南京丁家橋中央黨部開幕，組成以譚延闓為主席的國民政府和以蔣介石為主席的軍事委員會。汪精衛、陳公博、顧孟餘、甘乃光均被限制出席。在其後召開的國民黨「三大」上，以「汪兆銘等九委員，跡近縱袒弄兵，釀成廣州共變一案」，議決：「永遠開除」陳公博、甘乃光的黨籍，開除顧孟餘黨籍三年，汪精衛由大會給以書面警告處分。以汪精衛為首的「粵方委員」被正式排除出了國民黨的領導集團。[九三]

九二　廣東省革命博物館編：《中國現代革命史資料叢刊：廣州起義資料（下）》，人民出版社一九八五年版，第四八三頁。

九三　榮孟源主編：《中國國民黨歷次代表大會及中央全會資料》（上冊），光明日報出版社一九八五年版，第六八四－六八五頁。

3.4 黨紀先生

孫中山制定的「聯俄容共」政策，有力的針對了二十年代初國民黨面臨的困境：首先，它緩解了國民黨迫切需要軍事援助的問題，為它在相互競爭的各派政治勢力中脫穎而出提供了基本的物質條件。其次，孫中山也清楚的看到：「廣州政治上三次失敗，皆因軍人恃權，黨員無力，故黨之主張無力。吾黨目下除少數幹部，並無黨員，雖亦有力量，然此種力量，姑可張羅於一時，恐日久必窮倒」，由此意識到「非從下層多做功夫，而徒拘泥於上層之幹部，必不足以負改造中國之偉大責任」。[九四] 因此，決定借聯共的契機，徹底改組國民黨。

可以說，「聯俄容共」政策的制定，是一個大智大勇的決策。它意味着國民黨將要在「赤色帝國主義」陰影的籠罩之下，從華僑、會黨和各派軍閥武力的限制中走出來，面對如何與「國際勢力」結盟的問題，面對「以黨治軍」和群眾動員的問題，甚至還有如何用「三民主義」容納、消解「共產主義」話語的問題。聯共將國民黨帶到了一個十字路口，它提供了機遇，為政治行動者敞開了空間。它也充滿陷阱，考驗着行動者的智慧和能力。在孫中山逝世之後，汪精衛和整個國民黨「左派」的聯共行為，正是試圖面對這些問題、風險和機遇的一種表現。聯共政策雖然結束了，但汪當初支持「聯共」時的那些政治訴求，特別是以黨治軍，控制

九四　羅家倫：《國父年譜初稿》下冊，中國國民黨黨史編纂委員會一九五八年版，第六三四頁。

武力的惡性發展，解決中國政治軍閥化的問題，卻沒有完成。北伐勝利之後，國民黨各路軍事領袖——李宗仁、李濟深、馮玉祥、閻錫山等，不僅擁兵自重，而且借助各地的政治分會，掌握着地方政權，形成事實上的割據形勢，相互疑忌，相互猜嫌。中國政治仍掌握在軍事實力派手中。面對這種軍閥割據，黨權破碎的狀況，南京方面，先有李石曾等人提出「分治合作」的主張，後有吳稚暉發出「相安一時」的呼籲。

一九二八年，吳稚暉在《中央半月刊》上發表了一封致李濟深、李宗仁、白崇禧、孫科、伍朝樞、譚延闓、李石曾、張靜江等人的公開信，奉勸大家「相安一時」。只有相安一時，黨務才可以整理，黨權才可以漸起，只有相安一時，中央才可以籌劃建設賢明政府，進行賢明政治，「一面增進無產階級之生計，一面以賢明政治化導劣紳土豪於善良，更一面改良教育與實業，使青年有社會進步之希望」。[九五]

然而無論是吳稚暉的「相安一時」，還是李石曾的「分治合作」，都是在承認軍閥割據的現狀之下，謀求和平與妥協的一種途徑。只不過，「相安一時」更多是權宜之計，「分治合作」作為與民國初年「聯省自治」一脈相承的政治思想，包含了更多制度設計的成份。

汪精衛認為，無論「相安一時」，還是「分治合作」，都不是解決問題的根本辦法。相比於訴諸軍事領袖個人的覺悟，汪精衛更願意訴諸於「制度」安排。他說：「在好的環境裏，

九五　吳稚暉：《勸大家相安一時》，《中央半月刊》，一九二八年第十五期，第一－一二頁。

壞人也會變成好人，在壞的環境裏，好人也會變成壞人」。所謂好的環境，就是有好的制度和嚴格的紀律。「相安一時」與「分治合作」，用汪的話說，「都是引誘軍人入於壞的環境裏。」[九六] 他更寄望於用嚴格的「黨紀」來約束軍人的行動。汪念念不忘「黨紀」問題，因此而被吳稚暉罵為「落小樣」，「悻悻小丈夫」。[九七] 但其根本的訴求，無非是以文人制裁武人，以黨權來抑制軍權。

怎樣以黨權抑制軍權？在過去的大革命中，汪看到了民眾的力量。而今，在國民黨「背離」了民眾之後，汪也陷入新的迷茫。一九二九年一月一日，身居巴黎的汪寫信給擁護他的軍人王懋功，討論控制武力的問題。信中說：

> 中國的國民革命，固然以民眾為基礎，這是根本觀念，不可移易的。從策略上看來，中國革命，有一特質，便是使用武力。中國革命，和歐洲革命，有好些不同。歐洲革命，竟有不使用武力而可以成功的，歷史上此例甚多，不必枚舉。中國則沒有這一回事。因此，我們對於中國革命，要認識真切，便是以民眾為基礎。同時，還要注意於武力的養成。所和軍閥不同的地方，便是使武力為國民的

九六　汪精衛：《一個根本觀念》，《汪精衛先生的文集》卷一，上海中山書店一九三六年版，第九六頁。
九七　吳稚暉：《勸大家相安一時》，《中央半月刊》，一九二八年第十五期，第五頁。

武力。中國還少不了一次革命，這是無可疑的。如今的問題，便是以後革命，怎樣的使用武力。如果利用各個軍閥的利害關係衝突，拉攏挑撥、離間撮弄，使各個軍閥的衝突，加倍速度而發作，並非不可能，但這個有什麼用處，但和主張「相安一時」的有何分別？相安一時，無非釀成以後更大的衝突。而利用軍閥間的衝突，無非使各軍閥之新陳代謝頻數些罷了。

如果説從中下級軍官着手，或從兵士着手，使社會影響到軍隊裏去，使社會心理能從軍隊裏表映出來，這是根本工作，但一則太慢，二則如今的軍閥們已經比北洋軍閥乖覺多些，一暴十寒，未免於事無濟。九八

汪精衛認為，要使武力從軍閥手中解脱出來，成為民眾的武力，有上下兩層工作要做。第一，是用黨的紀律約束軍事將領，使將官跟着黨走，第二，是使下層的士兵變成革命者，即軍隊本身由革命民眾組成，歐洲的革命和蘇聯的革命，就都遵循這個模式。歐洲的革命，是革命民眾先有了武裝，然後民眾武裝與專制君主的武裝相衝突，最後軍隊逐漸接受革命的影響，叛變君主；蘇俄的紅軍則是革命成功之後，由革命民眾組成，因此軍隊與人民趨於一致。中國革命的不同之處則在於，革命的軍隊不是革命的民眾裏出來。

九八　馬長林選編：《汪精衛致王懋功密函選》，《歷史檔案》一九八四年第四期，第五九—六〇頁。

汪認為，中國的革命，都是由一些先進的革命黨人發動的。革命黨人一邊要喚起民眾，一邊要組織軍隊。此等軍隊的組織方式不外三種：一是革命黨人利用綠林，使之變為革命的軍隊。二是軍隊的將官是革命黨人，得了機會便統率所部起來革命。在國共合作之後，才有了第三種方式，即由黨立的陸軍學校裏，養成軍官以組織軍隊，這種組織軍隊的方式，「似乎可以假定所有將官都是革命者了，然而所有士兵卻不一定是革命者，因為所有士兵都是招募得來的。」在這種情況下，就發生一種現象：「將官革命士兵也就革命，將官不革命士兵也就不革命，士兵一定跟着將官走，而將官不必一定跟着黨走。」九九

從汪致王懋功信中可以看出，怎樣去建立一種「人民的武裝」，這是汪無法突破的問題。從中下級軍官和士兵着手改造軍隊之「根本工作」，是汪做不到的。他只能孜孜以求，以「黨紀」來約束軍人，淪為一個「黨紀先生」。

同年六月，汪又在給王懋功的信中說：「若要打倒軍閥，先要以黨治軍。所謂黨者，捨總理外，決無可以個人之意思，為黨之意思。故至少限度，須用合議制，在此合議制中，武人、文人皆不當有所分別。武人之力，須在合議制外發動。……在合議制中，武人不能有絲毫挾持

九九　汪精衛：《武力與國民結合》（一九二七年六月三十日），《汪精衛先生的文集》卷一，上海中山書店一九三六年版，第一一一－一一三頁。

武力之行動，如其有之，即為叛逆，立當鋤而去之。」一〇〇

可見，經過幾番考量，汪精衛最終決定訴諸於通過上層制度建設，建立集體領導的軍事委員會，以「黨紀」約束軍人，達到「以黨治軍」的目的，而完全放棄了國民革命時期那種由上到下、利用黨代表和政治部約束軍人、教育士兵的軍隊政治工作模式。這表明，汪精衛雖然以「左派」自居，但在最關鍵的——從下層入手改造國民黨及其軍隊的問題上，放棄了孫中山的改組精神。這或許也是汪以一介書生，手中既無可靠軍隊，又失去了共產國際的扶持之後，一種無奈的抉擇。

一九三七年三月十三日，在距離武漢從「聯共」高潮走向「分共」將近十年後的一天，汪精衛致書蔡元培說：

> 數年以來，音訊隔絕。去冬歸國以後，始從諸同志處獲悉近狀，嚮往之心，與日俱積。……銘不自揣愚頑，妄欲揭以黨治軍之義，與持兵者相抗，顛頓至今，一無所成，而堅執此意，仍不少衰。……數年以來，國人屬望本黨，以為可以撥亂致治之意，已因個人獨裁，藉口黨治，摧殘民權，種種事實，使屬望者變為失望。長此以往，只有日即沉淪。言念及此，殷憂內集。未知先生何以教之。

一〇〇 馬長林選編：《汪精衛致王懋功密函選》，《歷史檔案》一九八四年第四期，第六二頁。

蔡元培回信說：「先生提以黨治軍之義，誠為扼要。以今日軍隊之複雜、軍人領袖程度之不齊，同仇則暫合，投骨則紛爭，已成積重難返之勢。將如何徹底整理，使一切受黨權支配……此關打破，始可以着手於其他問題。」一〇一

此時，正是日軍大舉侵華和中國人民的全面抗戰爆發前不久，而國民黨內部軍事派系混雜紛爭的問題，反而愈演愈烈。汪精衛所追求的「以黨治軍」體制，在國民黨政權中，始終沒有建立起來。

一〇一　高平叔撰著：《蔡元培年譜長編》第四卷，人民教育出版社一九九九年版，第三六八頁。

第四章　戰和：面對日本

汪精衛的早年是一個革命者，終其一生都以「革命黨人」自居。一九三〇年七月，汪精衛借國內「中原大戰」之機結束在法流亡生活，回國參加反蔣的北平「擴大會議」，此間，他曾表示：「本人對黨，有本人的立場，不欲強人以同己，亦不願抑己以同人，坦坦白白，革命黨的立場當如是也。」[一]

一九三一年「寧粵對立」期間，汪聲稱：「我是用世界革命者辦法來從事革命的。過去已曾經東西南北的漂流亡命，今後也可以馬上到國外去……只要是為了革命，哪裏不可以去？在滿清的時候，我們曾在日本組織同盟會本部，我們並不曾怕人家說我們托庇於帝國主義而不去革命，我更不怕人家拿內憂外患一套話來威嚇我！……兄弟是革命黨人，老早忘記了生命的存在……」[二]

一九三八年十二月，汪精衛果然因與中央在和戰問題上意見不同，而公然去國，倡言議和，後又成立汪偽政府。如何看待汪精衛在抗戰中的求和行為？至今存在着兩種截然相反的看

一　天津《大公報》，一九三〇年七月二十一日，第三版。

二　《京粵和會代表開談話會接見工學兩界請願代表》，《申報》一九三一年十一月七日，第四張第十三版。

法。同情者視之為「烈士」，反對者視之為「漢奸」。事實上，在汪精衛的「和平運動」中，蘊含着更多複雜的歷史因素。無論是「烈士」還是「漢奸」，都不足以說明其在最後的政治生涯中孤注一擲的求和行為。

在汪一步步走向脱離中央政權對日媾和的過程中，既有他本人的思想與性格因素、也有激烈的政治鬥爭、複雜的國際形勢，和「和運」中人對未來世界局勢的構想。重視而非迴避這些複雜的因素，將有助於我們更深入的理解，一個「革命者」，如何變成了一個通敵者。

4.1 「烈士」？「漢奸」？

對於汪精衛的主和及其後成立偽國民政府，大多數中國人都認為是「漢奸」行為，這幾乎已經是蓋棺論定的問題。但自始至今，都有一些人不同意這一看法。最初的爭論發生在歷史的當事人——主戰派與主和派——之間。當一場對外戰爭正在進行之中，公開主和的一方，往往會被主戰方認作漢奸。當然主和派自己未必同意。汪精衛政府中最大的實權派周佛海，在一九四〇年五月的一次日本招待宴會上，就發表演說：「重慶各人自命民族英雄，而目余等為漢奸，余等則自命為民族英雄。蓋是否民族英雄，純視能否救國為定。余等確信惟和平足以救國，故以民族英雄自命。但究竟以民族英雄而終，抑以漢奸而終，實繫於能否救國。如余等以

民族英雄而終，則中日之永久和平可定；如以漢奸而終，則中日糾紛永不能解決。」三

另一位偽府要員褚民誼，在戰後受審時的答辯書中則稱：「南京國民政府是否為破壞抗戰之唯一工具，姑且不論，而加本人及和平同人以叛國之罪是不可以不辯。……當此時也，目見耳聞之淪陷人民遭日軍民之凌辱，無可告訴……苟無仁人君子出而解人民切身痛苦於萬一，則今日之淪陷，不知道淪陷到若何狀態？……幸有汪先生其人者，不顧一己之安危，抱我不入地獄誰入地獄之宏願……回應近衛之聲明而發豔電，始而復黨，繼而組府……今日重讀豔電，極佩服汪先生所見之遠大，惜乎不幸不見採納。苟見採納，不但中日事變可早日結束，而亦斷不會引起世界第二次大戰。……徒以意氣而目在淪陷區內謀有組織者為漢奸、為叛國，實不思之甚也。」四

極力認可汪精衛主和，將其看作偉大政治家的，除了中國的主和派，還有日本的主和派。日方和談代表西義顯認為，汪精衛是一個有「思想力」的人物，像孫中山一樣，是一個「先驅者」，對於整個亞洲都具有意義。他認為，使汪精衛的悲劇真正成為悲劇的，不是汪精衛本人，而是日本的軍閥和官僚政府。「他們根本不顧如何有效地利用汪兆銘的作用，去防止亞洲歷史的淪落，以及如何謀求亞洲的復興。他們實在愚蠢，他們把這個偉大的革命家當成『俘

三　蔡德金編注：《周佛海日記全編》（上編），中國文聯出版社二〇〇三年版，第二九四頁。

四　《褚民誼之答辯書》，南京市檔案館編：《審訊汪偽漢奸筆錄》，鳳凰出版社二〇〇四年版，第二九三—二九四頁。

虜』，縛其手，踩住其腳，然後讓他快跑、飛翔。這樣搞法，即使再偉大的革命家，也將一籌莫展。」而他當時不知道日本領導者愚蠢到如此程度，仍在四處奔走，幫助汪兆銘脫離重慶，以致造成了他的悲劇。西義顯說：「我的愚蠢也是無法形容的。如今，對於已故的汪兆銘，真不知如何謝罪才好。」[五]

在主和派之外，同情汪精衛，甚至認為其通敵之舉是捨身飼虎，為保護淪陷區人民而做出自我犧牲的，卻也不乏其人。其中影響最為深遠的，莫過於胡適關於「烈士情結」的說法。當胡適得知汪精衛死訊之後，致函高宗武說：「精衛以『烈士』（Martyr）出大名，終身不免受此『烈士心理』之累。『烈士心理』者，就是自認只要有犧牲精神，一切事情都可做，都不會錯。『我生命尚且不惜，你們還不相信我嗎？』他好像常常這樣想。」[六]

歷史學者王克文繼承了胡適的看法，認為汪精衛早年謀刺不成，繫獄未死，這使他悵然若失，在心中留下一絲遺憾，構成了他特殊的政治性格——在潛意識中，總嚮往能再得到一次為國犧牲的機會。「或者由於日本文化的感染，也或者由於失敗被捕的經驗，他的英雄觀帶有強烈的悲劇色彩；甚至可以說，『英雄』和『烈士』在他心目中是一體難分的。」[七]

著名學者余英時和葉嘉瑩，也認同這一看法。余英時先生在新版《雙照樓詩詞稿》序言中

五　西義顯：《日華「和平」工作秘史》，江蘇古籍出版社一九九二年版，第一三九—一四七頁。

六　夏侯敘五：《高宗武隱居華盛頓遺事》，湖南教育出版社二〇〇八年版，第九九頁。

七　王克文：《汪精衛、國民黨、南京政權》，臺灣：「國史館」二〇〇一年版，第一九—二一頁；第三二頁。

說：「『烈士』情結確實存在於汪的識田之中。不用說，這一情結遇到國家危亡關口必然首先被激發起來而變成行動的原始力量之一。汪的主和與出走即由此開始；然後配合着其他內外因素，終於演出一幕歷史悲劇。」[八]

葉嘉瑩則對此進一步發揮，提出「精衛情結」的概念。她說：「胡適説汪精衛有『烈士』的情結。我今天講汪精衛的『精衛情結』，『精衛情結』也就是一個烈士的情結……人各有所求，《史記》裏說『貪夫殉財，烈士殉名』……一般所說的『烈士』，是為了有一個好的名聲，就是所謂『千秋萬世名』，可是汪精衛不是一般的烈士，他所作的是更大的犧牲。……跟日本人合作，是連這個身後的名都犧牲了，他從此被人罵成『漢奸』。而我之所以讀了汪精衛的詩詞很受感動，就因為他不是一首詩，不是一首詞，他是從開始到結尾，終身所貫注的，還不止是一個烈士的情結，因為他不是『殉名』的烈士，他是連名都要犧牲的，所以我說他是一種精衛的情結。」[九]

無論主和派如何自詡為英雄，但在主戰派和民族主義者看來，他們就是「漢奸」。時至今日，在中國傳統忠奸之辨和現代民族主義思潮的雙重影響下，對於汪精衛的筆伐口誅仍不絕於耳。不止官方歷史書寫，普通民眾亦多將主和派視為漢奸，並將漢奸視為一個墮落的符

八　余英時：《雙照樓詩詞稿·序一》，香港：天地圖書有限公司二〇一二年版，第二八頁。

九　葉嘉瑩：《汪精衛詩詞中的「精衛情結」》，臺灣：《印刻文學生活志》二〇〇九年三月號，第一〇四－一一七頁。

號。值得注意的是，不僅余英時、葉嘉瑩等持「烈士論」者講到「情結」，持漢奸論者，也講到「情結」。

歷史學家傅斯年在一九四〇年曾發表過一篇《汪賊與倭寇——一個心理的分解》，用「罪犯心理」分析汪這樣一個上有嚴父、繼之有嚴兄、自幼受「女兒式」教育的大家庭中的庶子。認為汪精衛與無知狂妄、既要學人又恐不如人的日本官僚集團共用了一種「庶子情結」，他們「有聰慧的頭腦而無安定的神智」，有作「人上人」的欲望而不知度量自己的本領。這種卑怯感，一激而為權力欲，再激而為領袖狂。[一〇] 傅斯年認為，汪精衛熱衷於名譽，追求行動的「效果」，渴望生命的榮耀，想要親自成就一番驚天動地的事業。這種名譽渴求是潛藏在「救國」動機背後，促使汪精衛「投敵」的更深層的動機。

可見，汪精衛是烈士？是漢奸？從不同的立場、不同的視角出發，會得出完全相異的結論。如何看待汪精衛在抗戰中的求和行為，如何看待汪偽政權所扮演的歷史角色，這關係到，如何看待中日戰爭，如何看待它的代價、後果和長期的歷史影響。如何理解，作為受侵略的中國，為什麼要堅持抵抗。它甚至還關係到一個人的終極的政治理想。

我們既不同意將汪精衛簡單貼以「漢奸」標籤而釘上民族主義的恥辱柱，也不認為他的對

一〇　傅斯年：《汪賊與倭寇——一個心理的分解》，《傅斯年全集》第四卷，湖南教育出版社二〇〇三年版，第二二三—二二八頁。

日求和主張，是單純的所謂「捨身飼虎」、「我不入地獄、誰入地獄」的英雄主義行為。相比於忠奸之辨，我們更加關心的，毋寧是一系列具體的歷史事實。汪精衛對於抗日戰爭持怎樣的見解？在一九三七－一九三八年間，到底發生了什麼？是什麼樣的國內外形勢和政治判斷，讓汪精衛決心投入一場與虎謀皮的鬥爭，甚至脫離中央亦在所不惜？

4.2 反蔣與反共

汪精衛為何堅持對日議和，甚至脫離中央背叛國策亦在所不惜？以往研究者大致提出過以下幾種見解：一、汪蔣鬥爭，爭權奪利，汪試圖依靠日本帝國主義實現自己的主張，或者也有其不甘居人下的性格問題；二、「資產階級」陣營中，汪所代表的親日派與親英美派公開分裂；或汪精衛代表了封建沒落士大夫階級的要求，總之，汪的主和有其「階級基礎」和「階級代表性」；三、汪精衛的「恐共」病，認為如果堅持抗戰，共產黨必將得勢，而蘇聯就會乘勢支配中國；四、抗戰亡國論的民族投降主義與民族失敗主義。[一一]

一一　黃美真、張雲：《抗戰時期汪精衛集團的投敵》，《復旦學報》（社科版）一九八二年第六期；蔡德金：《汪精衛集團叛國投敵的前前後後》，《近代史研究》一九八三年第二期；蔡德金、李惠賢：《關於汪偽政權問題學術討論會綜述》，《歷史研究》一九八六年第五期；蔡德金：《關於抗戰時期汪精衛與汪偽政權的幾個問題之我見》，《抗日戰爭研究》一九九九年第一期；劉華明：《汪精衛叛國出逃探微》，《民國檔案》一九九三

汪精衛脱離重慶出於汪蔣矛盾，這不僅是後世一些研究者的猜測，也是汪出走之後重慶諸人議論中的話題。當汪離渝的消息一經在中央傳開，就立即引出人們的紛紛猜測。有人説，汪之所以遠行，與以往一樣，皆因與蔣政見不和，負氣出走，而這一次則主要是因為蔣介石主張容納共產黨的問題。又有人説，不止共產黨問題意見不合，汪這一年來，無論在政府、還是在黨裏，都沒什麼地位。雖有副總裁之名，不過徒有其名，「許多措施他從來不曾知道。這是大足以引起他的無名悲憤的。」還有人説，汪精衛領導的國民參政會，攻擊財政部長孔祥熙，而蔣力袒孔祥熙，這未免使汪先生難堪。[一二] 還有國民參政會提議撤銷戰時「圖書雜誌原稿審查辦法」，汪有意照辦，而蔣則來電「毅然主張絕對不准撤銷」。這種種衝突，加之汪蔣在「容共」問題上的巨大分歧，「汪於是不得不行」。[一三]

不過，這些猜測都指向汪的出走，卻並未指向主和的問題。

年第二期；蘇宗轍：《汪精衛叛國投敵原因再探》，《民國檔案》一九九三年第三期；葉崗：《汪精衛到底為何從重慶出走》，《抗日戰爭研究》一九九四年第三期；劉兵：《抗日戰爭時期的汪精衛與汪偽政權研究學術座談會綜述》，《抗日戰爭研究》一九九八年第四期；肖書椿：《試論汪精衛淪為漢奸的個性因素》，《民國檔案》一九九八年第三期；蔣永敬：《汪精衛的「恐共」與「投日」》，《抗日戰爭研究》一九九九年第一期。蔡雙全、楊秀林：《汪精衛叛國投敵心理探索》，《民國檔案》二〇〇〇年第四期；李志毓：《汪精衛的性格與政治命運》，《歷史研究》二〇一一年第一期；等等。

一二　陳方正編輯、校訂：《陳克文日記》，中央研究院近代史研究所二〇一二年版，第三三六－三三七頁。

一三　王子壯：《王子壯日記》（第四冊），中央研究院近代史研究所二〇〇一年版，第六〇〇－六〇一頁。

事實上，汪蔣矛盾由來已久，而反蔣並不必然導致主和。人們之所以認為汪的離渝與汪蔣矛盾有關，一方面因為汪精衛一貫標榜「合則留、不合則去」、在黨內鬥爭中動輒離職去國的作風，一方面出於對汪不甘於居蔣之下的猜測。據龔德柏回憶說，一九三八年三月二十九日至四月一日，國民黨召開臨時全國代表大會制定《抗戰建國綱領》，確定以蔣介石為總裁、汪精衛為副總裁的新黨政關係，規定總裁行使黨和國家最高權力，將全國的抗戰力量統一在蔣介石一人領導之下，汪精衛在接受副總裁演說時，臉色極為難看，可想其憤慨不平的心情。[一四]

與汪私人關係良好的陳克文也說：「大家都承認汪先生有許多缺點，不能成為唯一的領袖。可是他平日關於這一點確有些不情願的。一個人既不能令，又不受命，便不能不進退失據，走入歧途。他這一次的倡言和議，在他固然是以國家民族的利害為前提，其實多少總有一些不肯甘居人下的意識從中作祟。這不是隨便胡說，就平日接觸言談中所得之印象確是如此。」[一五] 但是，單憑這一分析，讓人很難理解，汪以國民黨副總裁而居蔣之下尚且不甘心，又何以甘心做一個傀儡而居於日本人之下？

有些學者認為，「恐共」才是汪精衛主和的主要原因。例如蔣永敬的《汪精衛的「恐共」與「投日」》一文認為，汪精衛有「恐共病」。[一六] 如果不用「恐共病」這一提法，僅就抗戰

一四　《書屋》雜誌社編著：《高宗武隱居華盛頓遺事》，湖南教育出版社二〇〇八年版，第六八—六九頁。
一五　陳方正編輯、校訂：《陳克文日記》，中央研究院近代史研究所二〇一二年版，第四〇二頁。
一六　蔣永敬指出：早在第一次國共合作時，汪精衛就以孫悟空鑽到豬精肚子裏比喻共產黨。又說：西安事變，「兄

形勢而言，汪確曾多次表述，國民黨一旦以武力抵抗日本，中共必然乘機採取行動，他甚至說：共產黨「無異是日本的別動隊，若以不祥之例言之，恰如明末之李自成、張獻忠。」[17]一九三八年十二月二十一日，汪精衛逃出重慶之後，在河內致電原改組派要員彭學沛，告知其離渝「係因中央不願考慮議和，且本黨有進一步容共之趨向」。[18]

汪派雜誌《中國公論》在一九三九年九月的一篇社論《論和戰》中，曾申論：「共產黨、桂系以及一切失意分子，都很明白的知道抗戰是倒蔣唯一手段。他們因為要倒蔣，所以高唱持久的全面戰爭。蔣先生是絕頂聰明的……所以他們的調子唱得高，他的調子唱的更高。」[19]又說：共產黨的抗戰「是為第三國際而抗戰，不是為中國而抗戰，他們只知有第三國際，不知有中國，只知為第三國際打算，不知為中國打算，一切言論、一切行事，都是由此出發的。……我之離開重慶，十之八九是為有共產黨人夾雜在裏頭，弄得抗戰的空氣變了質了。這樣抗戰下

弟……看見一國軍事領袖（指蔣介石）忽然被共產黨聯合張學良、楊虎城諸人將他虜住了，忽然又由共產黨賣個人情將他放出了，放出之後，蔣先生對張學良、楊虎城狠狠的過不去，而對共產黨卻一聲不哼。兄弟就知道這裏頭有不可明言的恐怖了。」這些都是其「恐共病」的表現。蔣永敬：《汪精衛的「恐共」與「投日」》，《抗日戰爭研究》一九九九年第一期，第四〇-四一頁。

一七 汪兆銘：《抗日與剿共》，林柏生編：《汪精衛先生最近言論集》（上編），中華日報館一九三七年版，第五一頁。

一八 林美莉編輯校訂：《王世杰日記》（上冊），中央研究院近代史研究所二〇一二年版，第一六七頁。

一九 汪精衛：《論和戰》，《中國公論》一九三九年第一卷第六期，第二頁。

去，敗則中國實受其禍，成則受其福者不是中國，這樣越抗戰下去，中國亡的越快。這是我離開重慶的原因。」[二〇]

從這些言論中可見，恐懼中共趁抗戰、國民黨被削弱之際，趁機奪取政權，應為汪精衛主和的原因之一。當然，不止汪精衛一人有此想法，凡抗戰中的主和派，多少都有這一考慮。如「漢奸」羅君強就曾表示：「愈戰中國愈弱，共產黨則愈形得勢……要防止共產黨的禍害，非早日和日本講和不可。」[二一]

筆者曾撰文指出，汪精衛的反共，一方面是恐懼中共對國民黨政權取而代之，另一方面，也是擔憂共產黨對中國傳統社會結構和文化的顛覆。在這個意義上，說汪的本質是代表了半封建社會沒落士大夫階級的人格[二二]，也未嘗不可。

所謂的「封建社會沒落士大夫階級」的特徵之一，便是更多從「文化」視角而非從政權或「實體國家」的視角來定義「中國」，他們相信中國文化的生命力和改造異族的力量。他們根據歷史經驗認為，即使中國國家被外族征服，只要基本的社會結構不發生改變，以士大夫為主體的基層統治秩序不被破壞，傳統文化得以保留，則征服者不過是一個漂浮在社會上層的權力階級，並不會對中國文化和士大夫階級本身的利益構成傷害。而共產黨的興起，則將根本破壞

二〇　汪精衛：《歐戰與中國之前途》，《中國月刊》第二卷第一期，中華文化服務社一九三九年十月，第八頁。
二一　陳方正編輯校訂：《陳克文日記》，中央研究院近代史研究所二〇一二年版，第三四五頁。
二二　唐戌中：《汪逆偽組織解剖》，總動員出版社一九四三年版，第七頁。

中國傳統的社會結構，打倒舊的統治階層，摧毀原有的統治秩序和建立在這套社會政治秩序之上的文化觀念。淪陷時期北平很多知識分子高調談論中國文化，可看作是這種「文化中國觀」的表現。[二三]

此外，我們還需引入國際關係的視角，注意「親日」與「恐共」的關係，不能單純從「內政」方面——即從汪精衛對國內共產黨的看法來理解，還要考慮「外交」方面的因素。反共的另一面是反俄。在整個戰前和戰時的東北亞局勢中，日本都以蘇俄為最大的敵人。而中國當時的處境，聯俄必須反日，親日必須反俄。因此是「恐共」導致了汪精衛「投日」，還是「親日」要求汪精衛「反俄」，這是必須結合起來考慮的問題。

4.3 妥協折衝

汪精衛主和，只是一種權力爭奪，或「恐共」心理，還是有更深刻的思想主張？回答這個問題，需要全面考察汪精衛對於抗戰的態度。很多研究者都認為，汪精衛對於戰爭的態度，有一個從主戰到主和的轉變過程。[二四] 如果我們從汪發表的公開言論來看，的確是這樣。但是，政

二三　李志毓：《汪精衛的性格與政治命運》，《歷史研究》二〇一一年第一期。

二四　例如陶恒生在《「高陶事件」始末》中認為，汪精衛從高呼抗戰到附日投敵經過了七個時期：「主戰期」、「低調期」、「幻想期」、「行動期」、「憤怒期」、「無奈期」和「傀儡期」。湖北人民出版社二〇〇三年

治家的公開言論，往往只具有宣傳效用，並不能代表其內心真實的想法與判斷。

汪精衛最激進的抗日宣傳，應屬一九三三年在汪直接領導下的《南華評論》所發出的「主戰宣言」，該文章雖非汪精衛執筆，但卻是為汪精衛代言：

國際對於暴日之制裁，絕不可恃；而暴日侵我之野心，無有已時；欲救民族之危亡，除了長期抵抗，再沒有第二條路！……我們除了信奉汪先生的主張，實行民族自衛戰而外，還有什麼躊躇的餘地呢？我們民族今日所遇到的敵人，不同於歷史上的吳王夫差，也不同於歷史上的金人。我們想偏安一半，十年生聚，十年教訓，忍辱含羞，徐圖報復麼？可是我們的敵人卻不允許我們這樣做！客觀的形勢，已決定我們非戰不可了！不用躊躇，不用憂慮，戰是我們唯一出路，要從戰爭中，才能獲得民族復興的前途！二五

但是，在《南華評論》高呼抗日的同一年，汪精衛卻在與胡適的書信往還中對中日戰爭表達了完全悲觀的看法：

版，第三九九-四〇一頁。張殿興認為汪精衛「在抗戰初期，他的抗戰口號叫得比誰都高」，《汪精衛附逆研究》，人民出版社二〇〇八年版，第一五頁。

二五　《南華評論》第四卷第二期《卷首語》，上海：南華評論社，一九三三年一月二十八日。

> 戰則同為犧牲，和則同受譴責……日本在國際社會，道德上已成孤立……我國道德上雖得同情，而軍事經濟無各國實際援助，則亦孤立而已。以孤立之中國，支孤立之日本，不能持久，已無待言。弟平日決心欲集吾黨精銳，共同一拼……惟一戰而敗，吾輩死固不足惜，恐平津失陷，華北亦隨以淪亡，而土地喪失之後，收復無期，是不啻吾黨亡而以平津華北為殉也。……如在最低限度內有方法保全平津及華北，弟亦將不顧一切而為之。但若要簽名於承認傀儡政府及割讓東三省、熱河之條約，則弟以為宜俟吾黨犧牲之後，屆時弟必不獨生。以程嬰、公孫杵臼為例，亦可謂吾黨為其易，使他人為其難。[二六]

在這封信中，可以看出汪精衛對於中日戰爭的基本判斷和他自己的政治抉擇。

汪認為：第一，中國沒有實力與日本作戰，又得不到英美等國的實際援助，戰則必敗，而國民黨必將隨之垮臺；第二，無論戰還是和，都是愛國的選擇，他以《趙氏孤兒》中的公孫杵臼比喻主戰派，以程嬰比喻主和派，意在說明，戰、和都是為國家犧牲，但和比戰更難。

汪精衛一邊主持對日妥協外交，一邊內心也倍感委屈。據陳公博說，一九三四年某夜，汪

二六　《汪精衛致胡適函》中附《汪精衛覆某先生電稿》（一九三三年四月二十三日），《胡適來往書信選》（中），社會科學文獻出版社二〇一三年版，第五五〇頁。

在酒醉之後大哭說：「現在聰明人誰肯當外交部部長？」[二七]

在另一封給胡適的信中，汪精衛以甲、乙、丙、丁，分別代表日、英、美、俄，分析當時的國際局勢和中國的處境。他寫道：

> 以甲對乙，勝負未可知；以甲對乙、丙、丁，則乙、丙、丁之勝利是必然的，我們何憚做比利時呢？（注：指戰敗而能復興）但我國的經濟大勢，百餘年來，由北移南，通商以來，更移於沿海沿江。如今的戰爭，是經濟戰爭，以現在我國的軍隊，若無經濟供給，留駐於沿海沿江嗎？必然成為無數的傀儡政府；退入西北內地嗎？必然成為無數的土匪。換句話說，絕不能做到比利時，因為沒有他那麼純粹簡單。那麼，即使乙、丙、丁幸而戰勝，我國已成一團糟，除了化作蘇維埃，便是瓜分或共管。然而怎麼樣呢？要使我們在軍事財政上做成比利時的資格，無論大戰爆發之遲早，我們不可不努力做成。我的外交，便是求適應於此一點。……諸葛武侯說得好：「鞠躬盡瘁，死而後已，成敗利鈍，非能逆料。」我們現在除了努力預備做比利時，更無第二條路，預備得一日是一日，預備得一件

二七　陳公博：《八年來的回憶》，中國第二歷史檔案館編《中華民國史檔案資料彙編》第五輯第二編政治（一），江蘇古籍出版社，一九九八年版，第三三四頁。

事是一件事。但是預備是要有時間和物力的，原諒也罷，不原諒也罷。[二八]

汪精衛在信中表達的意思很清楚，中國對日作戰必然失敗，然而即使日本被英、美、俄等國打敗，中國亦絕無復興的可能，因為中國的國力衰弱，戰爭持續，只能造成民窮財盡，政府垮臺，國家分裂，軍隊化為土匪，遊民充塞，陷入長久的分裂與混亂之中。因此唯一的辦法，只有依靠外交上的努力，以妥協換時間，用這些時間來建設國家，充實國力，以為將來做復興之基礎。

陳公博在其「自白書」中說，汪精衛曾對他說：「中國要復興起碼要二十年，不要說我汪精衛看不見，連你陳公博也看不見，目前能夠替國家保存一分元氣以為將來復興地步，多一分是一分。」[二九]可見，戰敗是汪精衛一貫的見解，但他最擔心的是，國民黨因之而垮臺，中國因之而解體，亡國而不能復興。

對於汪精衛的觀點，胡適認為，比利時之所以能亡國而復興，「只是因為它能抓住協約國，只是因為它能堅持一種信心」，什麼信心呢？——「一點對於將來一個比較稍稍像個樣子的世界組織的信心」。中國的將來，無疑必須倚靠一個可以使丹麥、瑞士和英吉利、法蘭西同

二八　《汪精衛致胡適函》（一九三三年十一月二十二日），《胡適來往書信選》（中），社會科學文獻出版社二〇一三年版，第五五七頁。

二九　陳公博：《自白書》，《審訊汪偽漢奸筆錄》，鳳凰出版社二〇〇四年版，第六頁。

時生存的世界組織。我們若先疑慮英、美、俄來瓜分或共管，那麼，除了投到日本的懷抱中去做朝鮮，還有什麼出路呢？[三〇]

對於胡適倚重國際組織與外援的觀點，汪精衛進一步表明了自己的看法：「中國和丹麥、瑞士絕不相同。丹麥、瑞士小的像一塊沒有肉的骨頭，兩狼相食，各不得飽。……中國卻是一塊肥肉，世界上弱小國可以生存，弱大國則不能生存，中國可以比印度，卻不能比丹麥、瑞士。比利時的生存是因為『抓住協約國』，誠然，但英、俄、法與德國打仗，是各為自己，不是為比利時。英、俄、法決不會為比利時而與德國打仗。」換言之，汪精衛認為，國際組織並不可靠。英、美、俄這些大國，或許會為了自己的利益對日作戰，決不會出於什麼國際道義而幫助中國。一旦中日開戰，將希望寄託在國際制裁和列強援助之上，無疑是一種僥倖心理。[三一]

一九三四年五月八日，時任駐英公使的郭泰祺致函汪精衛，提出「聯俄制日」的外交主張。郭指出，以目前的國際形勢，第一，日俄不至於開戰；第二，美俄復交；三，符拉迪沃斯托克集中的大量空軍可制日本要害；四，英國對日本情感日疏，英日之間商業競爭的利害衝突日益激烈，澳洲、紐西蘭等太平洋屬地也對「日禍」憂慮日深，英國如繼續此前之親日政策，

三〇　《胡適致汪精衛》（一九三三年十二月二十日），《胡適來往書信選》（中），社會科學文獻出版社二〇一三年版，第五六一頁。

三一　《汪精衛致胡適》（一九三三年十二月二十五日），《胡適來往書信選》（中），社會科學文獻出版社二〇一三年版，第五六二－五六三頁。

則將失去這些屬地的同情。凡此情形，都有利於我國展開外交。

郭認為，目前以外交手段制約日本的途徑只有兩條：第一，如果英美能在遠東切實合作，則中國可聯合英美制日。但是，這一途徑很難實現，因為英美兩國之間仍多隔膜，相互也缺乏信任；第二，中俄合作。

郭泰祺判斷，俄國與日本的戰爭不可避免，且俄國於我不似英美之遠隔重洋，實際上較易援助。中俄都以對付日本為共同目標，並非沒有合作基礎，唯一的問題，是國內共產黨的障礙，導致國民黨不能與俄國合作。而蘇俄這些年來，似乎已暫時放棄了其世界革命的主張，蘇俄大使墨斯基對郭泰祺說，俄方對中國共產黨之希望與作用，幾乎全在於緊迫之時對付日本，可見其防範日本之心理與政策。因此郭泰祺奉勸汪精衛，中國的外交政策，應積極謀中俄共同禦侮之方，「中俄關係此時實較中美中英關係更為重要。俄國年來努力內部建設與國際和平，已恢復其國際信用，與我尤有共同之利害，在一種互不侵害之信約下，確有切實合作之可能。敢請我公對此問題予以深切之考慮，決策進行。」[三二]

汪精衛是否及如何回覆郭泰祺所提的「聯俄制日」方針，我們沒有看到相關資料。有學者認為，蔣介石曾積極支援過「聯蘇制日」的方針。而一九三二年中蘇復交之後，兩國關係並未

三二　《郭泰祺函汪兆銘》，臺灣「國史館」藏：《汪兆銘史料》，《汪精衛與國內外要人往返函電》，典藏號：118-010100-0001-001。

獲得實質性改善，這一方面是因為蔣介石堅持「攘外必先安內」政策，不急於改善兩國關係，另一方面是因為以汪為首的親日派「把持」南京政府外交部，不願同蘇聯接近。[三三]

也有學者認為，蔣的外交戰略不是聯蘇制日，而是「制俄攘日」，認為蘇聯與日本同樣懷抱侵略中國的野心，「親日、親俄二派皆願為他人犧牲而至死不悟」。[三四] 還有學者從蘇聯對華政策的角度指出，一九三二年底中國無條件對蘇復交之後，蘇聯並未從真正意義上改變其對華政策，而且在中日關係中仍繼續保持其所謂的「中立立場」，並在一九三五年三月二十三日，與日本扶植的偽滿洲國政府在東京簽訂了《蘇滿關於中東路轉讓基本協定》，以日本國金幣一點四億元價格，將有關中東路的一切權利轉讓給偽滿洲國。並聲稱這是「蘇聯政府愛好和平的一種表現」。[三五] 這一事件無疑在中蘇關係中又蒙上了一層陰影。

汪精衛的對日妥協，是單純出於對日本的恐懼，還是有更深的思想基礎，這是我們需要進一步研究的問題。[三六] 無論如何，汪無疑拒絕了「聯俄制日」的設想，認為即使美俄建交，中國

三三　李義彬：《南京國民政府的聯蘇制日方針》，《歷史研究》一九九一年第一期。

三四　鹿錫俊：《蔣介石的中日蘇關係與「制俄攘日」構想——兼論蔣汪分歧的一個重要側面（一九三三-一九三四）》，《近代史研究》二〇〇三年第四期。

三五　欒景河：《抗戰期間蘇聯對華政策再研究》，王建朗、欒景河主編：《近代中國、東亞與世界》（下冊），社會科學文獻出版社二〇〇八年版，第八四八-八四九頁。

三六　有關這一時期中日關係的研究著作，可以對理解汪精衛的決策提供必要的知識背景，例如劉維開：《國難期間應變圖存問題之研究：從九一八到七七》，臺灣「國史館」一九九五年版；許育銘：《汪兆銘與國民政府——

的外交重點仍應為中美關係和中日關係，而非中俄關係。

汪精衛的外交次長唐有壬對胡適所說：「許多人——尤其是自命為通曉國際關係的人，看見美俄復交，以為遠東的新均勢成立……我們大可以在這個局勢下，苟安一下子。但是據我個人的觀察，卻適得其反。我總覺得在最近的將來，日本對於我國，將有一種表面上好看，而骨子裏極嚴重的壓迫相加，這種壓迫的後面當然是武力，是不必說的。我對於此事很憂慮。……美國的空氣是我們生存的要件。……中美之間，只要能維持而且增進一種良善的友誼，已足為我們的大助。」[三七]

一九三五年五月，日軍藉口親日分子、天津日租界《國權報》社長胡恩溥和《振報》社長白逾桓被殺，製造事端，使熱河長城戰事後一度趨於穩定的中日關係再度緊張。日本「中國駐屯軍」參謀長酒井隆與駐華使館武官高橋坦在會見國民黨軍委會華北分會代理委員長何應欽時聲稱，此案「係中國排外之舉動，若中國政府不加以注意改善，則日方將採取自衛行動」，並指揮駐天津日軍在河北省政府門前進行武裝示威和巷戰演習。

一九三一至一九三六年對日問題下的政治變動》，臺灣「國史館」一九九九年版；周美華：《中國抗日政策的形成——從九一八到七七》，臺灣「國史館」二〇〇〇年版；李君山：《全面抗戰前夕的中日關係》，臺灣：文津出版社二〇一〇年版；彭敦文：《國民政府對日政策及其變化——從九一八事變到七七事變》，社會科學文獻出版社二〇〇七年版；等等。

三七 《唐有壬致胡適》（一九三三年十一月二十四日），《胡適來往書信選》（中），社會科學文獻出版社二〇一三年版，第五五八頁。

七月，日本「中國駐屯軍」司令官梅津美治郎與何應欽簽訂《何梅協定》，規定中國軍隊從河北撤退，取消河北省內的國民黨部，禁止河北省內的一切反日活動等。王世杰在日記中寫道：「何應欽……力主屈服，汪院長兆銘之態度亦同。蔣委員長雖不主張簽訂任何協定，然亦未能阻止何、汪接受日本的條件。」[三八]

南京政府監察院也對汪精衛提出彈劾，指責其對日屈從。以戴季陶、陳立夫為首，政府中大半數人附和。汪的地位極可危，於是乘勢以病為由，堅決辭職。王子壯說：「此次政爭關係方面極廣，為近數年最偉大之政治鬥爭也。」

一九三五年八月七日，政治會議開會至下午一時，對內政、外交諸問題，辯論極為激烈，戴季陶的部下，時任考試院銓敘部部長的石瑛，與陳公博的部下、改組派骨幹、時任實業部常務次長的谷正綱，互相對罵，幾至動武。隨後張厲生發言，說至現在中央庸懦，不負責任，痛快淋漓，全場鼓掌。繼而又有若干人發言，表示對中央不滿，反對汪精衛辦理外交。戴季陶又提出「上常委諸公書」，提出目前必須做到文武統一，內外大權集中一人，方能應付即將到來的非常局面。第二天早上，汪精衛請辭行政院長及外交部長的電文發到南京，行政院所屬各部如鐵道部顧孟餘、僑務委員會陳樹人、實業部陳公博、外交次長唐有壬等，也相繼辭職，以示與汪共進退。王子壯說：政爭到此地步，顯然南京多數必欲去汪，而

三八　林美莉編輯校訂：《王世杰日記》（上冊），中央研究院近代史研究所二〇一二年版，第四頁。

請蔣獨裁，以排除其他一切勢力或派系。[三九]

蔣介石的堅決挽留，使汪最終辭職未果。蔣為何執意留汪，與汪蔣此時需要相互利用的形勢有關。王子壯分析：就大局觀察，現在事實上已是蔣的天下，而蔣因為軍事關係，常駐外地，京中則由汪代主其事。汪並無實權，對外卻須負政治全責。如此，當對日關係緊張，需要屈服時，就由汪來出面，「蔣雖陰主其事，然對內外之地位無損也」。[四〇]

這也可以解釋，為什麼汪精衛認為自己來南京是「跳火坑」，是在此國內國際形勢之下，為國家做出的一種自我犧牲。

汪精衛復職後，即命駐日大使蔣作賓到東京，「密查日方真實對華方針」，所有朝野各界要人談話，隨時擇要電陳。一九三五年八月二十五日，蔣作賓乘「俄皇」號東渡，九月七日，與日本外相廣田弘毅進行談話。[四一] 九月十二日，蔣向汪報告：日本軍部與外務省意見不一，軍部曾向蔣表示，「無論有何意見，須先與軍部商洽，否則縱為軍部所應贊同之事，亦必出而反對或破壞之。」而軍部當中，又分為「荒木派」和「少壯派」，「荒木派」主張維持中國現政府，用溫和手段使其與日本軍部一致，共同防俄。「少壯派」則主張搗毀中國現狀，用強硬手

三九　《王子壯日記》第二冊，中央研究院近代史研究所編印，二〇〇一年版，第四〇八-四一三頁。
四〇　《王子壯日記》第二冊，中央研究院近代史研究所編印，二〇〇一年版，第四一一頁。
四一　《駐日大使蔣作賓與日本外相廣田弘毅談話》，臺灣「國史館」藏：《汪兆銘史料》，《抗戰初期國府首要與汪精衛往返函電》，典藏號：118-010100-0042-005。

段使中國屈服，再與中國一致防俄。如關東軍之板垣（征四郎）、土肥原（賢二），及軍部之酒井（隆）、影佐（禎昭）等，均屬於「少壯派」。而且軍部堅持，「非承認滿洲國不能談論其他問題」，中國不承認滿洲國就是無誠意。[四二]

十月三十一日，蔣作賓又致電汪精衛，詳細闡述了日本國內軍人派與非軍人派的爭鬥，及其各自對華政策。大致可歸納為以下幾點：

一、軍人派與非軍人派暗鬥激烈，軍人派的荒木（貞夫）野心甚大，不滿現內閣所為，或欲借擴張軍備及中日問題，以倒現內閣。不過，非軍人派勢力亦日漸擴大，因目前軍事行動已經停止，因此兩方言論都得到伸張，軍人派已不能為所欲為。

二、對於中日問題，軍人方面，主張激進，欲違背外交手續而「謀兩國之提攜」，非軍人方面，則主張較為和緩，「欲先謀兩國感情之融洽，再依外交程序，逐漸以謀兩國親善」；對於滿洲問題，則眾口一詞，均不顧中國。「但據兩派所談話之結果，似無具體意見，亦無具體辦法。」

三、時任日本貴族院議長，在一九三七年出任了內閣總理大臣的近衛文麿，對蔣作賓表示，中日兩國問題，應從「共同目標」和「經濟提攜」上謀解決滿洲問題和廢除不平等條約問題。中國「剿共」如需日本援助，日本當局將極為願意。前滿鐵總裁山本條太郎則表示，中

四二　《蔣作賓電汪兆銘》，臺灣「國史館」藏：《汪兆銘史料》，《抗戰初期國府首要與汪精衛往返函電》，典藏號：118-010100-0042-006。

國迫使日本放棄滿洲，或日本迫中國承認滿洲，都不可能，必須於承認宗主權或商議共同管理中求一辦法。而兩國「經濟提攜」則刻不容緩。黃種人和白種人的經濟戰爭日益緊迫，中日兩國若再內鬥，必為白人所乘。中日之間應立即改定關稅、廢除領事裁判權、共同防共，經濟提攜。

蔣作賓由此判斷，第一，日本所提之「共同目標」，是希望中日在軍事上立於同一戰線，共同反對俄國和英國；第二，日本朝野，極願與中國「提攜」無疑，尤其是實業界，只是具體方案尚未擬定，惟有先行聯絡感情，再相機而行。[四三]

蔣作賓的函電發出第二天，一九三五年十一月一日，汪精衛就在國民黨的四屆六中全會開幕式留影的儀式上遇刺，造成重傷，不久辭去了行政院長兼外交部長職務，次年二月前往歐洲療養。緊接着，一九三五年十二月二十五日，已隨汪辭職的外交部次長唐有壬也遇刺並身亡。蔣介石兼任行政院院長，張群繼任外交部長。

在這個歷史的關鍵點上，汪精衛及其「親日」外交暫時退出了歷史舞臺。

雖然人們經常認為，歷史研究中沒有「假如」可言，但是，考慮到自一九三三年上半年熱河、長城作戰之後，直到一九三五年下半年華北事變爆發之前，由於日本政府力圖壓抑軍部、

四三　《蔣作賓電汪兆銘》，臺灣「國史館」藏：《汪兆銘史料》，《抗戰初期國府首要與汪精衛往返函電》，典藏號：118-010100-0042-004。

謀求中日關係「安定化」和汪精衛-唐有壬「親日」外交的共同作用，中日關係中所呈現出的相對穩定局面，我們仍不免想要去追問，「假如」在日本國內，如蔣作賓所言，因為軍事行動的停止，非軍人派的勢力已漸漸擴大，軍人派已不能為所欲為，而在中國國內，汪精衛的外交路線繼續得到推進，其後的中日全面戰爭是否可以避免呢？中日關係「安定化」的喪失，更多來自於中方因素，還是來自於日方的因素？

對於這一問題，中日兩國的學者都進行過很多探討。臧運祜在《七七事變以前的日本對華政策及其演變》和《中日戰爭可以避免嗎》兩文中，有說服力的指出：日本是中日矛盾的主要方面，日本的對華政策及由此產生的對華行動，在中日關係中具有主導地位和制約作用。日本從九一八事變、經華北事變、到「中國事變」，包括盧溝橋事變在內的侵華史，並非偶然，它是日本實施大陸政策的必然結果，是一個連續的歷史過程。就九一八到七七的日本對華政策與行動的連續性而言，中日戰爭的全面爆發是不可避免的。[四四]

但身處歷史進程之中的人，並不能如後人一樣，清楚看到歷史發展的脈絡並照見自己行動的後果。他們只能憑藉有限的、甚至是片面的信息，以自己的眼光、見識加上一些想像力，去做出判斷，就這樣參與形成了「歷史進程」。汪精衛試圖以妥協外交配合日本的中日關係

四四　臧運祜：《七七事變以前的日本對華政策及其演變》，《抗日戰爭研究》二〇〇七年第二期；《中日戰爭可以避免嗎——兼論「從九一八到七七」的連續性問題》，《抗日戰爭研究》二〇一一年第二期。

「安定化」政策，去促成日本國內非軍人派勢力的上升和軍人派勢力的下降，由此擴大中日關係「安定化」的趨勢，盡量拖延時間，甚至避免戰爭的全面爆發，為中國的國家建設、經濟建設、國力充實，爭取時間。這是汪精衛「親日」外交的實質。

事實上，在當時的國民黨內，還有人提出過更「積極的」對日交涉主張。如陳立夫在回憶錄中說，他曾向戴季陶詢問中國對日應採取之方針，戴季陶認為，如此零星應付，拖拖時間尚可，絕難取得真正效果，必須設法從大方針上轉變日本的侵華政策。陳問戴是否可以去日本一趟，去「對日本元老重臣方面做些工作」，使其知道「中日戰爭之後臺為蘇俄，將來萬一中日戰爭爆發，必致兩敗俱傷，得利者為蘇俄。戴則認為，這是一件極艱巨的工作，「主管外交者」並沒有派他前去，誰又會請纓負重呢。

陳聽罷，便去對汪精衛說：「中日戰爭之促成者為蘇俄，藉以拆散軸心國家之聯合，並以解除蘇俄被東西夾擊之危險。我國之對策，應使日本方面採北進戰略，毋使西進，並予以便利，使兩虎相爭，互耗國力，以解除中日戰爭之危機。」汪聽後則認為，「不易改變日本西進之政策，亦不做不可為而為之嘗試。」陳於此深感失望，認為「汪先生非一大政治家。旋轉乾坤，必須具有大理想與大魄力，方有成功希望，若汪者，僅能用唐有壬之輩，走後門，施小惠，中日戰爭，不能避免矣。」[四五]

四五　陳立夫：《成敗之鑒》，臺灣：正中書局一九九四年版，第一八九－一九〇頁。

從我們今天的後見之明來看，陳立夫的想法無疑比汪精衛的更缺乏現實性。但無論是陳立夫，還是汪精衛，都提醒我們，即使中日戰爭的全面爆發是不可避免的，身處歷史當中的政治人物，仍然會借助自己的判斷去行動，試圖以自己的力量去促成時局轉變。

汪精衛遇刺之後，一九三六年二月再次赴歐「小休」，至十二月西安事變爆發，才重新回歸國內政治舞臺。在這期間，汪曾寫信給妻子陳璧君，傾訴幾年來委曲求全、對日折衝的苦衷，將屈從主張歸結為南京無兵。雖曰「不欲自白」，但透露出明顯的「自白」意味：

> 今日得來電後，即覆電。茲再以函詳之。數年以來，因剿匪軍事關係，南京實際等於空城。我以赤手空拳，支柱其間，最大責任，在使後方不至淪陷，前方軍事不至因而撓動，其餘皆放在第二着。此是數年以來我對於國家之最大責任，亦即我鞠躬盡瘁之最大貢獻。軍隊之調動，外間不知之，當局者始知之。故知我之苦心者，實在少而又少也。舉一、二事以明之：
>
> 前年（二十三年）六月間，日本藏本[四六]失蹤，數日未獲，日本方面洶洶抗議，一日數至。日本長江艦隊紛紛調至下關，有水兵上岸強佔南京之消息。其時，我集朱益之，唐孟瀟諸軍事長官計議，始知南京無兵，僅有軍官學校學生

四六　注：日本駐上海總領事館秘書藏本英昭。

三四千人可以臨時應戰。其時蔣先生在廬山，定於六月十三日左右回京，參加軍官學校十年紀念。我一日三電蔣先生，請勿回京。因蔣先生須帶兵回始有用，若一人回，同墮空城，俱盡無益也。其後藏本尋得，事已平息。我始電蔣先生可以回京，此一事也。

去年（二十四年）六月間，日本增兵平津，據何敬之部長報告，一觸即發，勢如然[燃]眉。其時蔣先生正西在成都，不特南京無兵，北京亦將得力軍隊抽調將盡，而倉猝不能調之使回。其時局面只有兩途：一是使平津為九．一八之遼寧；一是造成今日之局面。兩者相較，今日之局面固可痛心，較之九．一八之遼寧，尚為差勝（如果以為今日之局面，反不如九一八之遼寧爽快斷送，較為乾脆，此另一說，可以不論）。於是我只得負責以造成今日之局面。一時，同志明知故罵者有之，不知而罵者亦有之，我皆不辨，此又一事也。

類似之事太多，不遑[勝]枚舉。而所以不辨，則由於軍事須守秘密故也。去年十一月一日我被刺，在被刺之前一日，我在蔣先生處午飯，閻百川、張漢卿、何敬之、朱益之、唐孟瀟諸軍事長官俱在座。蔣先生對我說，「汪先生，我們以後不必再和六個月間一樣受氣，我們的兵已陸續調回來了。」我聞而欣然曰：「如此六月間大病一場也值得。」誠然，如今南京，不是空城，而是實城，不得已時候，可以拼一拼了。我盡了數年的心，吃了數年的苦，挨了數年的罵，挨到南京已由空城而實城，由拼無可拼而至於可以拼一拼，那還有什麼不滿意的呢？所以我電中說：「過去責任，共負可，獨負亦可。」我知道有人肯共負的。但是因為種種關係，還要我多負些，或者單獨的負，我又何所辭？辯既不了，生氣更不必了。一個人為了國家，只要有一些益處，將生命名譽統統為之犧牲，是值得的。

季七月十三日

此書不可發表，但可存之。我寫過去的事，此為第一次。我本欲得閒寫過去事，但細思之，仍以不寫為愈，一個人原不必急於自白也。又及。

季七月十三日[四七]

4.4 悲觀中堅持

一九三七年七月七日，宛平城外的日本華北屯駐軍與駐守平津的國民黨二十九軍發生衝突，七七事變爆發。從七七事變至一九三七年十一月上海淪陷、政府撤離南京的半年多時間

四七 蔡德金編選：《西安事變前後汪精衛與陳璧君等來往電函》，《近代史資料》總六〇號，中國社會科學出版社一九八六年版。

裏，汪精衛儘管對中日戰爭憂心忡忡，但仍一面與國民黨中央和蔣介石保持一致，表現出抗戰的決心；一面則尋找各種機會，希望通過外交手段斡旋和談。

七七事變爆發後，蔣介石立即向華北運兵，開始積極備戰。儘管，對於日本人的野心和作戰決心究竟到達何種程度，他一時也不能判斷。蔣在七月八日的日記中寫道：「一、倭寇在蘆溝橋挑釁，彼將乘機我準備未完之時，使我屈服乎？二、與宋哲元為難乎？使華北獨立化乎？三、決心應戰，此其時乎？四、此時倭無與我開戰之利。」[四八]

在接下來的幾天裏，日軍不斷向盧溝橋進兵，似乎表現出強硬的作戰態度，蔣則毫不畏懼而積極備戰，並調中央軍北上增援，蔣認為，如果我們不積極備戰以顯示抵抗的決心，則和平也沒有希望。[四九]他在日記中寫下：「雖在倭寇壓迫加重之中，此心泰然，建國工作進行不變，而且感覺興味益濃，對倭寇有形無形間之恫嚇，無所不用其極之手段，以我視之皆有不在意中也。」[五〇]

但在當時，無論是蔣介石還是宋哲元，都沒有認為這是日本全面侵華戰爭的開端。因此，中央下達的指示是「應戰，而不求戰」，宋哲元更拒絕接受中央調兵援助，要求入冀中央軍撤

四八　中國社科院近代史研究所檔案館藏：《蔣介石日記》抄件，一九三七年七月八日。
四九　中國社科院近代史研究所檔案館藏：《蔣介石日記》抄件，一九三七年七月十日。
五〇　中國社科院近代史研究所檔案館藏：《蔣介石日記》抄件，一九三七年七月十一日。

退，擔心中央是否趁機侵奪其在華北的統治權。[五一]

七月十五－二十日，國民黨在江西廬山召集各黨各派代表、社會名流舉行談話會，七月十七日，蔣介石以行政院長身份，發表《對於盧溝橋事件之嚴正表示》的談話，表明了國民政府對於抗戰的幾點立場：

第一，國民政府的外交政策，向來主張對內求自存，對外求共存。因為我們是弱國，對自己國家力量要有忠實估計，國家為進行建設，絕對的需要和平，和平未到根本絕望時期，決不放棄和平，犧牲未到最後關頭，決不輕言犧牲。但是，正因為我們是一個弱國，如果不幸到了最後關頭，便只有拼全民族的生命，以求國家的生存；「最後關頭一到，我們只有犧牲到底，抗戰到底！」

第二，這次盧溝橋事件，不是偶然發生的，而是日本處心積慮侵奪中國領土的一步，「和平已非輕易可以求得；眼前如果要求平安無事，只有讓人家軍隊無限制的出入於我們的國土，或是人家向中國軍隊開槍，而我們不能還槍。換言之，就是人為刀俎，我為魚肉！……這在世界上稍有人格的民族，都無法忍受的。」如果盧溝橋被人佔領，今日的北平就要變成昔日的瀋

五一　中國社科院近代史研究所檔案館藏：《蔣介石日記》抄件，七月二十六日：「宋始終不悟，猶以為可對倭退讓苟安，而反對中央怨恨，要求中央入冀部隊撤退，可痛也乎。」七月二十七日：「本日北平城外四郊皆發生戰爭，宋哲元至此始着急，平時不信余言，以為一意與敵敷衍即可苟安，故不敢構築工事，惟恐見疑於敵也。廿五日以前，敵人對北平包圍之勢早成，而彼猶燕雀處堂為安，要求入冀中央軍之撤退也，可痛也乎。」

陽，今日的冀察就將變成昔日的東北，北平若可變成瀋陽，南京又何嘗不能變為北平！所以盧溝橋事變關係的是中國國家整個的問題，這就是「最後關頭的境界」。

第三，萬一真到了無可避免的最後關頭，我們只有犧牲，只有抗戰！「但我們的態度只是應戰，而不是求戰；應戰，是應付最後關頭，必不得已的辦法。……至於戰爭既開之後，則因為我們是弱國，再沒有妥協的機會，如果放棄尺寸土地與主權，便是中華民族的千古罪人！那時便只有拼民族的生命，求我們最後的勝利。」

第四，盧溝橋事件能否不擴大為中日戰爭，全繫於日本政府的態度，和平希望絕續之關鍵，全繫於日本軍隊之行動，在和平根本絕望之前一秒鐘，我們還是希望和平的，希望由和平的外交方法解決盧溝橋事件，但是我們的立場有四點：（一）任何解決，不得侵害中國主權與領土之完整；（二）冀察行政組織，不容任何不合法之改變；（三）中央政府所派地方官吏，如冀察政務委員會委員長宋哲元等，不能任人要求撤換；（四）第二十九軍現在所駐地區，不能受任何的約束。

蔣介石說：這四點立場，是弱國外交最低限度，如果對方猶能設身處地為東方民族作一個遠大的打算，不想促成兩國關係達於最後關頭，不願造成中日兩國世代永遠的仇恨，對於我們這最低限度之立場，應該不至於漠視。五二

五二　蔣介石：《對於盧溝橋事件之嚴正表示》，秦孝儀主編：《先總統蔣公思想言論總集》第一四卷，中國國民黨

據蔣日記透露，他發表這次「談話」有兩個目的，第一，日本既然準備大戰，而其最高權力在於日本天皇，蔣希望能以宣言感動日本天皇，中日局勢「或可轉危為安」。第二，盧溝橋事件已經發動十日，而日本始終「徘徊威脅，未取正式開戰」，這說明其本無意激戰，「不惟無開戰之決心，而且局部之戰爭似亦有所顧忌」，這說明其志在威脅，在不戰而屈人之兵，這恰恰暴露了它自己的外強中乾。

蔣認為，倭寇既使用不戰而屈人之伎倆，「我必以戰而不屈之決心待之，或可制彼兇暴，消彌戰禍乎。」因此他一方面派中央軍進入河北——打擊日本進一步侵佔華北的野心，並進一步反擊打破「何梅協定」的格局。另一方面，又特意發表《對於盧溝橋事件之嚴正表示》這一「表決心之文書」，為使日本明瞭中國最後的立場，或可因此而收束其野心。[五三]

對於蔣的談話，汪表示了認同。他在七月十四日致電汪派喉舌《中華日報》，指示該報，對於盧溝橋事件的論評方針應為：（一）備戰；（二）不求戰亦不避戰；（三）從前之局部停戰協定將因日本之局部戰事行為而失其效力。[五四] 七月二十三日，汪交給中政會秘書長張群一篇「談話」，請其審閱，「如認為可發表」，即交中央通訊社發表。大意是說：

中央委員會黨史委員會一九八四年版，第五八二－五八五頁。

五三　中國社科院近代史研究所檔案館藏：《蔣介石日記》抄件，一九三七年七月十六日，十七日。

五四　《汪兆銘電中華日報》，臺灣「國史館」藏：《汪兆銘史料》，《汪兆銘與中國國民黨有關之各項函電（一）》，典藏號：118-010100-0005-061。

第一，「蔣委員長在談話會所發表之意見，深切著明，全黨同志，全國同胞，惟有深體此意，認定今日已瀕最後關頭，過此一步，即須將數年以來之忍耐、及忍耐期間所積累完全用盡，以保持國家民族之生命及人格。」

第二，一九三五年六月中日因華北事變所達成的協定，其精神在避免衝突，日方不再進兵，我方亦自動的將一部分軍隊後撤，俾平津不至糜爛，且不至為瀋陽之續，而絕非放棄領土主權。當時雖有一部分軍隊後撤，但二十九軍及商震、萬福麟等部，仍駐守該地負責捍衛維持之責。

第三，日方屢次無故進兵，最近且在盧溝橋開釁，並陸續進兵不已，是將當時的談判精神破壞無餘，又安能責怪中國進兵？二十九軍忠勇守土，中央豈能聽其孤軍受困而不加以援助？云云。[五五]

這些都申述了蔣介石十七日談話的精神。一九三七年八月二日，駐英大使郭泰祺致電汪精衛，請「酌示國內實情及今後方針」。汪覆電說：「此時已到最後關頭，惟有決心貫徹不求戰而應戰之方針。蔣中正宣佈此為最後關頭，不求戰而應戰，全國一致。」[五六] 然而，雖然在備

五五　《汪兆銘電張群》，臺灣「國史館」藏：《汪兆銘史料》，《汪兆銘與中國國民黨有關之各項函電（一）》，典藏號：118-010100-0005-055。

五六　《郭泰祺電汪兆銘》，臺灣「國史館」藏：《汪兆銘史料》，《國際各有關方面致汪精衛函電》，典藏號：118-010100-0056-033。

戰、應戰、不求戰、亦不避戰的總方針上，汪精衛與中央暫時無異，但在殘酷的戰爭和犧牲面前，汪與蔣卻表現出截然不同的精神和態度。

雖然一直在嘗試各種和談方案，但蔣對於抗戰的態度無疑是堅決的、主戰的，對形勢的估計經常是樂觀的。[五七]

盧溝橋戰事爆發，蔣即派中央軍進入河北，意在使日本認識到中央保衛華北的決心。他在這幾天的日記中寫道：「應戰宣言即發，再不作（與）倭寇迴旋之想，一意應戰矣」；「此意既定，無論安危成敗在所不計」。

蔣判斷，日本人對「何梅協定」不敢速提，不敢正式使用空軍，說明其志「在華北局部而不敢擴大」，戰事最多限於局部；而中央軍已經進入河北，日本已覺悟到其策動華北獨立的陰謀被打破，其大陸政策也遭遇重大阻礙。一般人只知道派中央軍入冀的作戰意義，不知道戰

五七　關於抗戰前期蔣介石對日態度的研究，可見：王建朗：《抗戰初期的遠東國際關係》，臺灣：東大圖書公司一九九六年版；楊天石：《抗戰前期日本「民間人士」和蔣介石集團的秘密談判》，《歷史研究》一九九〇年第一期；沈予：《論抗日戰爭期間日蔣的「和平交涉」》，《歷史研究》一九九三年第二期。蔡德金：《如何評價盧溝橋事變爆發後蔣介石的對日交涉》，《抗日戰爭研究》一九九六年第三期；沈予：《抗日戰爭前期蔣介石對日議和問題再探討》，《抗日戰爭研究》二〇〇〇年第三期；王建朗：《盧溝橋事件後國民政府的戰和抉擇》，《近代史研究》一九九八年第五期；劉維開：《蔣中正委員長在廬山談話會講話的新資料》，《近代中國》第一一八期，一九九七年四月；《戰端一起，絕不妥協：蔣中正委員長之和戰立場》，《近代中國》第一六三期，二〇〇五年十二月；吳景平：《蔣介石與抗戰初期國民黨的對日和戰態度》，《抗日戰爭研究》二〇一〇年第二期。

事的勝利尚在其次，政治攻略的勝利才是最重要的。蔣在日記中寫道：「倭之欲不戰而不可得也」；「倭政府無力統軍，其國內多不滿於少壯派之橫行，而且嫌惡戰爭，若我能持久，則倭必不能久持也。而其國內經濟之崩潰猶在其次乎。」[五八]

七月二十九日，北平陷落，蔣介石在日記中寫道：「晨起閱電，知北平電話於三時起無人接話，乃知宋部全撤，北平不保，痛悲無已，然此為預料所及，故昨日已預備北平失陷後之處置，不足驚異也。」[五九]

七月三十日，天津陷落，蔣又在日記中寫下：「雪恥：試看暴日究能橫行到幾時。」[六〇]

七月三十一日，蔣介石發表《告抗戰全體將士書》，號召全國將士急起抗戰，有犧牲到底的決心，有最後勝利的信心，軍民團結，親愛精誠，堅守陣地，有進無退，驅除倭寇，復興民族。[六一] 他在當天的日記中寫下：「若再加我二年之時間，豈不能恢復當年原狀？若有十年時間，不惟東北全復，而臺灣與朝鮮亦將恢復甲午以前之舊觀，扶持朝鮮獨立由我而成乎。」[六二]

五八 中國社科院近代史研究所檔案館藏：《蔣介石日記》抄件，一九三七年七月十九日，二十日，二十四日，二十七日。

五九 中國社科院近代史研究所檔案館藏：《蔣介石日記》抄件，一九三七年七月二十九日。

六〇 中國社科院近代史研究所檔案館藏：《蔣介石日記》抄件，一九三七年七月三十日。

六一 蔣介石：《告抗戰全體將士書（一）》，秦孝儀主編：《先總統蔣公思想言論總集》第三〇卷，中國國民黨中央委員會黨史委員會一九八四年版，第二一七-二二一頁。

六二 中國社科院近代史研究所檔案館藏：《蔣介石日記》抄件，一九三七年七月三十一日，「本周反省錄」。

「倭寇隨手而得平津，殊出意料之外，但今日得之也易，安知他日失之也亦非易乎，此或天之冥冥者，果有其意也。」[六三]

相比之下，汪精衛則表現出更多的猶豫和焦慮，對抗戰前途的估計是悲觀的。

七月三十一日，汪精衛乘兵艦從九江回到南京，陳克文前往下關海軍碼頭迎接，汪見陳即說：「此次廿九軍之失敗，可得一證明，證明『日本只能威嚇，而不能真正作戰』一語完全謬誤，此語實亡國之論也。」言罷頻頻搖頭，但仍然表示：「今後只有犧牲到底，抗戰到底。」[六四]又據和談運動的主要策劃人之一高宗武回憶說，七月三十一日當天，高在廬山先後受到蔣介石和汪精衛召見，對汪、蔣二人提出了同樣的建議：

> 事態至今，若一步錯誤，全東亞之破滅殆為必然。當此非常時期，對日最後折衝之責任請任之宗武。宗武當以熱誠說服近衛，藉近衛之政治力量，以永定河之線為轉捩點，使日軍由華北全部撤退，以救中國，並防止亞洲之破滅。在此一舉。[六五]

對於高宗武的提議，蔣介石不置可否，汪精衛則積極贊同，讓他「繼續努力」。這都表

六三　中國社科院近代史研究所檔案館藏：《蔣介石日記》抄件，一九三七年七月三十一日，「本月反省錄」。

六四　陳方正編輯、校訂：《陳克文日記》，中央研究院近代史研究所二〇一二年版，第九一–九二頁。

六五　夏侯敘五：《高宗武隱居華盛頓遺事》，湖南教育出版社，二〇〇八年版，第六〇–六一頁。

明，汪在抗戰全面爆發之後，雖然認同中央的抗戰政策，但並未從根本上改變其「避戰」、和談的心理。

平津淪陷之後，國民政府內有很多人對抗戰的信心都產生了動搖，主戰、主和者各執一端。八月三日，王世杰在日記中寫道：「二、三日來，首都一般人士，均深感大戰爆發後之危險。無知識或無責任之人，感覺身家危險，有知識者則對國家前途不勝恐懼。故政府備戰雖力，而一般人之自信力仍日減。今日午後與胡適之先生談，彼亦極端恐懼，並主張汪、蔣向日本作最後之和平呼籲，而以承認偽滿洲國為議和之條件。」又說：「胡（適之）、周（枚蓀）、蔣（夢麟）均傾向於忍痛求和」，以為與其戰敗而求和，不如在大戰發生之前為之。（吳）達銓認為「戰固必敗，和必亂」。六六

八月四日、五日的王世杰日記中又寫道：「近日暗中活動和議者似不少」，汪先生已將胡適所提的和議意見轉告蔣先生，「蔣先生以為軍心動搖極可慮，不可由彼呼籲和議，亦不可變更應戰之原議。」六七

在這些戰與和的議論中，蔣汪已表現出主戰與主和的分歧。蔣介石認為，「倭寇內部多矛盾，外成孤立，暴行醜態畢露無遺」，應先取攻勢。六八 汪精衛則在陳克文向其詢問大局時不作

六六　林美莉編輯校訂：《王世杰日記》（上冊），中央研究院近代史研究所二〇一二年版，第二八頁。
六七　林美莉編輯校訂：《王世杰日記》（上冊），中央研究院近代史研究所二〇一二年版，第二九頁。
六八　中國社科院近代史研究所檔案館藏：《蔣介石日記》抄件，一九三七年八月四日。

表態，使陳認為，中央對「和戰大計」似乎尚未決定。汪又告訴陳克文，中日雖極力備戰，但仍有解決之希望，使陳認為，所謂和平仍有可能。陳在日記中寫道：「日來外間頗傳當局意見未能一致，汪先生昨夜廣播演講，又以『說實話負責任』為題，似非無因也。」[六九]

一九三七年八月十三日，淞滬抗戰爆發。蔣、汪的態度，都希望戰爭能夠持久。蔣在日記中寫道：「此戰不能避免，惟能持久而已。」[七〇]汪精衛也致電郭泰祺、顧維鈞，告知二人，國內抗戰的形勢已經明瞭，「數年來埋頭準備苦心，現期在持久」，盼望二人在歐洲策動輿論，爭取國際勢力的支持。[七一]

然而，各個戰場傳來的消息，卻無不令人歎息。九月十八日，陳克文日記寫道：「現在敵正猖狂，平綏平漢津浦諸線，我軍均告失利。……抗戰前途正為可慮，收復失地，更談何容易。」[七二]九月二十一日，王世杰日記寫道：「晉軍毫無鬥志，從未繼續支持戰鬥三小時以上；大同之失直是聞風潰散」。[七三]十月二十五日，陳克文日記寫道：「津浦線之敗，敗於雜軍之不能戰，與東北軍劉多荃部之不戰而退，但外間宣傳尚有劉部壯烈犧牲之語，殊可嘆也。至山東

六九　陳方正編輯、校訂：《陳克文日記》，中央研究院近代史研究所二〇一二年版，第九四頁。
七〇　中國社科院近代史研究所檔案館藏：《蔣介石日記》抄件，一九三七年八月二十八日。
七一　《汪兆銘電郭泰祺、顧維鈞》（一九三七年九月四日），臺灣「國史館」藏：《汪兆銘史料》，《國際各有關方面致汪精衛函電》，典藏號：118-010100-0056-032。
七二　陳方正編輯、校訂：《陳克文日記》，中央研究院近代史研究所二〇一二年版，第一一二頁。
七三　林美莉編輯校訂：《王世杰日記》（上冊），中央研究院近代史研究所二〇一二年版，第四五頁。

目前，則敵既不進攻，中央亦無暇增防設備，有類空城計。空城計不能持久……華北五省之喪失，似為不可逃之命運矣。」[七四]

在這種形勢下，本來就對抗戰顧慮重重的汪精衛，更積極投入於以外交手段斡旋和平的努力。據陳克文日記記載，十月三十一日晚七時，陳克文應彭學沛之邀，赴德國大使館參贊飛爾師家中晚餐，汪精衛、何應欽均到。「飯後汪先生與德大使托德曼長談，始知此約實具重大意義……今晚之會其用意當即在斡旋和平之上。臨別托德曼約汪先生於禮拜三晚回宴，汪先生亦約於禮拜六晚回宴，用意尤為顯然。」[七五]

在同陶德曼探討議和條件的同時，汪還派陳公博到意大利會見墨索里尼和意大利外交部長齊諾爾，對意大利進行外交工作，儘管意大利已經在十一月六日與日本、德國共同簽訂了《日本、意大利和德國決定書》，透過這份決定書，正式加入了「防共協定」。陳公博告知汪精衛：「此行殊無把握，願以兩月為期，使命如達，當然速歸，苟其無望，亦當速歸。」[七六]

十一月初，淞滬抗戰形勢急轉直下。十一月八日，蔣介石下令中國軍隊全線撤退。十一月

七四　陳方正編輯、校訂：《陳克文日記》，中央研究院近代史研究所二〇一二年版，第一二六頁。
七五　陳方正編輯、校訂：《陳克文日記》，中央研究院近代史研究所二〇一二年版，第九四頁。
七六　《陳公博函汪兆銘》（一九三七年十一月四日），臺灣「國史館」藏：《汪兆銘史料》，《陳公博與墨索里尼及齊諾爾談話記錄等》，典藏號：《汪兆銘電郭泰祺、顧維鈞》（一九三七年九月四日），臺灣「國史館」藏：《汪兆銘史料》，《國際各有關方面致汪精衛函電》，典藏號：118-010100-0056-032。

九日，汪精衛致電陳公博說：「對意大利惟有盡可能減少其袒日害我之意向，淞滬失利，我實力消耗，惟抗戰決心不變。」[七七] 十一月十五日，陳公博在羅馬外交部與齊諾爾舉行了第一次會談，表明了中國抗戰的決心，希望意大利能嚴守中立，根據當天的會議紀錄，兩人進行了以下談話：

齊：你們到底是要和平還是要打仗？

陳：情勢還好，依我意見……

齊：你們能夠打敗日本嗎？

陳：我不敢說一定打敗日本，但消耗日本力量我們是盡可做的。

齊：公博，不要傻了，從前十一國反對意大利，也說要消耗我們力量。但你看到底結果怎樣？公博，一切國家都是騙你們的，唯有意大利，還是中國的好友人，意大利簽訂反共協定，完全關係歐洲及國防，我們要反對蘇俄及其他國家，哪一個國家，你一定會明白的（注：英國）。中國陸軍的軍械很差，飛機僅有兩百架，海軍則更沒有，所以還以和平為是。等到五年以後，再打不遲。現在再打，只有吃虧，你看怎樣？

七七　《汪兆銘電陳公博》，臺灣「國史館」藏：《汪兆銘史料》，《抗戰前汪兆銘與國民黨首要往返函電》，典藏號：118-010100-0040-045。

陳：你的話我也有一部分承認，但我們最低限度現在還要打。你說中國不會消耗日本力量，你可試看，日本計劃想在一月半結束北方戰事，一個月結束上海戰事，今則如何？凡計劃不能達其所期，都足以消耗力量。……在不平等原則之下，想屈服中國，那麼我們只有作戰到底。

齊：意國是中國的友人，我更是中國的友人，所以我很替中國焦慮。……如果中國願意的話，則德、意可出而調停。……比會各國，哪能替中國盡力，他們都是民主國家，絕無辦法。比不得法西斯國家，要戰便戰，要和便和。意國近年增進國際地位，完全靠此。

陳：我希望（意）本着過去友誼，不與中國為難，這是第一點。在此時期，意繼續售賣軍火與中國，這是第二點。你屢次談嚴守中立，你應該做到這兩點。

齊：意國從沒有在言論上害到中國，至於售賣軍火，則頗難商量。七八

一九三七年十一月十六日，陳公博與齊諾爾進行了第二次談話，齊諾爾說，他已獲知南京政府要遷都重慶的消息，他認為「中國應該承認滿洲國及華北五省自治」。陳公博則強調：

七八　《陳公博與齊諾爾第一次談話記錄》，臺灣「國史館」藏：《汪兆銘史料》，《陳公博與墨索里尼及齊諾爾談話記錄等》，典藏號：118-010100-0058-005。

「不恢復七月七日的原狀，無從談起。……中國本部之主權及行政，倘不能完整，我們雖戰至一兵一卒不留，也不肯罷手。」並再次提出向意大利購買軍火的問題。[七九]

除了面見墨索里尼之外，陳公博還去英國面見了張伯倫，並向張伯倫提出物質援助出面調停中日戰爭的問題。張伯倫對第一條表示在原則上可以答應，對第二條則表示無法進行。[八〇] 當陳公博回到國內時，上海和南京都已經淪陷。

陳克文在日記中，生動描述了汪精衛在撤離南京時的愁苦之情。

> 十一月十八日，天陰雨斜風，終日不晴。
>
> 上午八時，到陵園見汪先生。先生及夫人女公子等均在坐（座）。大家面上，都罩上一重憂慮之色。見面後，先生指示地圖，說明政府遷往重慶，及軍事機關遷往長沙、衡陽之意。問以外交形勢，先生搖頭歎息，謂友邦雖有好意，但我方大門關得緊緊的，無從說起。又說，現時只望大家一心一意，支持長久，這些切勿向外間宣露。停一會又說，從前城池失守，應以身殉，始合道德的最高觀念；今

七九　《陳公博與齊諾爾第二次談話記錄》，臺灣「國史館」藏：《汪兆銘史料》，《陳公博與墨索里尼及齊諾爾談話記錄等》，典藏號：118-010100-0058-008。

八〇　林美莉編輯校訂：《王世杰日記》（上冊），中央研究院近代史研究所二〇一二年版，第九〇頁。

道德觀念不同，故仍留此有用之身，為國盡力，言下態度至沉着堅決。見面約一小時，先生說話極少，俯頭踱步，往來不已。先生精神之痛苦大矣。

十一月二十日，寒風陰雨，淒涼滿城。臨行繞屋一周，冷雨撲面，百感聚集。下午有輪船一艘赴漢，黨政領袖及各機關重要職員，俱乘此西行，汪先生聞亦在內。四時與少岩通電話，忽汪先生來接，叩以是否今日離京，答「然，昨日中央決定如此」，聲調淒然。先生當甚苦也。

十一月二十一日，陰雨，冷。

往來道上者非隊伍不整之散兵，即倉皇逃難之男女。……知先生昨夜並未離京……先生問外間有因戰事失利非議抗戰否？答無有。又言：「此次估計完全錯誤，但事已至此，亦不能不幹下去矣」。先生頗不願即時離京：離京後到何處，做何事，均無從預定也。又再三以二三十年來積藏書籍無從遷移為可惜。謂初時決意堅守南京，故絕無準備，今驟言遷都，不及措手。因勸以遷入城中普通人家，汪夫人以為不可，遂決移藏於地下室中。[八一]

汪精衛的愁苦之情，反映了他對中日戰爭的認識。汪之所以反對抗戰、主張和談，根本的

八一　陳方正編輯、校訂：《陳克文日記》，中央研究院近代史研究所二〇一二年版，第一三六－一三八頁。

原因，是對中國抗戰勝利的信心不足。他認為，中國的軍備之落後、國力之衰弱，根本不足以抗戰，而國民黨的腐敗政治，也不足以立國。這是主和派的一致看法。

高宗武在回憶錄中說，他某日在南京看到中國軍隊調赴前線作戰，士兵在大雨中「連雨披也沒有，背着步槍之外只有機關槍」，心想如此裝備之軍隊，怎能抵得住久經訓練、裝備完整的敵人，不禁「淚為之下」。[八二] 汪精衛也說，自己在盧溝橋事變之後，「沒有一刻不想着轉圜」。看到前線下來沒有醫藥救治的傷兵，又感歎：「這仗如何才能打下去？」[八三]

事實上，在平津失陷之後，「抗戰必敗論」並不是汪精衛一個人的見解，也不僅僅是「主和派」的觀點，而漸漸變為國民黨內普遍存在的一種情緒。在一九三七年十二月南京陷落之後，對戰事、對政治的悲觀氣氛更廣泛瀰漫於國民黨和國民政府之中。甚至有人說「政府改組，最好請毛澤東做行政院長，朱德做軍政部長，他們的辦法要多些。」[八四]

在當時，很少有人堅信——國民黨能打贏這場戰爭，很多人懷抱求和之心。因此汪精衛才敢對張群說出：「此意乃人人意中之所有，而人人口中所不敢言」。[八五] 國民黨領導的抗日戰爭

八二　高宗武：《日本真相》，湖南教育出版社二〇〇八年版，第六六頁。

八三　陳方正編輯、校訂：《陳克文日記》，中央研究院近代史研究所二〇一二年版，第一五五頁。

八四　陶恒生：《「高陶事件」始末》，湖北人民出版社二〇〇三年版，第四〇〇頁。

八五　《汪兆銘電張群》，臺灣「國史館」藏：《汪兆銘史料》，《汪兆銘與中國國民黨有關之各項函電（一）》，典藏號：118-010100-0005-072。

不是必然會勝利，而是險些失敗、但最終勝利了。只有深入瞭解了抗戰的艱辛困苦，我們才能更好的理解，堅持抗戰的不易，理解中國之立國的來之不易。

第五章　去留：汪蔣分歧

一九三七年十二月—一九三八年十二月，是汪精衛在國民黨中的最後一年。一九三八年十二月十八日，汪精衛乘飛機秘密離開重慶，來到雲南軍閥龍雲控制下的昆明，十九日又從昆明飛往越南河內，脫離了國民黨中央，也脫離了自己在抗戰中的國家。十二月二十九日，汪在河內擬就致中央黨部蔣中正、中央執監委員等電，主張回應日本首相近衛聲明、對日議和，次日在香港發表，史稱「豔電」。次年一月，他被開除國民黨黨籍，離開了他為之奮鬥了三十年的國民黨。隨後又被加以「漢奸」之名，使他至今仍以「漢奸」的形象，在中國家喻戶曉。

在汪精衛出走前的最後一年中，他在持久戰、對於國際局勢的判斷、焦土抗戰等問題上，都表現出與蔣介石的激烈分歧。瞭解這一年中汪精衛思想的變化與國際國內形勢的發展，是瞭解汪精衛對日媾和的關鍵。

5.1　汪、蔣與持久戰

一九三七年十一月，淞滬抗戰失利之後，求和的聲音開始在政府、甚至軍隊中擴散出來。

十一月二日，日本廣田外相正式提出日方的議和條件，德國大使陶德曼受日本之托，於十一月五日面見蔣介石，轉告了日方的和談條件。日本此次提出的條件為：內蒙自治；華北自治；自偽滿洲國至永定河劃為中立地帶；擴大淞滬停戰協定所劃之中立地帶，以國際警察維持治安；中日經濟合作，減輕日貨關稅；取締排日及抗日教育；共同防共等。

在黨政高層中，主和之人已不僅有汪精衛、何應欽，孔祥熙也開始極力主和。[一]蔣介石在日記中說：「老派與文人動搖，主張求和，彼不知此時求和乃為降服而非和議也。」又說：「各將領戰意全消，痛心盍極。……敵軍實無攻京決心，惟我軍太無力量，敵人雖欲停止亦不能止矣」；「文人老朽以軍事失利皆倡和議，高級將領皆多落魄，望和投機取巧者更甚若輩，毫無革命精神。」[二]

政府機關遷到武漢之後，求和的空氣更是日益濃厚，人們開始在私下議論，汪先生是否會回南京主持議和。十二月七日，國民政府行政院在漢口中央銀行舉行會議，陳克文日記中寫

一 此處引自林美莉編輯校訂：《王世杰日記》（上冊），第七〇頁；關於陶德曼調停始末，可見於王建朗：《抗戰初期的遠東國際關係》，東大圖書公司一九九六年版，日本正式提出的議和條件為：（一）內蒙古自治，建立一個與外蒙古相似的自治政府；（二）擴大華北非軍事區，由中國警察和官吏維持秩序；中日如能締結和約，則華北行政權交給南京政府，但要委派一親日首長，如不能締結和約，華北將建立新的行政機構；（三）擴大上海非軍事區；（四）停止反日政策；（五）共同防共；（六）減低對日本貨物的關稅；（七）尊重在華外僑權利。第一三六－一三七頁。

二 中國社科院近代史研究所檔案館藏：《蔣介石日記》抄件，一九三七年十一月二十日，二十八日，三十日。

道：「會場中少不免又涉及傷病、難民、交通、後方秩序諸問題。這幾乎是每有會議必定提到的，並且照例有許多令人傷心歎息的報告。報告完了，必以『中國那得不亡』、『中國不亡是無天理』等等憤慨語結束。今日說這話最多的是孔副院長，其次是何應欽部長。」[三]

更嚴重的問題是，戰爭持續了三個月之後，確實造成了汪精衛當初所預料的問題，東南富庶之區淪為戰場，軍隊淪為土匪，民窮財盡，而中共政權反而得到發展和鞏固。蔣介石在十一月的「本月反省錄」中寫道：「抗戰結果，東南財賦之區，反成散兵游勇搶劫之場，此乃戰前未曾想到之事。痛心疾首，無逾於此。實為抗倭惟一之制（致）命傷也。敗仗計劃應先想到退兵時之搶劫姦淫，毀壞軍紀之淒狀……不懼敵軍攻陷而患在潰兵自亂搶劫，此幹部無力、教育無方之過也。」[四]

戰爭徹底暴露了國民黨的空虛和腐敗，使很多人都灰心失望起來。谷正綱說「我再也不願談黨了」；陳克文說：「這一次戰敗，國民黨恐怕再也不能抬頭了：戰爭中始終看不見國民黨的活動，其他各黨各派卻乘這中心勢力削弱的時候，大事活躍。許多人彷彿都在說，國民黨不成了，共產黨快要起來了！戰敗的結果，喪權失地固不必說，內部的分裂衝突恐怕來得更加可怕。」[五]

三　陳方正編輯、校訂：《陳克文日記》，中央研究院近代史研究所二〇一二年版，一九三七年十二月三日，十二月七日，第一四五，一四七頁。

四　中國社科院近代史研究所檔案館藏：《蔣介石日記》抄件，一九三七年十一月三十日，「本月反省錄」。

五　陳方正編輯、校訂：《陳克文日記》（一九三七年十二月九日），中央研究院近代史研究所二〇一二年版，第一四八頁。

蔣介石也考慮到，長期抗戰可能會帶來的最壞局面將是：一、各省軍閥割據，國內分崩離析。二、共黨乘機搗亂，奪取民眾與政權。三、散兵游勇，到處搶劫，民不聊生。四、人民厭戰，共黨煽動，民心背棄。五、政客反動離間，各處偽政權紛起。六、各國與日本共謀瓜分中國。七、日、俄以中華為戰場，使中國陷入西班牙一樣水深火熱的地位。八、財政枯竭，經濟崩潰，社會紛亂。[六]

在陳克文日記中，清楚記述了國民政府和黨政職員在戰爭考驗下的衰亡之勢。到了危急時刻才發現，平時政府的工作報告全屬子虛烏有，所有保甲組織，壯丁訓練，都是有名無實，「不切實，慕虛名，上下相欺」。黨政人員撤退途中仍不忘攜妓跳舞，屢禁不止。而「領袖命令別動隊偵查黨政人員有無不正當的娛樂行為，他們（自己卻）都在旅館裏開了許多房間，叫妓賭錢，終夜的跳舞，正經事一概不管，只知捏造是非，混淆黑白。」種種現象，讓陳克文徒然感慨，國民黨靠這種人做下級幹部，「早已自挖墳墓，現在是待敲喪鐘的時候了。」

陳日記中又寫道：「首都陷落後，各省政府均作遷移之準備，從無作誓死守土之準備者」，「準備遷移」，易言之，就是放棄土地。「可歎者，到處並無劇烈抵抗，即入敵手。敵大有傳檄而定之勢，而負守土責任之長官，更無一人為之犧牲者。……（皖南各縣）許多縣長從無一人被難，皆謂已遷移某處辦公。」戰敗之際，尚有人不忘大發國難財：「粵人集資購高

六　中國社科院近代史研究所檔案館藏：《蔣介石日記》抄件，一九三七年十一月三十日，「本月大事預定表」。

射炮，每尊價八萬元。經手者囑洋商列單十四萬元。洋商怒而毀約。又洋船運輸軍火，經手人索扣頭（回扣），事亦決裂。」

又據說，孔祥熙之子孔令侃向美國訂購飛機，所得均速率最劣之舊機；唐生智匯款四十萬元到香港，恐是奉命衛戍首都所領之軍費。種種令人傷心頹喪的消息，在政府內流傳着。而黨政職員，繼續過着呼妓打牌的生活，以汪精衛最親近的秘書——曾仲鳴為首。陳克文日記中寫道：「晚飯後，至仲鳴寓所明德飯店，與仲鳴、政綱、彥慈打牌。仲鳴所呼之妓至，不便阻人好事，遂散去。汝珩、廣霖近日盛談此道，想亦過着風流生活。彥慈新買一鑽石戒指……謂恐法幣將來變成廢紙，好將此變賣逃生。」[七]

十二月十三日，南京陷落。恐慌與求和的空氣，立時瀰漫在國民政府之中。

陳克文在日記中記述了人們的悲觀失望之情：「戰事初發生時，許多人說，敵人要攻到南京，最少需要三年功夫，死五十萬人。外國顧問也如此說。及滬戰失利，南京守土將領又說最少可守三個月。想不到才四個月，敵人已經攻到南京。敵人攻南京不過四五天便告失守。滬戰初期，舉世刮目相看，不圖一經敗北，勢如山倒，一至於此。南京失守後，武漢、長沙均立起恐慌。今日遷移之人，絡繹於途。……長沙如更失陷，則國民政府尚能有托足之地耶。喘息未

七　陳方正編輯、校訂：《陳克文日記》（一九三七年十二月二日），中央研究院近代史研究所二〇一二年版，第一四五，一四六，一五六—一五九，一六四—一六五頁。

定，敵已跟蹤而至，我能往寇亦能往，以中國之大，彷彿已無吾人托身立命之所矣。」[八]

又說：「朋友見面，都互相問道，有何消息，有何特別消息。此所謂消息，此所謂特別消息，是指與敵言和方面的多。……現在都似乎希望直接與敵言和。其實在此局勢之下，已無言和之可能。於是大家……便深深歎息要做亡國奴了。」[九]

汪精衛原本是黨內對日妥協路線的代表，此時主張求和的人，無疑也將希望寄託在汪身上。但因為蔣的堅持主戰和蔣在中央的主導地位，加之日本已宣佈佔領南京後將不再承認南京政府，此時若堅持主和，不免有逼蔣下野的嫌疑，汪精衛也有此顧慮。[一〇] 他於是想到，不以南京政府出面，而由他來組織政府外人士出面求和。

蔣在日記中說，十二月十六日上午，汪向蔣提出「甚想以第三者出而組織掩護」，但蔣認為，這是不可能的。[一一] 在十二月十八日的日記中，蔣又寫道：「近日各方人士與重要同志，皆

八　陳方正編輯、校訂：《陳克文日記》（十二月十四日），中央研究院近代史研究所二〇一二年版，第一五〇—一五一頁。

九　陳方正編輯、校訂：《陳克文日記》（十二月十六日），中央研究院近代史研究所二〇一二年版，第一五〇—一五二頁。

一〇　林美莉編輯校訂：《王世杰日記》（一九三七年十二月十五日），中央研究院近代史研究所二〇一二年版，第七三頁。

一一　中國社科院近代史研究所檔案館藏：《蔣介石日記》抄件，一九三七年十二月六日。在此後，汪精衛還試探過由民間人士出面議和的辦法。一九三八年七月，正在與孔祥熙秘密溝通的日本浪人萱野長知，在香港會晤了廣東貴冑黃慕韓，商討中日議和辦法。萱野長知對黃慕韓表示：日方的意見，事態發展至今，為了保存政府的

以為軍事失敗非速求和不可，幾乎眾口一詞。此時若果言和，則無異滅亡，不僅外侮難堪，而且內亂益甚。彼輩只見其危害，而不知敵人之危害甚於我也，不有主見何以撐持此難關耶！」蔣認為，敵人越向中國內地推進，就越會因兵力分散而陷入困境，「必使敵人再進一線，使之更陷於窮境，則國際變化如何固不可期待，而倭寇弱點必暴露更甚，敵軍兵力亦不勝佈置，不僅使之進退維谷，而且使之疲於奔命，如此各國必乘其疲而起矣。」[一二]

可見，汪精衛與蔣介石對於抗戰之觀點的根本區別在於：蔣始終認為，以日本的國力和民力，不可能持久作戰，只要我們能持久，能堅持，即使我國陷入危殆，敵人最終也會被消滅。

聲譽，應由中日兩國國民出面議和。在日本方面，近衛已授權萱野全權辦理。日本少壯派主張，如果中國能使「日本不同意之人」（即蔣介石）下野，日本便即退兵。關於進行程序，可由當年參加過孫中山的同盟會、幫助過建立中華民國的日本人通電號召，然後兩國人民共同響應，選出同等人數的代表，在香港議和，同時停戰。然後政府履行人民所商定之議和條件。避免第三國干涉。黃慕韓即將上述內容向汪精衛進行彙報，並請其「與當局籌商，以後如何辦理，詳為指示。」見《黃慕韓電汪兆銘》（一九三八年七月二十八日發，七月三十一日到漢口，八月三十一日到重慶），臺灣「國史館」藏：《汪兆銘史料》，《汪精衛投敵前與政府首要函電（二）》，典藏號：1118-010100-0049-014。關於孔祥熙與萱野長知的秘密聯絡，可參見陸偉的《萱野長知與兩次中日和平調停》，《抗日戰爭研究》二〇〇二年第二期。在文中作者認為，萱野長知反對以蔣介石下野為和談條件的政策，認為根本行不通，在他看來，決定談判能否成功的關鍵，是日本政府放棄對蔣介石的僵硬立場。但是日本陸軍熱衷誘降汪精衛，對以蔣為對手進行和談不感興趣，使他失望地哀歎，「日本已迷上了高宗武之類的便宜貨色而卻放棄了貨真價實的蔣派。殊不知正是反抗日本的人，才能成為日本的對手。」這些描述與黃慕韓向汪精衛所彙報的——萱野長知與黃的談話內容——相去甚遠。

一二　中國社科院近代史研究所檔案館藏：《蔣介石日記》抄件，一九三七年十二月十八日，「本周反省錄」。

打持久戰，除了在時間上要長期抗戰，消耗敵人力量之外，還要在空間上牽制敵人，「使敵在廣大區域駐多數兵力，使之欲罷不能，進退維谷，方能制敵之死命」。[一三] 而如果一旦中途求和，在國內政治分崩離析和民族主義情緒普遍高漲的形勢下，國民政府必將在內外交困中垮臺。蔣甚至認為：「外戰如停，則內戰必起，與其國內大亂，不如抗戰大敗。」[一四] 蔣試圖以民族矛盾轉化內部矛盾，借領導抗戰、抵禦外侮增強內聚力，提升國民政府的政治認同。如果抗戰勝利，中國政治統一將就此完成，而國民政府將擁有無可替代的崇高地位。

而汪精衛則聲稱：「有人說道：『中國因抗戰而得到統一，如果主和，則統一之局又歸於分裂』。這話我絕對反對。從古到今，對國家負責任的人，只應該為攘外而安內，絕不應該為安內而攘外；對外戰爭，是何等事？卻以之為對內統一之手段！中國是求國家之生存獨立而抗戰，不是求對內統一而抗戰；以抗戰為對內統一之手段，我絕對反對。何況今日之事，主和不會妨害統一，而不主和也不會不分裂！」[一五]

汪認為，如果戰爭持久延續，「中國決不能僥倖成功」，因為持久的抗戰必使中國陷入分

一三　中國社科院近代史研究所檔案館藏：《蔣介石日記》抄件，一九三七年十一月三十日，「本月反省錄」。

一四　中國社科院近代史研究所檔案館藏：《蔣介石日記》抄件，一九三七年十二月二十九日。

一五　汪精衛：《舉一個例》，《中華民國重要史料初編——對日抗戰時期》第六編，《傀儡組織》（三），中國國民黨中央委員會黨史委員會編印，第八二頁。

裂和混亂，戰事愈延長，「中國國民愈窮，財愈盡，共產黨人愈有憑藉。」[一六]即使國民政府領導抗戰成功，其實力已經從內部被掏空，將來更無法應對共產黨的挑戰。汪認為，戰必大敗，和未必大亂。敗的結果，是國民黨政權垮臺，共產黨乘機上臺。和的結果，國民黨政權不會受到挑戰，傳統中國的鄉紳統治結構和社會秩序、文化秩序不會被顛覆。這是汪主和與蔣主戰之考慮的根本不同之處。

南京陷落後，日本又托陶德曼向中國政府秘密提出媾和條件，且較前更加苛刻，除締結共同防共協定，劃若干區域為不駐兵區域，中日滿經濟合作等條件之外，又增加賠款要求。並表示，不能先行停止軍事行動，如果中國正式派員向日本表示願和之後，停戰協定可以考慮。[一七]十二月二十七日，與陶德曼見面的孔祥熙將此停戰條件提交國防會議常務會議討論。黨中高層多主議和，于右任等人批評蔣介石之主戰是「優柔而非英明」。蔣則認為，「本黨老糊塗，亡國元老之多，此革命之所以至此也」。[一八]

十二月二十八日，蔣向主和最力的汪精衛、孔祥熙坦言：「國民黨革命精神與三民主義，只有為中國求自由與平等，而不能降服於敵，訂立各種不堪忍受之條件，以增加我國家與民族

一六　汪精衛：《答問》（一九三九年一月三十日），《汪主席和平建國言論集》，「宣傳部」一九四〇年版，第八頁。

一七　林美莉編輯校訂：《王世杰日記》（一九三七年十二月二十七日），中央研究院近代史研究所二〇一二年版，第七六頁。

一八　中國社科院近代史研究所檔案館藏：《蔣介石日記》抄件，一九三七年十二月二十七日。

永遠之束縛。若果不幸全歸失敗，則革命失敗不足為奇恥，只要我國民政府不落黑字於敵手，則敵無所憑藉，我國隨時可以有恢復主權之機。」最終蔣、汪、孔商議決定，堅持抗戰，不理敵人所提之媾和條件。一九

5.2 國際局勢

在缺乏「持久戰」的信念之外，對於國際局勢的判斷，也是促使汪精衛求和的重要原因。自從抗戰全面爆發以來，中國就在努力爭取國際社會的援助和國聯對於日本的制裁。但事實上，自抗戰爆發以來，英美在遠東一直推行着對日妥協的政策。

正如王建朗指出：太平洋戰爭爆發之前，英美的遠東政策一直存在着兩種傾向。一是對日妥協的傾向，一是援華制日的傾向，一直到一九四一年十一月，太平洋戰爭前夕，這兩種相互矛盾的傾向都一直並存着。在這兩種傾向當中，何種傾向不斷得到發展並最終成為支配性的傾向，是一個值得研究的課題。歷史證明，援華制日的傾向一直在發展。那麼從理論上來説，隨着援華制日越來越成為政策主流，對日妥協的傾向就該逐漸衰微，但現實卻非如此簡單。事實上，當英美正越來越意識到中國的抗戰對於他們的重要戰略意義之時，當他們給予中國越來越

一九　中國社科院近代史研究所檔案館藏：《蔣介石日記》抄件，一九三七年十二月二十八日。

大的援助時，卻仍在不斷發生重大的對日妥協行為。[二〇]

正是英美在遠東的這些對日重大妥協行為，以及英法在歐洲的綏靖政策，影響了汪精衛的政治判斷，推動他進一步走上了親日的道路。

一九三八年五月，中國代表再次根據國聯盟約第十七條，向國聯提出申訴，要求國聯對日本實施制裁。[二一] 一九三八年九月，國聯行政院召開第一〇二次常會。八月三十日、三十一日，九月三日，九月八日，蔣介石連續致電汪精衛和外交部長王寵惠，認為張鼓峰事件發生後，列強對日本的觀念與態度必有變化，我國外交的態度應更加積極，「改取攻勢」，對國聯交涉，以達到「進一步實際援助」與「局部制裁」為最低目標，不得已時退出國聯亦在所不惜，總期能打開列強對遠東之沉悶觀望態度，「促英法與蘇一致援我制敵」。[二二]

汪精衛則一方面對「退出國聯亦所不惜」的態度表示懷疑，擔心「以此失英法之望，且使

二〇　王建朗：《試評太平洋戰爭爆發前的英美對日妥協傾向》，《抗日戰爭研究》一九九八年第一期。關於抗戰時期遠東的國際關係和英國在遠東的綏靖政策，可見於王建朗：《抗戰初期的遠東國際關係》，東大圖書公司一九九六年版；徐藍：《英國與中日戰爭一九三一—一九四一》，首都師範大學出版社二〇一〇年版。

二一　國聯盟約第一六條規定成員國有義務對任何違反盟約進行戰爭的成員國採取行動，直至使用軍事力量，並賦予行政院以開除這種成員國的權力，第一七條規定對非成員國適用盟約的和平解決爭端程序。因日本已在一九三三年三月宣佈退出國聯，因此中國援引第一七條向國聯提出申訴。

二二　《蔣中正電汪兆銘》三件，臺灣「國史館」藏：《汪兆銘史料》，《蔣中正致汪兆銘等函電》，典藏號：1118-010100-0053-014、1118-010100-0053-015、1118-010100-0053-015。

我益孤」；[二三]另一方面對於「英法與蘇一致援我制敵」並不抱以希望。汪認為，首先，英法不會離開美國行動，而美國是採取中立主義的，不會制裁日本；其次，英法不願與德意對抗，因此要求英法制裁日本，「是乃張其所不能」。[二四]

因此，汪並不期待英美能制裁日本，只希望他們能出面調停，使中日早日達成議和。後來，國聯雖然接受了中國援引盟約第十七條對日制裁的申訴，但表示無意實行第十六條，是否對日進行經濟制裁，由各國自由決定，不能強制。[二五]這印證了汪精衛對於國聯無力制裁日本的看法，進一步加強了他求和的意志。

是否寄厚望於英美實施對華援助或對日制裁，是這關鍵的一年中，蔣、汪外交路線的根本分歧。一九三八年九月之後，蔣介石已將外交重點轉向美國。他對汪精衛、孔祥熙，及顧維鈞、郭泰祺、胡適三位大使和外交部長王寵惠等人都提出，當前國際勢力的「樞紐」在美國，「美若出面領導，英國追隨，蘇俄亦可無異議也」，因此，「務請全力推動對美外交」。[二六]這

二三　《汪兆銘電蔣中正》（一九三八年九月一日），臺灣「國史館」藏：《汪兆銘史料》，《汪精衛致總裁函電》，典藏號：118-010100-0043-043。

二四　《汪兆銘電蔣中正》（一九三八年十月十五日），臺灣「國史館」藏：《汪兆銘史料》，《汪精衛致總裁函電》，典藏號：118-010100-0043-059。

二五　《汪兆銘電蔣中正》，臺灣「國史館」藏：《汪兆銘史料》，《蔣中正致汪兆銘等函電》，典藏號：1118-010100-0053-055。

二六　《蔣中正電王寵惠》（一九三八年九月八日），《蔣中正電孔祥熙》（一九三八年九月二十一日），《蔣中正

是國民政府外交政策開始以美國為重心的轉捩點。

關於對美問題，謝仁釗也曾勸說汪精衛：「自中日大戰開始，美國官方態度令人難以捉摸，世界的風雲愈險惡，而國內避戰思潮愈高漲。孤立主義者以為『中立法』是避戰的法寶，世界的正義公理，國際的集體安全，維持和平的國際公法與國際條約，一概可置之不管。尤其是所謂和平團體，有意無意的為日本所利用，只管閉起眼來敦促政府實行中立法。……幾乎這個世界竟沒有是非。」

但是——謝仁釗告訴汪精衛，美國政府的對日妥協政策，已越來越引起國民的不滿。「自美大使接受日本警告，走避軍艦之後，世界指摘，輿論大嘩，報紙突然譏諷政府，認為國家之恥。」日本空軍轟炸中國無抵抗平民，也使美國社會的人道主義漸漸萌發。政府迫於人民的反應，對日本的態度已漸趨於強硬。一九三八年九月五日，美總統在芝加哥的演説，「發出正義的呼聲，與國聯遠東委員會決議遙相呼應」，公開指責日本違反九國公約，請求各國合作，約束日本的行動。

謝仁釗還將美國各報紙的議論情形，摘抄下來，呈給汪精衛參考，並對汪指出：「美國外交，常為輿論所左右，而輿論則又動搖不定，美總統此次雖有維持和平之意，將來結果，仍須

電汪兆銘》（一九三八年十月十八日），臺灣「國史館」藏：《汪兆銘史料》，《蔣中正致汪兆銘等函電》，典藏號：1118-010100-0053-021；1118-010100-0053-025；1118-010100-0053-038。

看國際形勢與國內輿論而定。中國所希望者，最好能達到軍事封鎖，退步則經濟制裁，須包括石油生鐵，最重要者，仍在本國抵抗力之雄厚。抵抗力強，則國際聲望較好，外助自易。抵抗力弱，則列強更猶疑。」[二七]

但是，汪精衛反對這種「遠交近攻」的戰略，他對於美國能出面制裁日本，不作樂觀估計。他始終認為，帝國主義國家不可恃，與其寄望於英美援助，不如寄望於自己保存元氣，以為將來國際局勢變化後，國家復興的基礎。

一九三八年九月，在歐洲爆發了蘇台德危機，世界局勢因此更加趨於動盪，戰爭似乎一觸即發，這使汪看到一線希望。他認為，歐戰爆發會有利於中國，他對谷正綱說：「歐局緊張，民主陣線與法西（斯）陣線必成大戰，中國於此可得出路。」[二八] 他設想着整個英美法民主陣營

二七 《謝仁釗函汪兆銘》（一九三八年十月十三日），臺灣「國史館」藏：《汪兆銘史料》，《國際各有關方面致汪精衛函電》，典藏號：118-010100-0056-001。

二八 《汪兆銘電谷正綱》，臺灣「國史館」藏：《汪兆銘史料》，《國際各有關方面致汪精衛函電》，典藏號：118-010100-0056-040。在這個問題上，蔣介石有不同看法，他認為，歐戰如暫不爆發，對中國更加有利。他在日記中寫道：「人以歐戰爆發為樂觀，余實以此為悲」，因為戰爭不起，歐洲各國就能保存實力，對日本形成壓力。而一旦歐戰爆發，列強更無暇東顧，日本就可以對我國自由侵略，毫無顧忌。（中國社科院近代史研究所檔案館藏：《蔣介石日記》抄件，一九三八年九月二十九日）如果歐洲戰爭爆發，蔣介石認為，中國應「速謀與英、法、俄進行共同作戰」，特別是聯合俄國，共同對日。同時要「向英法政府懇切商談」，使國聯盟約中的制裁條款成為「有效條款」，藉以號召多數國家共同制裁日本。（中國社科院近代史研究所檔案館藏：《蔣介石日記》抄件，一九三八年九月十八日）蔣還認為，如果歐戰不爆發，則對於日本，「可和當和」，「有機即和」，蔣還分析了和的弊端，如：停戰後倭不撤兵或不繳還華北；共黨擾亂，不從命令；英、美不悅；不要

與德意日法西斯陣營對峙的局面，以此結束中國獨自艱難抗日的困境。但蘇台德危機終於以英法對德的綏靖而告解決。

一九三八年九月二十九日，英法德意四國首腦在慕尼黑會晤，在捷克斯洛伐克缺席的情況下簽署了慕尼黑協定，將整個蘇台德地區割讓給德國，戰爭暫時得以避免。而汪又迅速注意到，蘇聯被英法德意孤立的問題。他在九月三十日致電谷正綱說：「最近英、法、德、意四強協定，強迫捷克割讓蘇台區，蘇聯坐視不能過問。」[二九] 十月四日，又致電谷正綱說：「歐洲戰機已過，英法德意四強協定有進一步維持歐洲和平之趨勢。惟蘇聯被擯局外，此層望深切注意。總之，臨全大會宣言關於對外方針至此更證明正確。」[三〇]

所謂「臨全大會宣言」，是指一九三八年三月二十九日至四月一日國民黨在武昌舉行的臨時全國代表大會所發表之《宣言》，其對外方針指出：「世界和平不可分割，一部分之利害，即全體之利害，故每一國家謀世界之安全，即謀自國之安全，不可不相與戮力，以致力於保障和平，制裁侵略。俾東亞已發之戰禍，終於遏止，而世界正在醞釀之危機，亦於消弭，此則不

第三國調停之利害等。中國社科院近代史研究所檔案館藏：《蔣介石日記》抄件，一九三八年九月二十七日。

二九 《汪兆銘電谷正綱》，臺灣「國史館」藏：《汪兆銘史料》，《國際各有關方面致汪精衛函電》，典藏號：118-010100-0056-040。

三〇 《汪兆銘電谷正綱》，臺灣「國史館」藏：《汪兆銘史料》，《國際各有關方面致汪精衛函電》，典藏號：118-010100-0056-041。

惟中國實受其益，世界和平胥繫於此矣。」[三一]

汪精衛判斷，目前歐洲局勢的主調仍是和平，英法不願與德國開戰，更無力在遠東制裁日本；蘇聯本來是參與歐洲安全討論的，而英法在處理蘇台德問題時卻將蘇聯摒除局外，說明英法仍將蘇聯視為在遠東最大的敵人，而不是日本。這一判斷對於汪精衛最終選擇對日求和並加入反共協定，無疑起到了促進作用。

一九三八年十月，日軍開始進攻廣州。這一行動侵犯了英國在華南的利益，汪、蔣都認為，這是對英開展外交的好時機。蔣判斷，日本進攻廣州的目的，除迫使中國屈服之外，也是在向英國示威，他在日記中寫道：倭寇「為恫嚇我政府而不惜冒此覆滅之險」，實上帝授我以良機，「暴寇之愚拙，自陷絕境，不敗何待」。[三二] 十月十三日，蔣介石致電汪精衛、孔祥熙、王寵惠等人，告知「敵軍今晨在大鵬灣登陸，已與我前方部隊發生激戰，此時請對英美盡量設法運用。弟以為此乃敵軍之絕境已到，實為我軍勝利之轉機。政略、戰略皆於我有利。」[三三]

汪精衛同意蔣的判斷，他在當天回電蔣介石：已告知顧維鈞，請其赴倫敦與郭泰祺合作，

三一 滎孟源主編：《中國國民黨歷次代表大會及中央全會資料》（下冊），光明日報出版社一九八五年版，第四六六頁。

三二 中國社科院近代史研究所檔案館藏：《蔣介石日記》抄件，一九三八年十月十二日。

三三 《蔣中正電汪主席、孔院長、王部長》，臺灣「國史館」藏：《汪兆銘史料》，《蔣中正致汪兆銘等函電》，典藏號：1118-010100-0053-037。

進行對英交涉，並表示：「弟愚以為，日本此次看破英俄無積極行動之決心，故悍然出此，誠為最後之一着，若廣州能如武漢之堅持，使敵力疲智盡，則大局必可好轉。」[三四]但與蔣不同的是，汪並不認為英國會就此而對中國給予實質性援助，他只希望英國能出面調停。

十月十五日，汪精衛致電蔣介石，闡述了他的看法。汪認為，中國的抗戰只有兩種前途，第一，得到蘇聯出兵援助而爭取勝利；第二，得到英法等國的善意調停而有相當解決。而最近的捷克事變，英法不但不與蘇聯攜手，且有將蘇聯摒除局外之傾向。在歐洲如此，在遠東亦必然。蘇聯鑒於勢單力孤，大舉出兵援華必不可能。因此英法調停將成為目前的唯一出路。當此日本進兵廣東之時，英法必顧及其在香港和安南的地位，這正是運用外交，促使英法出面調停的好時機。[三五]

當天，汪精衛就接見了德國海通社記者，發表談話，說：中國係被迫作反侵略之抗戰，對於任何方面之同情及贊助均表歡迎……此戰是中國之生存鬥爭，故對任何表示同情之國家均必結為友邦。中國人民雖然受到重大痛苦，但抗戰決心較前則更為堅強。中國在抵抗侵略之際，並未關閉第

三四　《汪兆銘電蔣中正》，臺灣「國史館」藏：《汪兆銘史料》，《汪精衛致總裁函電》，典藏號：118-010100-0043-061。

三五　《汪兆銘電蔣中正》（一九三八年十月十五日），臺灣「國史館」藏：《汪兆銘史料》，《汪精衛致總裁函電》，典藏號：118-010100-0043-059。

三國調停之門。如日本所提和平條件「不妨礙中國之生存與獨立，則或可為討論之基礎」。[三六]

5.3 焦土抗戰

廣州作戰，汪精衛所盼望的「使敵力疲智盡，大局必可好轉」的局面，沒有發生。相反，廣州幾乎是不戰而失。王世杰日記中寫道：「敵軍自登陸後，幾於長驅直入，毫未遭遇抵抗。……我軍原稱將於廣州近郊頑抗，實則毫未抵抗。」[三七] 而且，守城部隊在撤退之前，縱火焚燒街市房屋。這對汪精衛的抗戰信心造成了致命的一擊。

廣東對於汪精衛來說，有着特別的意義。它不但是國民革命的策源地，它也是汪精衛的故鄉，並是他多年來對蔣鬥爭所依靠的勢力所在。廣東的不戰而失，令汪無比痛心。十月二十五日，粵籍將領薛岳致電汪精衛說：「萬世恥辱，創於今日，岳不忍粵人淪陷敵手，更不忍革命策源地於此時斷送於敵，今日粵危則國危，粵亡則國亡。擬請先生等速電委座，立派岳率軍救粵……非如此則吾人將為亡國之奴，非如此對粵人，無以對總理。」[三八] 並表示，若能「奉明

三六　《馮有真電周佛海》（一九三八年十月十六日），臺灣「國史館」藏：《汪兆銘史料》，《汪兆銘與各方首要往返函電》，典藏號：118-010100-0055-043。

三七　林美莉編輯校訂：《王世杰日記》，中央研究院近代史研究所二〇一二年版，第一五三頁。

三八　《汪兆銘電蔣中正》，臺灣「國史館」藏：《汪兆銘史料》，《各軍事首長與汪兆銘之函電（二）》，典藏

令」到達北江，則請汪精衛駕臨軍中勞軍。[三九]

汪覆電薛岳：「廣州放棄之速不惟出國人意外，出各國意外，且出敵人意外。……如此失敗，不是可哀而是可恥。且不戰而焦土，廣州大火至今未熄，無損於敵，而徒結怨於民。此後在淪陷區內工作亦無人相信，無人相助矣。言之痛心。我兄急難，弟十分同情，已電蔣委員長建議立派我兄率軍救粵，如蒙採納，全粵幸甚。」[四〇]同時表示：「擬來軍中，共赴北江」。[四一]

對於廣州撤退時所奉行的焦土政策，汪精衛尤其反對。

十月二十七日，日軍佔領漢陽，武漢三鎮全部失守。蔣介石隨即發表《為國軍退出武漢告全國國民書》，宣稱：「武漢雖已被敵人佔領，亦將一無所用」，敵人消耗時間五個月，死傷人數數十萬，然而其所得者「若非焦土，即為空城。」在發表之前，蔣特意告知張群，在「若非焦土，亦為空城」一句之下，加上一段文字：「自今以往，全面抗戰，日益發展，而我軍一切行動，進戰退守，不惟一無拘束，而且能處處立於主動地位，自由處置，不僅使敵軍被佔之

號：118-010100-0004-002。

三九　《薛岳電汪兆銘》，臺灣「國史館」藏：《汪兆銘史料》，《各軍事首長與汪兆銘之函電（二）》，典藏號：118-010100-0004-003。

四〇　《汪兆銘電薛岳》，臺灣「國史館」藏：《汪兆銘史料》，《各軍事首長與汪兆銘之函電（二）》，典藏號：118-010100-0004-005。

四一　《汪兆銘電薛岳》，臺灣「國史館」藏：《汪兆銘史料》，《各軍事首長與汪兆銘之函電（二）》，典藏號：118-010100-0004-004。

區一無所用，而且使之一無所有。昔則使之深陷泥淖不能自拔，今則使之步步荊棘，葬身無地。」並請送汪審閱，如汪認為不妥，可請其修正，但請勿失原意。[四二]

這段文字是焦土抗戰的最好詮釋，但汪精衛並不同意蔣介石的觀點。廣州失守後，汪對龍雲說，「此次廣州縱火，係第五路軍政治部有計劃行動，斬斷生機，委民於敵，彼輩欲製造無業遊民以廣羽翼，可謂目的已達，惟政府實受其敝，言之痛心。」[四三] 他又對蔣說：「此次廣州放棄時，縱火焚燒，除軍事設備外，居民、商店亦一律被毀，雖云不以敵資，然民怨已深，將來淪陷區內之工作，必受影響，利害相權，利少害多。」[四四]

廣州的失守，一度使汪在求和問題上陷入沮喪和絕望，他認為，和談的最佳時機已一步步錯失，此後日本提出的條件必更加苛刻，他在致某人的電文中說：此前的媾和條件，「不妨害

四二 《蔣中正電張群》（一九三八年十月二十八日），臺灣「國史館」藏：《汪兆銘史料》，《蔣中正致汪兆銘等函電》，典藏號：1118-010100-0053-042。在《先總統蔣公思想言論總集》中收錄的版本此段為：「繼今以往，全面抗戰，到處發展，真正戰爭，從新開始。而我軍於進戰退守，不惟毫無拘束，無所顧慮，且可處置自由，更能立於主動地位；敵人對於佔領之地，不惟一無所得，且亦一無所有。往昔敵軍，本已深陷泥淖，無以自拔，今後又復步步荊棘，其必葬身無地矣。」秦孝儀主編，第三十卷，第三〇三頁，中國國民黨中央委員會黨史委員會一九八四年版。不能確定其中的文字更動是否與汪精衛有關。

四三 《汪兆銘電龍雲》（一九三八年十月二十八日），臺灣「國史館」藏：《汪兆銘史料》，《汪精衛投敵前與政府首要函電（二）》，典藏號：1118-010100-0049-032。

四四 《汪兆銘電蔣中正》（一九三八年十月二十九日），臺灣「國史館」藏：《汪兆銘史料》，《汪精衛致總裁函電》，典藏號：118-010100-0043-066。

我國獨立生存，猶不接受，令人費解」，現在「廣州失守，武漢亦將放棄，國際有效援助又不可期，則獨立生存之條件必不可得。吾人惟有以死報國。」[四五]

就在汪精衛內心對和談隱隱感到絕望時，日本人卻表現出更加迫切的求和姿態，提出的條件也比之前稍減了苛刻程度，包括分期撤兵和蔣下野後仍承認國民政府並取消華北、華中偽組織等條款。經過這一「柳暗花明」的內心波折，汪的求和意志遂變得不可動搖。只是因為一方面日本人堅持——議和需以蔣介石下野為先決條件，這使汪暫時還不敢公然作議和的主張；[四六]另一方面，他也需要時間做充分的準備。

一九三八年十月二十五日、二十六日，海外華僑代表陳嘉庚，連續致電汪精衛，稱聽聞汪主和甚力，聲明海外華僑除漢奸之外，無人同意抗戰期間舉行和平談判。電文說：

> 頃接國內可靠消息，先生主和甚力，事雖絕不能成，難免發生摩擦，淆亂觀聽。今日國難愈深，民氣愈盛，寧為玉碎，不為瓦全，繼續抗戰，終必勝利，中途妥協，實等自殺。……若言和平，試問誰肯服從，勢必各省分裂，無法統攝，不特

四五　《汪兆銘電某》（一九三八年十月二十三日），臺灣「國史館」藏：《汪兆銘史料》，《汪兆銘與中國國民黨有關之各項函電（一）》，典藏號：118-010100-0005-027。

四六　林美莉編輯校訂：《王世杰日記》（一九三八年十月二十六日），中央研究院近代史研究所二〇一二年版，第一五四頁。

和平莫得實現，外侮內亂將更不堪。坐亦漁利，惟有敵人。嗚呼，秦檜陰謀，張昭降計，豈不各有理由，其如事實何哉？先生掌參政會，猶記通過擁護最高領袖抗戰到底之議決案否？倘態度驟變，信用何在？二次之會又何必開？海外全僑，除漢奸外，無人同意中途和平談判。國內群情，亦必如是。萬乞俯順眾意，宣佈抗戰到底，拒絕妥協，以保令譽而免後悔。[四七]

汪精衛公開否認了這一指控。他回覆陳嘉庚說：「保障和平、抵抗侵略，為中央一貫方針，當此危急存亡之際，謠言繁興，尤賴明識者辨證。」[四八] 與此同時，汪卻一邊與日本國內傾向議和的政治勢力秘密商討和談條件，一邊與中國西南各省的軍事實力派進行了積極溝通，試圖聯絡西南的軍人和實力派支持議和。

汪判斷，日本佔領廣東之後，必將由廣東而攻廣西，由廣西而攻雲南。這幾省的地方實力派，若不甘心自己的統治被日本人取代，必將起而支持他議和。汪精衛重點聯絡的，是雲南軍

四七　《陳嘉庚電汪兆銘》，臺灣「國史館」藏：《汪兆銘史料》，《汪兆銘與各方首要往返函電》，典藏號：118-010100-0055-042。另見《陳嘉庚電汪兆銘》兩則（一九三八年十月二十五日、二十六日），《汪兆銘史料》，《國際各有關方面致汪精衛函電》，典藏號：118-010100-0056-037；118-010100-0056-038。

四八　《汪兆銘電陳嘉庚》（一九三八年十月二十六日），臺灣「國史館」藏：《汪兆銘史料》，《汪兆銘與中國國民黨有關之各項函電（二）》，典藏號：118-010100-0006-018。

閥龍雲。從龍雲與汪的書信往還中，可以看出，龍雲不但同意汪對戰爭形勢的判斷，還對汪的議和主張表示了明確的服從與支持。在十月二十九日的一封電文中，龍雲對汪精衛說：

> 自中日戰爭開始以來，我軍事上失於統算，已無可為諱。其流弊所及，往往顧此失彼，貽誤滋多。上海之戰，敵從金山衛登陸，滬上之軍即陷於崩潰。魯南一役，土肥原搶渡黃河由董口而黃口，遂影響魯南全局。此次敵犯華南，在大鵬灣登陸，粵不旬日遂陷，武漢亦因以不守。……現以湘為抗戰中心，西南各省均為後方策源基地，滇緬路線亦成唯一國際交通。……最可慮者，敵雖短期不能以侵粵之敵抽調西犯，萬一另派一部再由北海登陸，直達滇黔，斷絕滇緬交通，或直搗桂林，以窺湖南，各省部隊今已調赴前方，後方空虛實甚，若敵竟冒險而來，恐至不堪設想。……誠如公言，純由依賴外力，估量所望者過高，結果失望，致陷於孤立。言念前途，至深悲憤。共匪為害民族國家，職深惡痛絕，當凜箴言，特別注意。仍望不吝教誨，時賜南針，俾有遵循，不勝感禱。[四九]

四九 《龍雲電汪兆銘》（一九三八年十月二十九日），臺灣「國史館」藏：《汪兆銘史料》，《汪精衛投敵前與政府首要函電（一）》，典藏號：1118-010100-0048-008。

汪回覆龍雲：「所指敵若另派一部由北海登陸，正弟所深憂。前函由粵而桂而滇之說，即為此而發。近晤廣西參政員諸君，亦懇切以此為言，公能未雨綢繆，豈惟滇受其賜，西南半壁復興基地亦獲磐石之安矣。」[五〇]

汪精衛鼓動龍雲和廣西政治勢力脫離中央，以「西南半壁」為將來的「復興基地」。龍雲則在回覆汪精衛的電文中，稱汪為「鈞座」，並明確表達了願意追隨汪而求和的態度。龍雲對汪說：「過去一切錯誤，誠如所示。幻想誤國，言之痛心。事至今日，千鈞一髮。惟有亡羊補牢。望鈞座立定大計，願以追隨而救危亡。」[五一]

後來，軍統特務還在汪的妻弟陳昌祖的皮匣中，發現龍雲覆汪的函電，稱汪為「鈞座」，稱中央為「重慶方面」，還說，日方雖然改組內閣，但政策不變，此刻鈞座應「暫守緘默」，所主張各節，將來必有實現之一日，云云。[五二] 戴笠還曾向蔣介石呈報：龍雲對汪氏和平主張頗表贊同，廣州失陷時，龍雲曾向左右表示主和意見，說中國不能與日本長期抗戰；汪十二月

五〇 《汪兆銘電龍雲》（一九三八年十月三十一日），臺灣「國史館」藏：《汪兆銘史料》，《汪精衛投敵前與政府首要函電（二）》，典藏號：1118-010100-0049-031。

五一 《龍雲電汪兆銘》（一九三八年十月二十三日），臺灣「國史館」藏：《汪兆銘史料》，《汪精衛投敵前與政府首要函電（二）》，典藏號：1118-010100-0049-029。

五二 中國社科院近代史研究所檔案館藏：《蔣介石日記》抄件，一九三九年一月二十三日。蔣日記中說：「人心難測，如此誠為世道國事寒心也，可不戒慎乎哉，幸此函發覺猶可補救於其將來，此亦天意之不亡中國之一證也。」

十八日乘專機抵達昆明時，龍雲特派衛隊兩個連到機場迎接，招待汪住在綏靖公署交際主任李希堯的公館，其間暢談兩次，「極為歡洽」；十九日汪乘機飛赴河內時，龍與省委委員均往機場歡送；等等消息。[五三] 龍雲此時對汪的判斷和主張表現出的鮮明認同與支持，無疑對汪的最終出走起到了積極的策動與促成作用。

在汪積極同龍雲聯絡的同時，孔祥熙之子孔令侃又從香港致電孔祥熙、汪精衛，報告日本方面對「和平」的急切要求和「誠意」。

據孔令侃說，近衛文麿的親信當面告訴他：近來日本對中國的認識確實有所覺悟，除少數在華的日本軍人之外，均主張和平，不願一誤再誤。此次戰爭錯誤，是由於日本的政治組織不良所致，現已由四相會議決定，發動政治革命，組織新的政黨，改變對華觀念。新政黨的黨綱，承認中國抗戰和追求民族解放的合理性，同情中國「一黨治國」的政體，保護中國的主權完整。屆時，將以近衛文麿為新政黨領袖，板垣（征四郎）副之，杉原（正己）為總幹事，秋山定輔為人事負責人。擬於一九三八年十一月三日由內閣發表宣言，宣佈新的對華政策。

同時，近衛的親信也對孔令侃表達了兩方面的顧慮：第一，恐為在華的日本軍人反對，第二，恐蔣介石不能接受。至於在華日本軍人，該黨自信可以制服，對於蔣介石，近衛親信則表

五三 《戴笠呈報龍雲贊同汪氏主張及汪氏抵滇招待情形》（一九三九年一月十五日），臺灣「國史館」藏：《國民政府》檔案，《汪兆銘叛國（二）》，文件號：001103100002061x。

示，近衛願意效法英國首相張伯倫赴德談判的故事，親自到中國晉謁蔣介石。惟希望在該黨發表宣言前後，能得到中國的諒解，使該黨宣言不至無濟於事。孔令侃認為：日本政府確有求和之誠意，此次對中國的侵略，是「日軍閥之侵略」，「其內部既有反軍閥組織，為中國之福，中國似宜予以援助。……倘所稱各節確係實情，則東亞可轉危為安。」[五四]

孔令侃主張，中國應與日本國內的主和勢力合作，擴大主和派的力量，以此結束戰爭。這正是汪精衛所設想的。但孔氏父子比汪精衛更加謹慎。汪在沒有得到任何確切保證的情況下，就不顧一切出而求和，這既表現了他求和之心的迫切，也反映出他衝動的性格。也可能他認為，最後的時機已經到來，他必須「捷足先登」了。

一九三八年十一月十二日晚至十四日晚，汪精衛的代表高宗武、梅思平與日方主和派的主要代表影佐禎昭、今井武夫、犬養健、西義顯等人，在上海重光堂進行了秘密會談，約定：第一，在中國承認「滿洲國」、放棄內蒙地區、出讓華北資源、承認日本所有在華經濟特權的前提下，日本將停止侵略並「盡快」撤軍。第二，汪精衛逃出重慶，到達昆明，宣佈與蔣介石斷絕關係。日本政府在獲知消息之後，即公佈調整中日關係的根本方針。然後汪精衛轉至香港，發表收拾殘局和建立東亞新秩序的聲明作為回應。同時，雲南、四川的軍隊宣佈獨立。汪精衛

五四　《孔令侃電孔祥熙汪兆銘轉陳褚民誼樊光》（一九三八年十一月二日），臺灣「國史館」藏：《汪兆銘史料》，《汪兆銘與各方首要往返函電》，典藏號：118-010100-0055-041。

召集國民黨內親汪派系，在雲南、四川和廣西、廣東四省日軍尚未佔領的地區成立新政府，建立軍隊。[五五]後來汪精衛叛逃重慶，近衛發表第三次對華聲明，宣稱日本對中國無領土野心與軍費賠償要求，旨在善鄰友好、共同防共、經濟合作，汪精衛派人在香港發表「豔電」響應，都是這次會談預先策劃的結果。

一九三八年十一月十一日，日軍攻佔岳陽，進逼長沙。而長沙又同廣州一樣，不戰而失。守衛部隊奉行焦土抗戰政策，在撤退前放火焚城。這場大火，使長沙這座歷史名城幾乎化為灰燼，兩千餘人葬身火海，三十萬人無家可歸。[五六]這是焦土抗戰的一次重大失敗。據湖南省政府主席張治中回憶說，他在十一月十二日接到蔣介石命令：「長沙如失陷，務將全城焚毀，望事前妥密準備，勿誤！」[五七]而當天夜間，受命組織放火的士兵誤聽情報，以為日軍已兵臨長沙，城中又不慎起火，士兵誤認為是放火信號，遂四出放火，使長沙陷入一片火海之中。

這場大火，使汪蔣在「焦土抗戰」還是「保存國力、維持民力」的方針上的根本分歧再次尖銳起來。蔣介石認為：「我軍對於重要城市與軍事有關建築物施行破壞，免資敵用，原為作戰上之必要，長沙既臨戰區，事前準備，亦為當然之事」。蔣甚至認為，火災的發生，一方面

五五　今井武夫：《今井武夫回憶錄》，上海譯文出版社，一九七八年版，第八四—九八頁。
五六　唐正芒、李衍增：《二十世紀最大的城市火災——抗戰時期「長沙大火」掃描》，《長沙大學學報》二〇〇七年一月。
五七　張治中：《張治中回憶錄》，文史資料出版社一九八五年版，第二六三頁。

是地方軍警當局誤信謠言，驚慌躁切，將準備工作變為行動；另一方面，還有些民眾，鑒於之前敵人轟炸的慘酷，激於民族義憤，自行燒毀其室，不與敵資。「遂至一處起火，到處發動，波及不可收拾。」[五八]可見，蔣並未因此而對焦土抗戰有任何質疑。

但是，這場大火卻更加堅定了汪精衛求和的決心。火災發生之後，汪精衛即在重慶《中央日報》公開質問焦土政策的支持者：「在接戰區把一切物資燒光，我們要靠什麼作戰？在淪陷區內把一切物資燒光，剩下一大群衣食住行都沒有着落的老百姓，敵人一來正可以收買他們，這才是『敵資』。更何況這些淪陷區我們終究要收復，等到收復的時候，我們接收的是一無所有的城市，我們要如何復原呢？」[五九]

汪又私下對谷正綱說：對於長沙放火，「弟無此權力，兄所深悉。惟對於國事，心所謂危，不能不言，曲解謾罵，只有聽之。今年一月十二日《如何使用國民力》一文及一月二十三日在鄉政訓練班演詞，如讀者稍肯留意，何至演出長沙放火事件！」[六〇]

在離渝之後，汪也將焦土政策解釋為自己反對抗戰的一個主要原因，他說：「自抗戰以來，所失去的地方，其幅員之多，時間之短，歷史上宋亡明亡的時候，都無其例」，而宋亡明

五八　重慶《中央日報》，一九三八年十一月二十三日，第二版。
五九　汪精衛：《為什麼誤解焦土抗戰》，重慶《中央日報》一九三八年十一月二十三日，第二版。
六〇　《汪兆銘電谷正綱》（一九三八年十二月六日），臺灣「國史館」藏：《汪兆銘史料》，《汪兆銘與中國國民黨有關之各項函電（二）》，典藏號：118-010100-0006-017。

亡的時候，還知道一個戰字，一個守字，戰敗守不住，無可如何而已。「如今則換了兩個字，一個是丟，一個是燒。」「我對和平的意見，在會議裏，不知說過多少次了，到了廣州丟了，長沙燒了，我的意見，更加堅決。」六一

一九三八年十二月十八日，時任國民黨副總裁的汪精衛，乘飛機秘密離開重慶，來到雲南軍閥龍雲控制下的昆明，次日，又從昆明飛往越南河內。這在中國的近代史上，是一個大規模的「漢奸集團」誕生之始，在汪精衛個人的政治生涯中，是其走向深淵的開端。在飛機離開地面的那一剎那，可以想像，他的心中一定波瀾起伏。畢竟，這是一場冒險。

汪精衛不相信蔣介石領導的國民黨可以在不需要列強的幫助下，建立起一個獨立自由的國家，不輸於日本，便輸於共產黨。而當時在國民黨內，持此見解的人並不在少數。汪自認為說出了「人人意中所有而人人口中所不敢言」的話，並相信能激起「回響」。這是他公開主和的根本原因。同時，日本方面由於求和心切，向汪所出示的和談條件，與此前幾次提出和談的條件相比，並未更加嚴苛。這些都促使汪最終走上了叛國之路。

汪精衛幻想着由他出面和談，能有助於日本國內的「理性」勢力佔據上風，進而影響到日本的國策。他認為，「主戰派」之所以堅持抗戰到底，就是不相信日本人，以為日本除了滅亡

六一　汪精衛：《覆華僑某君書》（一九三九年三月三十日），《汪主席和平建國言論集》，宣傳部編輯出版，一九四〇年十月，第一二八頁。

中國就再沒有第二條路可走。而英美之所以對中日戰爭持觀望態度，就是希望中日長久作戰，將各自的實力消耗殆盡，然後把整個東亞變成英美的殖民地。[六二] 現在他將以實際行動告訴「主戰派」，同時也告訴日本人：中日兩國真正的利益在於停止戰爭，站在平等的地位開展合作，這不但是中國生存獨立之要道，也是東亞與世界長治久安之要道。[六三]

5.4 被辜負的誠意

汪精衛早年留學日本，對於中日兩國政治一衣帶水的關係很早就有深刻的認識。早在一九〇八年的一篇《申論革命決不致召瓜分之禍》中，汪精衛就指出，日本國內對於中國的方針，分為「保全」與「侵略」兩派，兩派都有勢力。若問哪一派的政策可以得到實行，則純然依賴中國的狀況而定。他說：「使中國而能自立，則保全派必勝，此非有所愛於中國，日本固以此為得計也。使中國而不能自立，則侵略派必勝，此非有所惡於中國，日本固以此為得計也。」

為什麼「保全派」要保護中國的獨立完整呢？汪精衛認為：「日本小學而強，既為歐美

六二 《汪聲明ノ反響（続）〇米大統領教書ト各國〇米國ノ対日通牒〇日本政変ノ反響 支那 汪精衛機關紙ノ和平論》，日本國立公文書館內閣情報資料レファレンスコードA03024273200。

六三 汪精衛：《舉一個例》，《中華民國重要史料初編——對日抗戰時期》第六編，《傀儡組織》（三），臺灣：中國國民黨中央委員會黨史委員會一九八一年版，第八三頁。

所嫉妬，慮小敵大、寡敵眾，終不足以持久，將欲立弘遠之規模，則不可不與東亞之大國相提攜，以並立於世界，故中國之保全，實日本之大利也。設如侵略派所言，與各國協謀以實行瓜分之策，縱令得割據一二省之地，然各國盡在肘腋之下，關係密切，利害衝突，無異投本國於漩渦之中，非謀國者所宜出也。」六四

可見，中日親善，相互提攜，共同抵抗歐美帝國主義的侵略，這是汪精衛一貫的理想。他認為，日本若不圖與中國聯合，而加入西方資本主義陣營，謀共同瓜分中國，則無非投入一場群虎分食的鬥爭，列強之間利益衝突永無止境，此非東亞與世界的長久和平之道。一九三九年三月，汪精衛在《舉一個例》中宣稱：他「看透了，並且斷定了」，「中日兩國，明明白白，戰爭則兩傷，和平則共存；……兩敗俱傷同歸於盡的一條路，與共同生存共同發達的又一條路，明明白白，擺在面前；兩國有志之士，難道怵於一時之禍福譽毀，而徘徊瞻顧，不敢顯然有所取捨嗎？」六五

汪精衛希望，日本政府和軍人，也能從東亞和平的大局着眼，以理性的思考，長遠的眼光，明白中日兩國「和則共存，戰則兩傷」的道理。他更希望他的出面和談，能有助於日本國

六四　汪精衛：《申論革命決不致召瓜分之禍》，《汪精衛先生文集》卷四，上海中山書店一九三六年版，第二一九－二二〇頁。

六五　汪精衛：《舉一個例》，《中華民國重要史料初編——對日抗戰時期》第六編，《傀儡組織》（三），中國國民黨中央委員會黨史委員會編印，第八三頁。

內的「理性」勢力佔據上風。他對影佐禎昭說：「我相信至誠沒有不通人的道理，一國之至誠必通他國，因而我要中國先讓其難，示之以誠，日本必能瞭解中國的誠意，中日合作之門將為之啟開。」[六六]

一九三九年九月，德國進攻波蘭，英法對德宣戰，而蘇聯則在德國從西部入侵波蘭之後，從東部向波蘭進軍，與德國共同瓜分了波蘭。事發之後，汪精衛迅速致函重慶國民黨中央執行委員會，申論英美援助之不可恃、蘇聯之不可靠，及中日共存共榮的道理。汪精衛說：

以抗戰勝利之希望寄託於國際援助，弟等久已痛言其非。歐戰既起，情勢愈顯。論者猶謂英法雖無暇東顧，蘇聯仍可恃。今則德蘇夾攻波蘭，又見告矣。強國之風雲變幻，其不測既如彼，弱國之遠交近攻，其受禍又如此。瞻念前途，能不憬然。

諸同志之意或以為和平本中國所願，惟日本所提和平條件是否有誠意實行，不能無疑。弟等則以為，實行與否，視乎雙方之誠意與努力而已。誠使各自懷抱目的，一方以勝利而進不知止，一方以戰敗而苟且圖存，或隱忍以謀復仇，則和平之果未收，而戰爭之原因復種。……如彼此立共同之目的，以為共同之努力，

六六　影佐禎昭：《我走過來的路》，陳鵬仁譯著：《汪精衛降日秘檔》，臺灣：聯經出版事業公司一九九九年版，第二九頁。

則共存共榮，不惟可能，抑且必要。

東亞受經濟侵略主義之毒，於今百年矣，最近共產主義流毒尤迅而且烈，中日兩國當此世界危疑震撼之時，宜深相結合，不以東亞納此漩渦之中。同時使經濟侵略主義及共產主義絕跡於東亞之天地。自必事半功倍。且中日兩國若於此時結束戰爭，開導和平，日本固可以舉足輕重之地位，博取經濟上之繁榮，中國尤可因此休養生息，謀工商業之發達，以恢復戰後凋敝，而完成三民主義的中華民國之建設。……由東亞永久之和平，而蘄致世界之和平，此真中日兩國人民最大之事業，亦最重之責任也。要而言之，中日宜有共同之目的，以為共同之努力，和平始可實現。盼諸同志認清前進路線，毅然改圖，悉力以赴之，救中國於垂亡，致東亞於長治久安，在此一舉。[六七]

然而，以「至誠」對日的汪精衛，卻沒有認識到深受資本主義危機打擊、正在進行社會重組和建設高度國防國家的日本，在宣稱解放亞洲、修正資本主義世界秩序的國策之下滅亡中國的野心，也沒有充分瞭解日本內閣與軍部、政黨與財閥之間以中國為籌碼而展開的錯綜複雜的

六七　《國民黨中央執行委員會秘書處抄送汪兆銘來電》，臺灣「國史館」藏：《國民政府》檔案，《汪兆銘叛國（六）》，文件號：001103100006064a。

鬥爭。他過高地估計了自己的求和行動對於日本國內政治決策的影響力，也過度相信了日本人的信義和誠意。

如果說此前的「重光堂會談」，明確而具體地制定出了所謂「防共駐兵地區」和撤兵條款，而汪精衛正是由於這些明確的條款，才最終下定了脱離重慶的決心，那麼在後來發表的「第三次近衛聲明」中，則完全刪去了有關撤兵的字句，而且把「蒙疆」這一具體而明確的概念也改成了含混的「特定地區」。即使是這樣一個聲明，日本軍部仍對近衛文麿表示，沒有履行的誠意。六八

在一九三九年十一月，日本興亞院最終交給影佐禎昭的作為落實近衛聲明的《日支新關係調整要綱》中，更進一步增加了將晉北十三縣編入蒙疆、大事擴張華北政務委員會的許可權、委任日方經營重要鐵路、顯著擴大防共的永久駐兵區域，在海南島設定權益等等旨在滅亡中國的條款。連影佐禎昭本人看到這份條約時，也表示對其「感到遺憾」，「不禁心情黯淡」。六九

近衛文麿本人在回憶錄中也說：「近衛聲明發表後，汪兆銘逃出重慶，當時余等認為，由於此寬大方針之發表，不久重慶方面必定有人前來，然認為繼汪之後亦應參加之何應欽諸氏，

六八　近衛文麿：《日本政界二十年——近衛手記》，國際文化服務社一九四八年版，自黃美真、張雲編《汪精衛集團投敵——汪偽政權資料選編》，上海人民出版社一九八四年版，第三七〇頁。

六九　影佐禎昭：《我走過來的路》，陳鵬仁譯著：《汪精衛降日秘檔》，臺灣：聯經出版事業公司一九九九年版，第四七頁。

至終竟無一人到來，此為余等觀察之錯誤。同時，汪兆銘來後，當時軍部對余之聲明，已無履行之誠意。反竟利用此項聲明，作為瓦解重慶之工具，結果『汪政府』之和平運動成為賣國運動，終乏成效。」[七〇]最終，汪精衛在這場孤注一擲的冒險中耗盡了畢生的政治資本。

七〇　近衛文麿：《日本政界二十年——近衛手記》，國際文化服務社一九四八年版，黃美真、張雲編：《汪精衛集團投敵——汪偽政權資料選編》，上海人民出版社一九八四年版，第三七〇頁。

第六章　成敗：「和運」的淪落

一九四〇年三月三十日，主持對日和談的南京偽國民政府正式成立，汪精衛以革命元老和原國民黨副總裁的身份，出任代主席、行政院院長。這無論在中國現代政治史上，還是在汪精衛的個人政治生涯中，都是極富戲劇性的一幕。從此之後，在中國的現代史書寫中，少了一個革命偶像，多了一個「漢奸集團」。[一]

一　關於抗戰時期汪的「主和」與汪偽政權的問題，歷來是汪精衛研究的重點。後世對汪的評價，很大程度上，就是對這一時期汪的評價。時至今日，中國大陸學者的觀點，對於汪的主和與汪政權成立，大多仍持反對態度。許多研究的目的，就在於揭露了汪政權協助日本侵略中國的「罪行」。國外學者的觀點相對多元，但不免受到不同時期中美、中蘇、中日、美日和美蘇關係變化及作者本人政治立場的強烈影響。關於美國的汪精衛研究，可參見：Jian-Yue Chen: American Studies of Wang Jingwei: Defining Nationalism, *World History Review* Vol. 2, Issue 1 (Fall 2004). John Hunter Boyle 認為，瞭解日本國內以伊藤芳男、松本重治、犬養健、石原莞爾等人為代表的「主和派」的努力及失敗，是瞭解這場戰爭的關鍵。參見：約翰·亨特·波義耳：《中日戰爭時期的通敵內幕（一九三七–一九四五）》（商務印書館，一九七八年版），此書是一部比較有特點的著作，其中生動描述了一九三七年之前處於國民黨派系鬥爭中的汪的處境，着重研究了日本國內以伊藤芳男、松本重治、犬養健、石原莞爾等人為代表的「主和派」的活動和信仰，認為他們的努力以失敗告終，是瞭解這場戰爭的關鍵。該書指出，日本國內的「主和派」也認為與中國打一場曠日持久的戰爭是危險又徒勞的，曾提出過全面調整中日關係的建設性計劃。正是他們私下的「和平」努力導致了汪叛離重慶和南京偽政權的產生。如果這些人的觀點得以實行，汪政權可能成為一個有活力的政府，而不是一個傀儡政權。作者還分析了戰爭爆發最初幾個月，日本軍界和政界的內部爭論，力圖深入到中日雙方「妥協者」的內部，分析他們之間的談判和協定，以判斷每一方在

從一九三八年底脱離重慶，到一九四四年十一月客死東瀛，是汪精衛的最後生涯。這一段在日本與重慶的夾縫中度過的艱難歲月，構築了其人生悲劇的篇章，也將歷史上的「汪精衛」從一個「烈士」的象徵，變成了一個「漢奸」的符號。

堅持自己的主張和利益方面達到了多少成效，並呈現了日本的戰時決策過程和在侵華過程中的目的與要求的隨時變化，以及日本陸軍內部和陸軍與文官之間有關戰爭的不同意見。英文原著：John Hunter Boyle: *China and Japan at War 1937–1945: The Politics of Collaboration*. Stanford University Press, Stanford California, 1972. 另一位美國學者Gerald E. Bunker提出，從汪的「悲劇性格」和民國政治日益向激進共產主義與軍事獨裁政權的兩極化發展中，理解汪所提出的政治模式（political style）和他所代表的「溫和文官政治」的困境，參見：Gerald E. Bunker: *The Peace Conspiracy: Wang Ching-Wei and the China War, 1937–1941*, Harvard University Press. Cambridge, Massachusetts, 1972. 還有學者認為，汪政權曾致力於恢復淪陷區的經濟秩序，並取得了積極成效，淪陷區商業逐步繁榮，稅收和對外貿易得到擴展，一些小型企業回到了中國人手中，淪陷區居民的生活水準有所提高。參見：Frederic Wakeman, *The Shanghai Badlands: Wartime Terrorism and Urban Crime*, 1937–1941. Cambridge University Press, 1996, p. 7, 54, 135. 在日本學者對汪精衛的研究中，試圖超越「傀儡」模式，將汪視為一個愛國者和「善意」的政治家的觀點仍佔據主流，例如土屋光芳的《汪精衛と民主化の企て》（東京：人間の科學新社二〇〇〇年），《汪精衛と蔣汪合作政權》（東京：人間の科學新社，二〇〇四年），杉森久英的《人われを漢奸と呼ぶ：汪兆銘伝》（東京：文芸春秋二〇〇四年）等。柴田哲雄的《協力・抵抗・沈默：汪精衛南京政府のイデオロギーに對する比較史的アプローチ》（東京：成文堂，二〇〇九年）和土屋光芳的《「汪兆銘政權」論：比較コラボレーションによる考察》（東京：人間の科學新社，二〇一一），沿用了美國學者John Hunter Boyle和T. Brook提出的Collaborator（合作者）的概念，將汪政權與法國的維希政府進行比較。堀井弘一郎的《汪兆銘政権と新國民運動：動員される民衆》（東京：創土社，二〇一一年）則以新國民運動為中心，分析了汪政權的民眾動員體制。參見日本慶應義塾大學段瑞聰教授的《日本有關中日戰爭研究之主要動向及其成果（二〇〇七–二〇一二）》，臺灣「國史館」《國史研究通訊》第五期，二〇一三年十二月。這些研究可以幫助我們在更廣泛的視野下，觀察汪精衛晚年的政治選擇和汪偽政權的成立。

一九四五年至一九四七年之間，國民黨各級法院先後審理過二萬五千個漢奸。汪精衛的早逝，使國民黨避免了在戰後漢奸審判中處置這位黨國元老的尷尬，也使自尊心極強的他免遭受審的羞辱，卻無法避免「漢奸」所需承擔的全部代價。

汪精衛是一個不甘心於落伍的人，他一生活躍在中國政治的風口浪尖，從早年的革命者，到晚年的通敵者，身後的「漢奸」。汪大起大落的人生悲劇，反映出政治的複雜，也反映出歷史的殘酷。汪的晚年，對於政治和歷史中的偶然性與殘酷性，有了更深的體悟，這些生命感受，流露在詩詞中，使汪的晚年詩作，帶有深沉的悲愴與複雜的歷史感受。也使其超越政治領域的成敗，在一個更加深廣和悠久的審美領域中，留下了他的足跡。

6.1 倡言議和

汪精衛出逃重慶的消息傳出後，日本首相近衛文麿隨即發出「調整日華國交之根本方針」的聲明，聲稱：

> 日本決以武力徹底消滅抗日國民政府，而與華方眼光遠大之人士攜手努力建設東亞新秩序。日滿華三國將以建設東亞新秩序為共同目的而結合，以期善鄰友好、共同防共、經濟提攜之實現。是則中國應首先去除向日之偏見，拋棄抗日反滿之

愚策，日本甚望中國能自動與滿洲國建立完全之國交也。

東亞之天地，斷不容許共黨勢力之存在。故日本認為，以日德意防共協議之精神而締結日華防共協議，實為調整日華國交上所最緊要者。且鑒於中國現狀，為獲到此項防共目的之保障計，在該協議期間內，要求在特定地點允許日軍駐紮防共，及指定內蒙為特殊防共地域。

關於日華經濟關係，日本固非欲在中國實行經濟上之獨佔，亦非欲要求中國限制第三國之利益，而僅欲要求日華之提攜與合作，即按照日華平等之原則，要求中國承認帝國臣民在中國內地居住營業之自由，以促進日華兩國民之經濟利益。且鑒於日華間之歷史經濟關係，應予日本以便利，俾得在華北及內蒙地域開發利用資源。

上述大綱即係日本之所求於中國者。苟能明瞭日本之所以調動大軍之真意，則知日本之所求於中國者，既非區區之領土，亦非軍費之賠償。日本實欲要求中國以建設新秩序之分擔者之資格。而於實行其職務時，所必需之最少限度之保證。日本非但尊重中國之主權，抑且不吝考慮交還租界、廢除中國完全其獨立所必需之治外法權。[二]

二　《抄東京同盟社電》（一九三八年十二月二十二日），臺灣「國史館」藏：《汪兆銘史料》，《國際各有關方面致汪精衛函電》，典藏號：118-010100-0056-002。

一九三八年十二月二十九日，汪精衛發出明電致中央黨部、蔣中正、中央執監委員等，主張回應日本首相近衛聲明，對日談和。即人們通常所稱之「豔電」。這是汪精衛「和平運動」最重要的文件。如果說，在之後的《日支新關係調整綱要》等文件簽署過程中，汪有多少無奈，這封「豔電」則完全代表了他本人的意見。

當汪精衛將「豔電」交給《南華日報》的林柏生發表時，曾對林說：「此電蘊（醖）釀年餘，然後發作，而此電文又係數日以來幾經討論、幾經修改後定稿，且已由航空直寄重慶，故無論如何、請勿改一字。至要，至要。中央及蔣先生無論對弟如何兇惡，弟總以一個提議者態度對付之。如不採納，只有消極。如加以惡名，除簡單解釋之外，不報以惡聲。……必不得已，寧使南華停版，亦不改變立場。至要，至要。總之，弟此電根據臨全大會宣言，而和平條件又非亡國條件，何為抗戰到底然後已？此意人人心中所有，而又人人口中所不敢言。弟毅然言之，以盡其對國家、對民族、及對良心之責任。其他一切急功近利，皆所不為。寧一時被人不諒解而消極，決不輕易詭隨此意。」[三]「豔電」全文如下：

三　《汪兆銘電林柏生》，臺灣「國史館」藏：《汪兆銘史料》，《國際各有關方面致汪精衛函電》，典藏號：118-010100-0056-006。

重慶中央黨部蔣總裁暨中央執監委員諸同志均鑒：

今年四月，臨時全國代表大會宣言說明此次抗戰之原因，曰「自塘沽協定以來，吾人所以忍辱負重以與日本周旋，無非欲停止軍事行動，採用和平方法，先謀北方各省之保全，再進而謀東北四省問題之合理解決。在政治上以保持主權及行政之完整為最低限度，在經濟上以互惠平等為合作原則」。自去歲盧溝橋事變突發，中國認為此種希望不能實現，始迫而出於抗戰。頃讀日本政府本月二十二日關於「調整中日邦交根本方針之闡明」：

第一點，為善鄰友好，並鄭重聲明日本對於中國無領土之要求，無賠償軍費之要求，日本不但尊重中國之主權，且將仿明治維新前例，以允許內地居住營業之自由為條件，交還租借，廢除治外法權，俾中國能完全其獨立。日本政府既有此鄭重聲明，則吾人依於和平方法，不但北方各省可以保全，即抗戰以來淪陷各地亦可收復。而主權及行政之獨立完整，亦得以保持。如此則吾人遵照宣言謀東北四省問題之合理解決，實為應有之決心與步驟。

第二點，為共同防共。前此數年，日本政府屢曾提議，吾人顧慮以此之故，干涉及於吾國之軍事及內政。今日政府既已闡明，當以日德意防共協定之精神，締結中日防共協定。則此種顧慮，可以消除。防共目的在防止共產國際之擾亂的陰謀，對蘇邦交不生影響。中國共產黨人既聲明願為三民主義之實現而奮鬥，則應徹底拋棄其組織及宣傳，並取消其邊區政府及軍隊之特殊組織。完全遵守中華民國之法律制度，三民主義為中華民國立國之最高原則，一切違背此最高原則之組織與宣傳，吾人必自動的積極的加以制裁，以盡其維護中華民國之責任。

第三點為經濟提攜。此亦數年以來日本政府屢曾提議者，吾人以政治糾紛尚未解決，經濟提攜無從説起。今者日本政府既已鄭重聲明，尊重中國之主權及行政之獨立完整，並闡明非欲在中國實行經濟上之獨佔。亦非欲要求中國限制第三國之利益。惟欲按照中日平等之原則，以謀經濟提攜之實現，則對此主張，應在原則上予以贊同，並應本此原則商定各種具體方案。

以上三點，兆銘經熟慮之後，以為國民政府應即以此為根據，與日本政府交換誠意。以期恢復和平。日本政府十一月三日之聲明，已改變一月十六日聲明之態度。如國民政府根據以上三點，為和平之談判，則交涉之途徑已開。中國抗戰之目的，在求國家之生存獨立，抗戰年餘，創巨痛深，倘猶能以合於正義之和平而結束戰爭，則國家之生存獨立可保，即抗戰之目的已達。

以上三點，為和平之原則，至其條理，不可不悉心商榷，求其適當。其尤要者，日本軍隊全部由中國撤去，必須普遍而迅速，所謂在防共協定期間內，在特定地點允許駐兵，至多以內蒙附近之地點為限，此為中國主權及行政之獨立完整所關，必須如此，中國始能努力於戰後之休養，努力於現代國家之建設。中日兩國壤地相接，善鄰友好，有其自然與必要。歷年以來，所以背道而馳，不可不深求其故，而各自明瞭其責任。

今後中國固應以善鄰友好為教育方針，日本尤應令其國民放棄其侵華侮華之傳統思想。而在教育上確立親華之方針，以奠定兩國永久和平之基礎。此為吾人對於東亞幸福應有之努力。同時，吾人對於太平洋之安寧秩序及世界之和平保障，亦必須與關係各國一致努力。以維持增進其友誼及共同利益也。

謹此提議，伏祈採納。

汪兆銘　豔。[四]

在公開發出「豔電」的同時，汪精衛又致書中常委和國防最高會議，申述「主和」的理由，懇請中央採納他的建議。原書內容如下：

四　《汪兆銘電中央黨部蔣中正中央執監委員等主張回應日本首相近衛聲明與日談和》，臺灣「國史館」藏：《汪兆銘史料》，《汪兆銘與中國國民黨有關之各項函電（一）》；典藏號：118-010100-0005-064。

本月九日，銘曾晤總裁蔣先生，力陳現在中國之困難在如何支持戰局，日本之困難在如何結束戰局，兩者皆有困難，兩者皆自知之及互知之。故和平之非無可望。外交方面，期待英美法之協助，蘇聯之不反對，德意之不作難，尤期待日本之覺悟。日本果能覺悟中國之不可屈服，東亞之不可獨霸，則和平終當到來。凡此披瀝，當日在座諸同志所共聞也。

今者日方聲明，實不能謂無覺悟。猶憶去歲十二月初，南京尚未陷落之際，德大使前赴南京謁蔣先生所述日方條件，不如此明劃且較此為苛。蔣先生體念大局，曾毅然許諾以之為和平談判之基礎。其後日方遷延，南京陷落之後，改提條件，範圍廣漠，遂致因循。

今日方既有此覺悟，我方應答以聲明，以之為和平談判之基礎，而努力折衝，使具體方案得到相當解決，則結束戰事，以奠定東亞相安之局，誠為不可再失之良機矣。

英法之助力，今已見端倪，惟此等助力，僅能用於調停，俾我比較有利，決不能用於解決戰事，俾我得因參戰而獲得全勝，此為盡人所能知，無待贅言。蘇聯不能脱離英美法而單獨行動，德意見我肯從事和平談判，必歡然協助。國際情勢大致可見。至於國內，除共產黨及唯恐中國不亡唯恐國民政府不倒、唯恐中國國民黨不滅之少數人外，當無不同情者。

銘經過沉思熟慮之後，始敢向中央提議，除已另函蔣先生陳述意見外，僅再披瀝以陳，伏望諸同志鑒其愚誠，俯賜贊同，幸甚幸甚。[五]

「豔電」與「致中央常務委員會、國防最高會議書」兩書，完整表達了汪精衛對於「議和」的理解和主張。以兩書為標誌，汪精衛與重慶中央公開決裂。

伴隨着「兩書」的發表，從前追隨汪精衛的政治派系也產生了分化。改組派的重要領袖，與陳公博並稱「陳顧」的顧孟餘，從此與汪精衛、陳公博分道揚鑣。[六] 一九三八年十一月，在

五　《汪兆銘致中央常務委員會、國防最高會議書》（一九三八年十二月二十九日），臺灣「國史館」藏：《汪兆銘史料》，《國際各有關方面致汪精衛函電》，典藏號：118-010100-0056-004。

六　早在一九三五年汪主持行政院與外交部，推行對日妥協外交時，顧孟餘就與王世杰、石瑛等人一起署名致函汪精衛，請其改變對日妥協方針，並辭去外交部長。提出：「（一）今後對日外交似可立以下方針：甲，對日不為激怒之舉或言論；乙，對於無關重要事項雖不妨為權宜之措置，但對於一切含有直接或間接承認滿洲國之危險以及他種關係主權之事項，決不讓步；丙，對乙項方針，宜常有堅決表示，以杜日方僥倖覬覦之心；丁，必須假想敵方於最近期內對於華北或華中，將為再度之武力壓迫，因此，汪先生應與蔣宋諸公切實會商，迅速對於政府安全，軍事佈置，以及財政外交等事，極力準備，以免臨事陷於屈服或崩潰之窮境；戊，凡任敷衍日本工作之人，不宜在國防或外交機關居負責地位，以防因敷衍而輕為許諾，鑄成大錯……。（二）政整會之設立，本為應付特殊外交，特殊外交告一段落，該會應即力避對外活動……故在汪先生方面，對於政整會之對外，宜取逐漸縮小其許可權之方針，對於黃膺白氏，似宜囑其力避對外活動。（三）日本對中國之壓迫，必將繼續不斷……倘政府領袖直當其衝，尤易陷於窮境。故汪先生絕不宜繼續兼署外長，而須速覓外交部長之繼任

汪醞釀離渝而與各方秘密聯絡時，顧就對汪表示：「弟觀最近內外形勢，言和已不可能。」[七] 當陳公博等將「豔電」與「致中央常務委員會、國防最高會議書」帶至香港發表時，顧更堅決反對，與陳發生激烈爭執。[八] 他致電汪精衛說：「回應近衛聲明，有百害而無一利……今既提出，應俟中央決定，不宜再在報章發表，以免公開決裂。如公開決裂，則對內、對外其影響之惡，必至不可收拾。其結果與先生所期望者，或正相反。」[九]

不僅顧孟餘，在「豔電」發表前後和汪滯留河內期間，許多黨政要人——無論早期的改組派、汪派，還是汪的政敵，或黨內其他「主和派」如孔祥熙，及許多中央要人，都紛紛致電汪精衛，勸其回心轉意。朱家驊致電陳公博說：「九一八來，副總裁主持中樞，一面交涉一面抵抗，忍辱負重培植國力，始有今日，而抗戰年餘，維持不墜，幸得外力之助者，亦惟副總裁之

人選。外部宜交與無親日色彩亦不受日本嫉視之人。如顏惠慶等。（四）內政為根本問題。年來汪先生努力，雖未著實效，然求治之誠亦為國人所深諒，今後似仍須在實效上着力。主要問題：第一在求各省省政府之健全，以後各省政府改組必須辟舉賢能，但不注重黨內之關係。……第二，建設事業務擇其最要最急者，以全力援助到底，以期有顯著之成效。」云云。《王世杰、彭學沛、石瑛、顧孟餘函汪兆銘》，臺灣「國史館」藏：《汪兆銘史料》，《汪精衛投敵前與政府首要函電（一）》，典藏號：1118-010100-0048-005。

七　《顧孟餘電重慶汪主席》（一九三八年十一月二十二日，香港），臺灣「國史館」藏：《汪兆銘史料》，《汪精衛投敵前與政府首要函電（二）》，典藏號：1118-010100-0049-055。

八　《陳公博電汪兆銘》：「孟餘對建議在報發表爭持極烈，弟若堅持立即破裂。」臺灣「國史館」藏：《汪兆銘史料》，《汪精衛投敵前與政府首要函電（二）》，典藏號：1118-010100-0049-054。

九　《顧孟餘電汪兆銘》（一九三八年十二月三十日〇時三十四分發），臺灣「國史館」藏：《汪兆銘史料》，《汪精衛投敵前與政府首要函電（二）》，典藏號：1118-010100-0049-056。

洽浹無間，以統一昭示世界耳。我兄顧全大局，弟知之最深，萬懇晤見副總裁時，委婉陳詞，切請千萬珍重，仍本年來為黨為國、領導諸同志之苦心，偕兄返渝，黨國幸甚。」[一〇]

同樣對和談抱有期待的孔祥熙致電汪精衛說：「我兄離渝苦衷，予於開國防會議後方始聞悉。良用悵惘。抗戰以還，我兄領導同人，坐鎮中樞，旰夕掣畫，其勞瘁為同人所敬佩。此次忽聞離渝，不僅黨政同人群口惶惑，且恐敵人技窮又將借此造謠，轉滋中外揣疑……尚祈顧念國難嚴重，益勵初衷，完成使命，國家民族同深幸賴。特電布臆，並盼賜覆。」[一一] 王世杰、彭學沛等亦代表國民參政會電汪，勸其本「精誠團結之旨」回渝。[一二]

汪早年的至友、中年的政敵吳稚暉，則發出「告陳璧君」的公開信，以秦檜為喻，奉勸陳璧君：「至今除極少數無知畜類之漢奸外，領袖與國人全體，黨政全體，始終堅持此信念，無絲毫動搖。若功敗於垂成，即有岳忠武十二金牌之痛矣。全球騰笑，萬世吐罵。自古無不死之人，誰堪此奇愚。自先生佐精衛先生要擊載灃於北京，三十年來，先生梁孟，如斗星之朗耀，

一〇 《朱家驊電陳公博》（一九三八年十二月二十四日重慶發，一九三九年一月一日經香港轉達），臺灣「國史館」藏：《汪兆銘史料》，《汪兆銘與中國國民黨有關之各項函電（一）》，典藏號：118-010100-0005-065。

一一 《孔祥熙電汪兆銘》（一九三八年十二月二四重慶發，一九三九年一月一日經香港轉達），臺灣「國史館」藏：《汪兆銘史料》，《汪兆銘與中國國民黨有關之各項函電（一）》，典藏號：118-010100-0005-069。

一二 《王世杰、彭學沛電汪兆銘》（重慶十二月二十七日發，一月一日經香港轉達），臺灣「國史館」藏：《汪兆銘史料》，《汪兆銘與中國國民黨有關之各項函電（一）》；典藏號：118-010100-0005-066。

為通國所仰望。『引刀成一快，不負少年頭』，人當信老人顏更華貴於少年頭也。」[一三]

對抗戰一貫「低調」的胡適，也從紐約來電，奉勸汪精衛：「此時國際形勢好轉，我方更宜苦撐，萬不可放棄十八個月之犧牲，適六年中不主戰，公所深知。今日反對和議，實是為國家百年設想，務乞公垂聽。」[一四]曾加入汪精衛的改組派與「非常會議」時期的廣州政府，在政治上長期支持汪精衛的駐英大使郭泰祺，也從倫敦致電河內中國領事館，請設法「探轉汪先生」。

郭泰祺說：「至佩」汪先生謀國之苦心，但就國際形勢而言，日本的談話，英國朝野都未加注意，「英方最近積極援華政策將不受任何影響」。就日本方面而言，近衛十二月二十二日所發之聲明，「表面雖以稍鬆，但條件實質與日方迭次所發表者無異。且其措辭廣泛，可任意解釋。尤恐遺無窮後患。其所言尊重中國主權與機會均等各節，均欺人之語，與事實相反。」我外交部二十四日已發表宣言，逐條駁斥。「國內外空氣既如上述，而國內抗戰意志又甚堅強，國際協助復甫有進展，我公於此時擬以此問題向中央以去就力爭，恐絕對於黨國無益，徒予敵人謂我抗戰陣線分裂，祺愛國愛公，竊期期以為不可。」[一五]

一三　《吳敬恒函告陳璧君以不忍見汪兆銘墮落而忠告之公開信》（一九三八年十二月二十六日），臺灣「國史館」藏：《國民政府》檔案，《汪兆銘叛國（一）》，典藏號：001-103100-0001。

一四　《胡適電汪兆銘》（一九三八年十二月二十九日），臺灣「國史館」藏：《汪兆銘史料》，《國際各有關方面致汪精衛函電》，典藏號：118-010100-0056-044。

一五　《郭泰祺電河內中國領事館》（一九三八年十二月二十六日），臺灣「國史館」藏：《汪兆銘史料》，《國際各有關方面致汪精衛函電》，典藏號：118-010100-0056-026。

兩日後，郭泰祺再電汪精衛，告知：英國報紙認為，無論就中國亦或就第三國立場，日方條件均難接受，蔣介石又在中央黨部嚴加駁斥，「此時無論如何，請公勿公開主和，免敵人謂我領袖間政見不一而乘機挑撥。」郭泰祺勸汪精衛放棄主張，赴歐休養，若蒙許可，願「辭職隨侍」。[一六]

希望汪精衛暫時赴歐洲休養，並非郭泰祺個人的意見，也是蔣介石的意見。當蔣得知汪出逃的消息後，沒有立即做出制裁汪的決定，而是一面對可能支持汪的政治、軍事勢力展開防範，一面通過各方與汪有淵源之人，勸汪回心轉意，最低限度，請其告假遊歐，並不要發表任何宣言。郭泰祺將他與汪的聯繫和往來函電內容，都向蔣做了彙報。蔣回覆郭泰祺說：「汪先生如一時不願回渝，則暫赴歐休養……中亦有此意」，請繼續敦勸汪先生。[一七]

同時，另一位「汪派」要員彭學沛也受到蔣的召見。蔣囑託其轉告汪精衛：香港是「是非最多之地」，不宜久居，如能遊歐兩三個月，再回渝主持，則「最妥」，「盼先生不做任何宣言」，如此，重慶對汪離渝之事亦將「不再有所論列」，所有追隨汪的人，「此事於公

一六 《郭泰祺電汪兆銘》（一九三八年十二月二十八日，一九三九年一月九日經香港中央銀行轉達），臺灣「國史館」藏：《汪兆銘史料》，《國際各有關方面致汪精衛函電》，典藏號：118-010100-0056-030。

一七 《郭泰祺電蔣中正》及《蔣中正覆電》，臺灣「國史館」藏：《國民政府》檔案，《汪兆銘叛國（一）》，文件號：001103100001030a。

私情誼均無損傷」。[一八]

蔣之所以提到香港不宜久居的問題，是因為汪從昆明飛往河內時，曾告知龍雲，自己要去香港與敵人談判。一九三八年十二月二十一日，龍雲致電蔣介石，向蔣彙報：「查汪到滇之日，身感不適，未及深探。其態度亦不似昔日之安詳，不無詫異。臨行時，始道出真語，謂與日有約，須到港商洽，中日和平事件，若能成功，國家之福，萬一不成，則暫不返渝。」[一九]因此，在事發後的幾天裏，重慶方面並不知道汪的確切行蹤。

不僅重慶方面不能確知汪在何處，與汪相交甚深的陳公博，事發時也蒙在鼓中。十二月二十一日，陳公博從昆明函告張群說：他二十日乘機至重慶，擬向汪先生報告川中軍政大事，但汪囑其乘原機飛滇，及至昆明，才知汪已於前一日離開昆明。汪先生行蹤，有人說仍居河內，有人說即將赴歐，陳公博決定「先至河內探詢」，以確定其行蹤。[二〇]

因為這一原因，眾人勸說汪精衛的函電，大多在一九三九年一月初才送到汪精衛手中，此時「豔電」已經公開發表。而徘徊於河內的汪精衛，對於如何進行他的「和平運動」，並沒有

一八　《彭學沛電汪兆銘》（一九三八年十二月二十七日），臺灣「國史館」藏：《汪兆銘史料》，《汪兆銘與中國國民黨有關之各項函電（二）》，典藏號：118-010100-0005-068。

一九　《龍雲電蔣中正》，臺灣「國史館」藏：《蔣中正總統文物》，《革命文獻——偽組織動態》，典藏號：002-020300-00003-009。

二〇　《張群電告陳公博來函謂汪兆銘意態消極》（一九三八年十二月二十五日），臺灣「國史館」藏：《國民政府》檔案，《汪兆銘叛國（二）》，文件號：001103100001014a。

周到的見解，對於將來何去何從，也沒有通盤的考慮。他在認定求和之後，就表現出與青年時認定刺殺攝政王一樣堅決的態度，「屢經同人苦勸而不回」[二一]，這既反映出他的求和意志之堅定，也反映出他偏執的性格。

一九三九年一月四日，汪在回覆國民政府行政院副院長張群的電文中說：

> 梗日（廿三日）賜電，因輾轉周折，直至今晨始獲……此行目的，具詳豔電及致中常國防同人函中，不再贅矣。來電謂「發表談話務望不着痕跡，以免對內對外發生影響，且為敵方宣傳之資」，用意周匝，至深感佩。
>
> 弟從此並未發表任何談話，惟「豔電」係明電。蓋提議本有公開秘密兩種方式，弟前此秘密提議已不知若干次，今日改為公開提議，欲以公諸同志及國人而喚起其注意也。此意乃人人意中所有，而人人口中所不敢言。弟覺得，知而不言，對黨對國、良心上責任上，皆無以自解，故決然言之。武漢未撤、廣州未失、長沙未燒以前，公開言此，或者有擾亂軍心之虞，至於今日者，情勢顯然，尚何顧慮？對方所提如為亡國條件，則吾人以身殉國，並率全國同胞以身殉國，當然之理

二一　蔡元培：《覆吳敬恒函》（一九一〇年春，汪精衛刺攝政王之前，於萊比錫），高平叔編：《蔡元培全集》第二卷，中華書局一九八四年版，第一一〇-一一一頁。

> 也。今對方所提，可謂亡國之條件乎？東北四省問題合理解決遂亡國乎？共同防共遂亡國乎？經濟合作遂亡國乎？有何理由寧抗戰到亡，亦不接受此等和平條件乎？亡國是何等悲痛的事，若如張季鸞所言：「寧亡國不丟人」，此語可以質天下後世乎？
>
> 弟每念及此，氣填胸臆，不能自制。明電提議，實為離渝之惟一動機。蓋不離渝，則明電不能發出不能公佈，亦等於從前之一場閒話說了之後杳無回響而已。弟寧期待千萬句謾罵及污蔑之回響，不願為無回響之發言也。至於來電謂「在此期間萬勿遠行」，謹拜嘉言。弟離渝已非常痛心，遠行尤非所望。[二二]

6.2 重慶的態度

汪精衛發出「豔電」，自以為說出了「人人意中所有，而人人口中所不敢言」的話，他原本設想，只要他振臂一呼，國內主和派就會應者雲集，團結在他的周圍，與汪早有淵源關係的第四戰區（廣東、廣西）司令官張發奎、雲南軍閥龍雲，以至陳濟棠、何鍵，就會與蔣脫離關

二二 《汪兆銘電張群》，臺灣「國史館」藏：《汪兆銘史料》，《汪兆銘與中國國民黨有關之各項函電（一）》，典藏號：118-010100-0005-072。

係，參加他的構想。如果這些將領行動了，那麼四川的潘文華、鄧錫侯、劉文輝等各軍也都會回應。如此他將能在日軍佔領區之外組建一個與蔣對抗的政府，並擁有獨立的軍隊。

但是，汪精衛沒有想到，在他脫離重慶之後，這些將領全都按兵不動。一直被看作汪派要員的顧孟餘、彭學沛、張道藩、甘乃光等人，也都不同意他的主張。[二三]

蔣介石則一方面對留在國內的「汪派」如谷正綱、谷正鼎等人，不加排斥，反而鼓勵他們，勿以汪離渝之事而感到憂慮，請照常工作；同時，對「汪派」和與汪素有淵源的地方實力派，表明中央處置汪精衛的決心；[二四] 接着，又召開會議，明確宣示中央堅持抗戰及制裁汪精衛的態度；並在川滇兩省強化抗戰宣傳；對與汪暗通聲氣之兩廣、四川與雲貴軍閥進行拉攏與監控。[二五] 這一系列措施，都盡可能的減小了汪出走所帶來的消極影響。

二三　松本重治著，蝋山芳郎編：《近衛時代：ジャーナリストの回想》（上冊），東京：中央公論社，昭和六一（一九八六）年版，第五六—五七頁；西義顯：《日華「和平」工作秘史》，第一四七頁。

二四　《蔣中正電谷正綱谷正鼎勉其勿以汪兆銘事憂慮照常工作》（一九三八年十二月二十九日），《蔣中正電龍雲、谷正綱、谷正鼎、閻錫山表明中央處置汪兆銘決心》（一九三九年一月二日），臺灣「國史館」藏：《國民政府》檔案，《汪兆銘叛國（一）》，典藏號：001-103100-0001。

二五　日本方面還曾發佈消息說：「據確息：蔣**氏下令，將駐湘黔陝邊境之中央軍七十個師約五十萬，調至四川及貴州。蔣氏此舉係確保抗戰根據地的四川，對與汪氏通聲氣之四川軍閥，作未雨綢繆之計。同時監視與汪氏勾結之龍雲。（東京下午九時）」此為一九三九年一月三日陳佈雷抄呈蔣中正，未見陳、蔣對這一消息的評論。《中央通訊社抄呈上海哈瓦斯社及日方廣播有關汪兆銘及中央動態消息》，臺灣「國史館」藏：《國民政府》檔案，《汪兆銘叛國（一）》，文件號：001103100001074a。

據李宗仁、白崇禧對蔣彙報，汪精衛、陳公博、周佛海、陶希聖等，在川滇兩省黨政軍及文化界宣傳和議，有相當時間，「此間空氣，曾被混淆」，經分別召集黨政軍各界及中等以上學校「本鈞座意旨」加以訓導後，對中央抗戰大計「均甚曉然」。李宗仁等又與龍雲「暢談多次，結果圓滿」。[二六]大勢所趨，曾對汪表示「望鈞座立定大計，願以追隨而救危亡」的龍雲，也站在了抗戰陣營一邊，反復表明願「在委座領導之下，共成抗建大業」。[二七]而沒有軍事實力

二六 《第五戰區司令長官部白崇禧昆明來電》（一九三九年二月五日），臺灣「國史館」藏：《國民政府》檔案，《汪兆銘叛國（三）》，文件號：001103100003044a。

二七 有關龍雲向蔣表明心跡的函電，例如：（一）《薛岳四月十五日長沙電蔣中正轉呈龍雲電陳汪到滇經過》：「汪在未達滇前來函雲：將赴成都演講，事畢來昆明，約住一星期，再赴桂林，乃不數日即突然到滇，相見時，仍云有一星期耽延，並假定一遊覽日程，當夜適美使亦到，省府開招待會，順便約汪聚餐，則以病為辭，而次晨即離滇，兄往送，問何以如此匆卒，答云：將往香港訪日本某要人洽商議和，如日方有誠意，即建議中央，以備採擇。兄意以為此種辦法亦尚不差，且有戰自必有和，故未加反對，乃汪到海防，即發豔電，深為詫異。即被中央及各方駁斥，戰區各司令亦聯名通電斥責，已有兄名在內，故未單獨發電攻擊，致惹重慶及各方面對兄亦有疑懷。然兄以為，君子愛人以德，寬留餘地，不作落井下石之舉，而近接各方報告及弟來電，則汪之言談與其左右宣傳，愈說愈荒謬絕倫，不但不光明，且顯見其不忠厚，我輩軍人，如認識不清，豈不為其所誣。想弟與向華則早已鑒及矣，兄意如汪再不自檢束，有損我輩名義，至相當時期，擬將其醜態完全公佈等語。」臺灣「國史館」藏：《國民政府》檔案，《汪兆銘叛國（三）》，文件號：001103100003081x；（二）《薛岳四月十五日長沙電》：「頃接龍主任文日覆電開：灰電奉悉，汪先生買空賣空其慣技，徒肆簧鼓，逞其一己之欲言，不顧於他人有無影響。如再不改積習，將來即應有詞聲明，五八、六〇兩軍久思居領導之下有所盡力，今適如其願，各慰所懷……」云云。《汪兆銘叛國（三）》，文件號：001103100003076a；（三）《薛岳長沙電蔣中正》（五月六日）：接龍主任東電「承示我輩惟在委座領導之下，共成抗建大業，與拙見不謀而合。擬一面明告汪氏免其始終執迷，一面謀有以正國人視聽者……」云云。《汪兆銘叛國（四）》，文件號：001103100004016a。

派的支持，汪就喪失了和談的後盾，不可避免的要陷入困境之中。

在國際方面，汪精衛出走之前，經過郭泰祺的外交努力，英國已答應對中國進行物資援助，並稱正在草擬「對日報復辦法」。[28] 中國一直期待的英美在遠東合作、一致行動的局面也現出端倪。據郭泰祺報告，「英美平行動作，確在進行中」，「美政府……已向英政府提議，對日採取經濟報復步驟，現正在商洽中，英國政府甚願合作，決 Go as far as and as fast as American government.」[29]

就在汪精衛出走之際，國民政府向美國的二千五百萬金元借款又取得了成功，這使抗戰陣營充滿了樂觀的氣氛。「豔電」發表後，郭泰祺自倫敦向蔣報告：「英方對我抗戰主張不因汪之豔電有所影響」，總裁駁斥近衛聲明的演説，已在英國很多報紙登載，英國朝野都明白，謀和主張在中國國內沒有力量，不會影響政府抗戰到底的既定方針。在新的一年中，歐戰可能全面爆發，英美蘇法四國的合作必將增強，美國有望放棄孤立政策。[30] 這些消息，都鼓舞了抗戰陣營的信心。也使汪的求和主張更加孤立。

二八　《郭泰祺電外交部》（一九三八年十二月六日），臺灣「國史館」藏：《汪兆銘史料》，《汪兆銘與各方首要往返函電》，典藏號：118-010100-0055-014。

二九　《郭泰祺電外交部汪蔣孔》（一九三八年十一月七日，十日），臺灣「國史館」藏：《汪兆銘史料》，《汪兆銘與各方首要往返函電》，典藏號：118-010100-0055-017；118-010100-0055-021。

三〇　《郭泰祺告英方支持我抗戰主張及歐洲最近局勢》（一九三九年一月三日），臺灣「國史館」藏：《國民政府》檔案，《汪兆銘叛國（一）》，文件號：001103100001067x。

實際上，在「豔電」發表之前，無論蔣介石，還是汪派，或是地方的親汪勢力，都主張對汪「寬留餘地」。十二月十九日，汪飛離昆明的當天，蔣收到龍雲的電報：「汪副總裁於昨日到滇，本日身感不適，午後二時半已離滇飛航河內」[三一]。對汪的抉擇，蔣感到痛心疾首。他在日記中說：「不料其糊塗卑劣至此，誠無可救藥矣」；又說：「此種愚詐之徒，只有可憐與可痛而已」；[三二]隨即，蔣便着手對減弱汪出逃行為在政府中所帶來的影響進行了一系列佈置，並作出對汪寬留餘地、促其回心轉意的主張。

因為汪的出走，得到了龍雲的明確支持與協助，蔣首先親筆致信龍雲，告知：汪精衛所稱——曾在重慶與蔣兩次謁談，如日方所提非亡國條件，宜及時謀和平，以救危亡而杜共禍——「所言絕非事實」。汪不知日寇「狡獪毒辣」，如我方有人求和，則其猙獰面目畢露，求和「萬不可為」。近衛二十二日所發之聲明，全為對汪討價還價，「彼竟不察，而自上其當」，但所幸「此時總未失足，尚可為之挽救也」。[三三]同一天，蔣介石又致函《大公報》張季鸞，請其「注意運用」在香港的報紙言論，對汪先生「不可出以攻擊語調」，「務當為之寬留

三一　《龍雲告汪兆銘以身體不適離滇赴越》，臺灣「國史館」藏：《國民政府》檔案，《汪兆銘叛國（一）》，典藏號：001-103100-0001。

三二　中國社科院近代史研究所檔案館藏：《蔣介石日記》抄件，一九三八年十二月二十二日，二十四日。

三三　《蔣中正函告龍雲以日寇狡獪毒辣希對汪兆銘寬留轉旋餘地》，臺灣「國史館」藏：《國民政府》檔案，《汪兆銘叛國（一）》，典藏號：001-103100-0001。

轉旋餘地……從輿論上造成空氣，防止其萬一失足之憾」。[三四]

陳公博在奉命赴河內見汪之前，向張群遞交辭職書時，也請求張群：「汪先生意見尚未深知，但不致反對蔣先生」，諸同志似不宜對汪先生妄加推測與攻擊。無論如何，國民黨須健全。抗戰「幸而勝，建國之責在黨，不幸而敗，復國之責仍在黨」，請向蔣先生婉陳：「弟雖離國，亦不致反對蔣先生，如汪先生不去歐洲，弟當隨時盡其所能，以維持黨之完整。」[三五]

而「豔電」公開發表之後，形勢就不同了。雖然在國內，汪並非沒有同情者，據說，蔣廷黻和陳之邁就「都對於這個提議起相當的共鳴」——只是蔣廷黻認為，這個提議在目前形勢下並不能實現，只不過是在歷史上留一個「備案」，表明汪個人的意見和責任而已。陳之邁甚至「大讚汪先生的膽量」。[三六] 在舉手表決是否開除汪精衛黨籍時，沒舉手的人中，有孔祥熙，有陳樹人，有于右任。

無論有多少人同情汪精衛的議和主張，在抗戰正在進行之中，汪以黨國副總裁的身份，公開主和，這都違背了抗戰的既定國策，若不予以嚴厲批判與制裁，勢必造成軍心動搖，人心

三四　《蔣中正函張季鸞請其在香港報紙言論對汪兆銘寬留轉旋餘地》，臺灣「國史館」藏：《國民政府》檔案，《汪兆銘叛國（一）》，文件號：001103100001024a。

三五　《張群電告陳公博來函謂汪兆銘意態消極》（一九三八年十二月二十五日），臺灣「國史館」藏：《國民政府》檔案，《汪兆銘叛國（一）》，文件號：001103100001014a。

三六　陳方正編輯校訂：《陳克文日記》（一九三八年十二月三十一日），中央研究院近代史研究所二〇一二年版，第三四一頁。

混淆。即便同情和支持議和的人，也反對汪精衛公開發表「豔電」。陳克文在日記中說：「我不覺落淚，想不到汪先生竟會有此一着。汪先生的主張如何，不難得人同情，最難令人諒解的是，他的主和提議不先交給黨來討論，而遽行發表。……一到國外，便發表這樣可以瓦解抗戰的言論，這無論如何是說不過去的。……這件事在我們跟隨汪先生十多年的人，除了痛心之外，還有何可說？」[三七]

還有一些人，則根本不相信汪精衛會做出脫離中央、單獨對日媾和的抉擇。時任福建省府主席、綏靖主任的陳儀就猜測，汪是因為「目擊中央迭次敗退、失地日多，人民痛苦愈甚，蘇俄及共黨軍隊又不肯協力殺敵，故主張和平」。就其出走一事，「平心而論，汪先生乃革命前輩，不至背叛黨國」，或許是「實行苦肉計」，「準備前往南京視察敵偽情況，或招致敵偽官兵反正」？[三八]

一九三九年一月一日，國民黨中央黨部在國府禮堂召開中執委員談話會，討論汪精衛的「豔電」。到會六十八人，以六十四人舉手通過，開除汪精衛黨籍，會上還有人提出對汪下達通緝令，以彰國法。這些都是為了表明國民政府堅持抗戰的態度。王世杰在日記中說：「汪先

三七　陳方正編輯校訂：《陳克文日記》（一九三九年一月二日），中央研究院近代史研究所二〇一二年版，第三四四頁。

三八　《戴笠呈報陳儀對汪精衛通敵事件之談話》，臺灣「國史館」藏：《國民政府》檔案，《汪兆銘叛國（二）》，文件號：001103100002060x。

生事……既經召集會議，則在一班人心目中，問題的中心，便是和或戰；至少在黨內的無數黨員，黨外的共產黨人，前敵的將士，將由此以斷定本黨對於和戰問題是否一致。假使當時不通過請求制裁者之提議，則外間必認本黨內部顯有主戰、主和兩大派，其影響極大。」儘管大家對於汪先生之攻擊，「實多不實不盡之詞，與泄怨之語」，但是既經召集了會議，為中央抗戰國策的穩定，也只能「接受執行黨紀者之要求」。[三九]

在中央表明一致抗戰態度之後，各戰區的軍事將領，如張發奎、陳誠、薛岳、白崇禧等，都紛紛致電中央，要求懲辦汪精衛的賣國叛黨行為。如第九戰區陳誠、薛岳等自長沙來電稱：「汪兆銘擅離職守、匿跡異地，違背國策，特此籲請全國軍民一致主張制裁汪氏……擁護我最高領袖抗戰到底」；張發奎、余漢謀自曲江來電稱：「汪兆銘降敵叛國，擬請鈞座再向中央提議，交國民政府下令通緝歸案，明正典刑，以肅紀綱而正士氣」；白崇禧、陳誠稱：「汪精衛賣國叛黨行為，此間已發動黨政軍分別呈請中央履行處分，以斷汪之活動，並安定各方，擬請指示各級黨部及各將領一致聲討。」[四〇]

一九三九年五月十九日，曾任廣東省政府主席的吳鐵城，自香港發出快郵代電，向蔣介石「進言」：「香港方面留心政治人士僉稱，汪精衛日暮途窮，必倒行逆施。若不預為防範，

三九　林美莉編輯校訂：《王世杰日記》（上冊），中央研究院近代史研究所二〇一二年版，第一七一頁。

四〇　《張發奎、陳誠、薛岳、白崇禧等將領電》，臺灣「國史館」藏：《國民政府》檔案，《汪兆銘叛國（二）》，文件號：001103100002021x。

深恐危害大局。……不若當機立斷，對汪予以嚴厲制裁。（一）應加以漢奸二字罪名，使其宣傳失效；（二）政府明正其罪，宣佈叛黨禍國罪狀，加以通緝，使世界各國咸知其為叛國罪人，不得自由活動。……」[四一] 這是中央正式加以汪精衛「漢奸」罪名之始。接着，中宣部又密令，對汪的「漢奸」行為進行聲討。[四二] 據中宣部長葉楚傖呈報，中宣部電令海內外各級黨部發動「討汪」運動，制訂宣傳綱領；同時，又請社會部策動各社會團體，教育部策動各大學；指定專人草擬各報社及刊物的「討汪宣言」；編輯出版「討汪」刊物——《國人皆曰漢奸汪精衛》，令各地黨部大量翻印散發；敦請各類名人作「討汪」演講、策動撰文。[四三]

一九四〇年初，汪精衛「和平運動」的兩位核心成員高宗武、陶希聖脫離汪陣營秘密出走，攜帶汪日密約在香港發表。自此，汪日協商內容完全暴露。國民政府乘勢掀起聲勢浩大的對汪宣傳戰。其措施包括：通令全國黨部策動民眾舉行鋤奸討逆大會；報紙雜誌一律編印「討汪」特刊；通飭全國各級學校及民眾教育館「盡量」揭示汪日密約之苛酷程度，講授史地課時，尤須痛斥此賣國條約；編印簡明中國地圖，標示賣國條約之苛酷，大量散發，並製成幻燈

四一 《吳鐵城快郵代電》（一九三九年五月十九日），臺灣「國史館」藏：《國民政府》檔案，《汪兆銘叛國（四）》，文件號：001103100004063a，001103100004064a。

四二 林美莉編輯校訂：《王世杰日記》（上冊），中央研究院近代史研究所二〇一二年版，第二〇一頁。

四三 《葉楚傖呈覆遵諭辦理討汪運動情形請鈞核》，臺灣「國史館」藏：《國民政府》檔案，《汪兆銘叛國（六）》，文件號：001103100006013x。

片，印發各地影院放映；編印「討汪」漫畫、連環畫、民間唱本小說、大鼓詞、彈詞，散發各地遊藝場所，一律宣唱，並製成留聲機、唱片，大量發售，並備用於電臺廣播；編成「討汪」話劇、歌劇，鼓勵各地劇團公演；編製「討汪」電影劇本或卡通劇本，交由中央電影廠及中國製片廠加工攝製；等等。[四四]

一九四〇年二月一日，中國共產黨「討汪擁蔣大會」主席團毛澤東等人，代表三萬民眾，聯名電蔣，要求「全國討汪」。電稱：「汪逆收集黨徒、通敵叛國，訂立賣國密約，為虎作倀，固國人皆曰可殺。然此公開之汪精衛，尚未語於暗藏之汪精衛也。若夫暗藏之汪精衛，則招搖都市，竊據要津，匿影藏形，深入社會……若無全國討汪運動，從都市以至鄉村，從上級以至下級，動員黨政軍民報學各界悉起討汪，則汪黨不絕，汪禍長留。……宜由政府下令，喚起全國人民討汪，有不奉行者，罪其官吏，務絕汪黨。」[四五]

在這場全民「討汪」運動中，甚至許多省份都修造了汪精衛夫婦跪像。[四六] 從此，汪精衛由一位黨國元老、革命偶像，徹底變成了「漢奸」的代名詞。

四四　《中央宣傳部呈報日汪協定高陶檔及擴大討汗宣傳辦法》，臺灣「國史館」藏：《國民政府》檔案，《汪兆銘叛國（八）》，文件號：001103100008023a；C001103100008024a。

四五　《毛澤東電呈討汪擁蔣大會決議救國大計十端》，臺灣「國史館」藏：《國民政府》檔案，《汪兆銘叛國（八）》；文件號：001103100008109a。

四六　《關於鑄造汪精衛夫婦鐵像的有關會議通知與記錄及收支清單》，陝西省檔案館藏，全宗名：陝西省政府檔案，全宗號：一，目錄號：八，案卷號：三四八。

6.3 從河內到上海

汪精衛的「豔電」公開發表之後，並無實力派響應，中央更開除了汪的黨籍，國內隨之掀起討伐「漢奸」浪潮。這使汪陷入空前的孤獨和困境之中。時過境遷，當汪精衛再度回想這個在河內度過的正月時，他寫道：

> 回憶在去年河內過的正月，實感慨無量。
>
> 我於民國二十七年十二月十八日飛離重慶，於二十九日，發表第一次通電。特地到河內去發表通電的理由是，因為在重慶，要發表自己的意見到底是不可能的。
>
> 照蔣介石的手法，我發表了這樣的通電，表示了態度，一定用恐怖手段對付的，這是我所深知的。但是在二十二日，近衛聲明發表了。在我，不能再空費這以上的時間了。同志周佛海、陳公博、陶希聖、梅思平等，為了發表第一次通電，到香港去了；在河內，只有我夫婦，曾仲鳴，與二三秘書。我們在那個時候，絕無護身的武器。我們並未為危險所包圍，因此，不能要求越南當局保護；而且，一受了保護，與同志的聯絡上，頗不方便，所以，越南當局雖則提出保護，但我們拒絕了。但是現在河內的市內是危險的，所以遷居市外山上叫做「唐

泰島」的避暑地的旅館中。是冬天，所以除了我們之外，沒有別的人。在寺院似的大旅館一室中，我們四五個人，在緊張中，但卻靜悄悄的，迎接和平運動開始後第一個新年。元旦晚上，我得到情報，知道重慶方面在策劃剝奪我和同志的國民黨籍。對於這個情況，我與曾仲鳴俱頗黯然，這一晚，大家都沉思了一晚。才脫離重慶的我們，便反對重慶，於情有所不忍。一方面，在當時，日本方面的意見，我們也不明白。近衛聲明是原則，日本方面，在具體上將如何，完全不明了。於是，我們決定，暫守沉默，靜觀事態。

我們打算，把一個正月在靜寂的山上的旅館中翻譯書籍、耽於過去的回憶及思索來度過去。但是，一月十七日，發生了同志之一的林柏生，在香港為暴徒襲擊受重傷的事件，空氣緊張了起來。是一月二十八日吧，得到緊急情報，說有十幾個怪人，從山下向「唐泰島」來，我便下了山。當他們到達旅館的時候，我已經走脫。從這個時候起，我在河內另外相了一幢房子。

當時，越南當局提出保衛我的住所，但是我拒絕了，只是在我住所附近，站一個警官。住所全然沒有防衛設備。三月二十一日，同志曾仲鳴為重慶的暴徒所殺害，便在這住所中。發生了這件事之後，越南警察當局，完全包圍了我的住所，以為戒備。蔣介石深知我的脾氣，但他一再非難，說我不知道他的脾氣。脫

> 離重慶之後，我沒有立刻積極的行動，這在同志之間，有相當的批判。曾經有人批判說，萬一我在「唐泰島」為重慶的暴徒所傷害，和平運動不將全歸泡影嗎。但是，正直的講我心情，對於才脫離重慶，立刻轉向，向打倒重慶的路上邁進，這在我的心情，無論如何是不可能的。有人說，這種感傷，只是婦人女子之仁。我自己也以為，非虛心坦腹的批判自己不可。但是，在實踐自己的信念的途中，時常陷於孤獨中，這也是不得已的事。我心中絕無所悔。脫離了重慶，在河內過的這孤獨的正月，這在我的一生，是不能忘卻的。[四七]

汪精衛在回憶中特別強調，他脫離重慶之後，並不想反對重慶，而日本的意見，他們也不明白，近衛聲明只是原則，具體方案如何進行，「完全不明了」，因此他們決定，「暫守沉默，靜觀事態」，「把一個正月在靜寂的山上的旅館中翻譯書籍、耽於過去的回憶及思索來度過去」。這並非是實情。事實上，汪在河內的行動，遠非消極，而其離渝的抱負，也不僅僅在發表宣言、表明立場而已。雖然汪偽政府之組織，經歷各種波折與內部爭議，遲至一九四〇年三月方告成立，但早在一九三八年十二月「豔電」發表之時，陳公博就向宋子良透露，汪宣言

四七　汪精衛著，正禾譯：《正月的回憶》，《蘇鐸》一九四一年第一卷第三期，第四三–四四頁。

揭曉後，王克敏、梁鴻志等會隨之響應，「將組織擴大傀儡政府」。[48]

對於「河內時期」汪本人和汪系「和平運動」的情況，我們知之甚少。正如汪在其回憶中所說，當時，周佛海、陳公博、梅思平、陶希聖等人，都在香港活動，在河內的只有汪夫婦、曾仲鳴、與兩三個秘書。汪在河內的活動完全隱秘，而汪派在香港的活動，也缺乏可靠的報導和回憶資料。因此，我們只能從國民政府情報組織及軍統特務的追蹤記錄中，獲得一些線索。情報的獲取和利用，本身也是政治鬥爭的一部分。有些情報並不準確，有些甚至是錯誤的，但它們卻往往是鬥爭雙方獲得信息並做出決斷的渠道，因此生動的反映了「歷史的現場」。一九三九年一月七日，十一日，十七日，國府情報組織國際研究所頭目王芃生連續向蔣介石報告了汪派在香港的活動情形，大致包括以下幾個方面：

第一，關於汪精衛的「行蹤探悉」：王芃生認為，汪精衛曾到過香港，先在淺水灣附近Stanley Road 租別墅一所，後搬至曾仲鳴家中。「二十九日，行蹤未明；三十日，坐汽車至 Peak Re. 某號一次，會見生客數人；三十一日，坐電輪出海；一月一日，接見香港某記者，該記者並曾與汪同拍一照，惟汪令勿將照片及談話內容發表；二日以後行動將待查。」

第二，汪派的活動情況：（一）汪派內部意見不一，有脫離派（顧孟餘等），有反對派，

四八　《宋子良電蔣中正》（一九三八年十二月三十日），臺灣「國史館」藏：《蔣中正總統文物》，《革命文獻——偽組織動態》，典藏號：002-020300-00003-012。

有贊成派；（二）汪出走議和之事，醞釀已久，「和運」組織嚴密，現已決定以香港、上海兩地為活動根據地，命令散居各地的黨羽向滬港兩地集中，加強力量，徐圖下一步措施。但因輿論對「和運」不表同情，反猛烈攻擊，「和運」中人亦頗感恐慌；（三）汪派已決議，以反共為對象，用改組派名義，發表第二次宣言；汪派聚議多在高宗武家中舉行；（四）汪發表的議和聲明，在港各報紙凡登載者，均補貼港幣三百二十元。（五）汪妻侄陳春圃組織「華僑救國會」，奔走拉攏各團體發表宣言響應議和；（六）汪的親信組別動隊，積極派人潛入內地活動。（七）汪派對委座並不敢採取攻擊態度；

第三，敵人加緊策動議和運動：（一）敵特務機關訓令漢奸四出散播謠言，說汪的行動是受蔣委員長之主使；（二）敵駐港特派員高山準備以鉅款收買香港報界，使之提倡議和。（三）敵人利用在港反動分子組織呼籲和平團體，並策動印度人組織反英團體，冀以誘惑亞洲人擁護日本。

第四，香港文化人觀察：汪精衛恐不至於加入偽組織，不過欲利用個人地位，單獨向日本講條件，然後定辦法。[四九]

軍統特務鄭介民也向蔣介石報告了汪派為擴大「和平」運動，在香港組織機關的消息。鄭

四九 《王芃生呈報》；《汪兆銘在港行動續報》；《敵加緊策動和議運動及汪派行動續報》，臺灣「國史館」藏：《國民政府》檔案，《汪兆銘叛國（二）》，文件號：001103100002026x；001103100002029x；001103100002032a。

的消息更詳細，包括：陳春圃等人組織華僑救國會，由關仁甫、何耀元、林傑亭等出面拉攏各方，機關設在香港大道中七十七號A字三樓；汪的親信組織別動隊，分入內地活動；又派一浙江人莫炎佳在香港灣仔活道七號設立機關，與各方接洽；汪公開的接洽機關設在香港跑馬地希律活台十二號張惠民家中。[五〇] 另一位軍統頭目戴笠，向蔣報告了汪精衛親信褚民誼、林柏生在滬港兩地聯絡虞洽卿、林康侯[五一]、楊天驥、吳啟鼎、王乃昌等著名紳商，企圖策動他們回應「和平」的消息。[五二]

據說，民國元老王乃昌對人說，汪精衛主張和平，「原無可厚非」，林柏生等來密商，本欲助一臂之力。但「汪之為人，變幻極速」，當西安事變時，王曾為之出力不少，但「汪投入蔣之懷抱後」，竟將王所言盡告於蔣。「如此賣友求榮之輩，萬不能與之合作也」。王乃昌又說：「汪此次發動，有人責其太早，我則以為稍遲」，「若於英美借款尚未成功前倡議主和，

五〇 《鄭介民報告蔣中正》（一九三九年一月十二日），臺灣「國史館」藏：《國民政府》檔案，《汪兆銘叛國（二）》，文件號：001103100002077a。

五一 林康侯（一九七五－一九六五），上海著名商人，一九二七年起歷任上海銀行公會秘書長、上海總商會主席委員、國民政府財政會議委員、經濟委員等職，與聞蘭亭、袁履登並稱為「海上三老」。初拒任偽職，後擔任汪偽全國商業統制總會常務理事兼秘書長，兼任偽上海市府諮詢委員。一九四五年九月因漢奸罪被捕，判處有期徒刑六年版，後改判二年。

五二 《戴笠呈報》（一九三九年一月十五日），臺灣「國史館」藏：《國民政府》檔案，《汪兆銘叛國（二）》，文件號：001103100002063x。

則西南將領必有半數回應。現借款已成功，軍心輿情較為安定，策動大感困難。不過聯共親英美，日後影響極大，欲中國復興，須日本及早覺悟，以免兩敗俱傷」，云云。[五三]

戴笠還向蔣介石報告了香港一個秘密擁汪組織——「香港行動委員會」在一九三八年十二月七日發佈的一份《臨時行動綱領》。該「行動委員會」自稱為擁汪倒蔣的核心領導機關，聲稱在倒蔣鬥爭時期為黨中最高執行機關，其目標在於「護黨」，打倒蔣介石軍事獨裁，恢復民主集權制，並實行大亞洲主義，與日本親密合作。《綱領》原文大致摘要為：

（一）推舉汪先生為最高顧問，擁護其一九二九年歸國至一九三〇年北上時所提之「護黨、救國、討蔣、反共、樹立民主勢力、實現民主政治」等主張，自一九三二年汪就任行政院長之後的一切言論，「遷就獨裁，並非出自真意，本會當不能接受」；

（二）一九二九年「偽第三次代表大會」所產生的中央黨部及各級黨部系統，「破壞黨章，紊亂黨統，本會根本否認」，其支配下的各種政治、軍事、經濟組織，亦屬違法；

（三）在改組期間，以該會為黨中最高執行機關，全國代表大會為最高權力機關，俟推倒蔣介石把持之非法黨務系統後，重新改選產生中央黨部，該會任務始告終結；

（四）「護黨」的最大目的，在推倒獨裁，恢復民主集權制度，當前任務，在切實奉行三

五三　《戴笠呈王乃昌對汪事之言論》（一九三九年一月十四日），臺灣「國史館」藏：《國民政府》檔案，《汪兆銘叛國（二）》，文件號：001103100002057x。

民主義，推翻對三民主義的一切不正確解釋，修正「一切不適合現在環境及不利於國家民族之政策」；

（五）擁護本黨一九二七年的反共政策，反對聯共容共政策重新執行。

（六）「本黨辛亥革命與民元建國，均大半得力於日本之協助」，故應「實現孫總理之大亞洲主義，與日本朝野切實提攜，建設新中國，促進東亞之繁榮」；

（七）奉行總理「和平、奮鬥、救中國」之臨終遺囑，反對與日戰爭，力促和平之早日實現；

（八）「蔣介石為本黨及總理之惟一叛徒，叛黨禍國，破壞黨紀，從其十餘年行動觀察證明其永無覺悟之希望，應永遠開除黨籍，放逐異國」；

（九）「汪精衛先生為總理之惟一繼承者，亦為革命領袖，不幸被蔣氏劫持在重慶，失其自由，本會同志應一致努力營救汪先生。」[五四]

除了這份《綱領》之外，我們沒有見到更多與此「行動委員會」有關的信息。

汪精衛在河內和香港活動的經費從何而來？據陳果夫報告，汪精衛曾囑咐褚民誼，向上海的外商銀行提取存款，褚民誼曾由滙豐銀行，提出五十萬元、七十萬元兩筆現金，分別匯至香港和河內，供汪派和汪精衛本人活動之用。汪的親信高宗武、曾仲鳴，曾攜帶三十萬元，

五四　《戴笠呈報汪系秘密臨時行動綱領內容》（一九三九年一月十七日），臺灣「國史館」藏：《國民政府》檔案，《汪兆銘叛國（二）》，文件號：001103100002069x。

收買香港及內地的人員，聲援汪的「和平運動」。[五五] 又白崇禧得到香港探報，日本特務機關一九三八年十二月二十九日撥款三百萬元，以汪精衛的名義存入某銀行，存款收據連同函件，均秘密交由褚民誼收受，該款項為資助汪從事反戰、倒蔣活動的費用，可由汪自由支配。[五六]

一九三九年二月，上海市黨部報告，汪派在上海發動組織「新革命黨」，既吸納原國民黨黨員，也招募新黨員，正在加緊辦理登記工作，負責人為李君謀、齊采南、張應魁等，齊、張二人曾在重慶中央黨部任事。[五七] 又據河內總領館向重慶外交部彙報，一九三九年二月八日，陳璧君「乘多寶船赴港，行前，中途換車，行蹤詭秘，在日本旅館停留四五小時，始下船」。高宗武、李聖五、周佛海等人都奉汪命來到河內，汪派「各處來此者不下百人」，汪在昆明的行李百餘件及林肯轎車，均運到河內。[五八]

汪派在河內的行動極為詭秘。這些消息都說明，汪精衛從出走的那天起，就不僅只是倡

五五 《抄錄上海情報》，臺灣「國史館」藏：《國民政府》檔案，《汪兆銘叛國（二）》；文件號：001103100002035a。

五六 《白崇禧呈報》（一九三九年一月十六日，據港探報，卅日滬訊），臺灣「國史館」藏：《國民政府》檔案，《汪兆銘叛國（二）》；文件號：001103100002082a。

五七 《吳開先呈蔣介石》（一九三九年二月三日），臺灣「國史館」藏：《國民政府》檔案，《汪兆銘叛國（三）》，文件號：001103100003041x。

五八 《河內總領館電外交部》兩則（一九三九年二月九日，十三日），臺灣「國史館」藏：《國民政府》檔案，《汪兆銘叛國（三）》；文件號：001103100003012a、001103100003033a。

言和議，而是在日本人的支持下，積極展開反蔣和反政府的活動。正是在這種激烈的鬥爭形勢下，發生了一九三九年三月二十一日的河內槍殺案。

親身參與了汪政權開場與收場的金雄白，曾寫過《一排槍、一灘血、一個政權》等一系列文章，將河內高朗街的槍聲血痕，認作是汪政權成立的直接原因。根據金雄白記述，當汪精衛發表「豔電」之後，除了中樞要人不斷有函電勸挽之外，中央也兩度派谷正鼎到河內。第一次是在一九三九年二月中旬，希望汪仍回渝供職。汪表示他在抗戰政策上與當局是不相容的，如果中央堅持抗戰到底，他決定攜陳璧君、周佛海、陶希聖、曾仲鳴等五人赴法。一個月以後，谷正鼎再次來到河內，帶來了汪等所需的出國護照和政府撥的一筆旅費。不料谷走後第二天（三月二十一日）就發生了河內槍殺案。[五九]

被刺身亡的曾仲鳴，是汪的親信。曾仲鳴的姐姐曾醒，人稱三姑，是同盟會會員，曾的夫人方君璧是黃花崗七十二烈士之一方聲洞的胞妹，其姊方君瑛和曾醒都曾參與汪精衛刺殺攝政王的密謀，與汪氏夫婦感情深厚。汪在致曾仲鳴信中有「自民國元年以來，我等結合成一家庭，感情濃摯，有逾骨肉」之語。[六〇] 這場由軍統特務精心策劃的暗殺行動，所導致的曾仲鳴慘

五九　朱子家（金雄白）：《河內高朗街的槍聲血痕》，《汪政權的開場與收場》，第一冊，香港：春秋雜誌社，一九六五年八月版，第二二頁。

六〇　朱子家（金雄白）：《汪為曾仲鳴之死激動了》，《汪與方曾兩家淵源深厚》，《方俊瑛仰毒自戕的真因》，均見《汪政權的開場與收場》第五冊，香港：春秋雜誌社，一九六四年二月版，第六三—七三頁，第七八頁。

死、方君璧重傷，帶給汪精衛無限的悲憤，激起他對重慶的極大反感。金雄白認為，槍殺案直接導致了汪與日本人的合作。

金的記述，是事發後外界流傳的普遍看法，在三月二十八日被國民黨新聞郵電檢查所扣押的一封「大公報河內航訊」中，也認為汪有「赴歐一遊」的打算，曾亦準備同行，不想正於此時，發生了河內慘案。[六一] 然而我們今天所看到的函電史料，卻與此有所出入。如前文所述，在「豔電」發表之前，中央確曾不斷有函電勸汪回渝，但「豔電」發表後，汪精衛隨即被開除黨籍，中央已不可能再勸汪回渝任職。一九三九年一月八日，蔣介石致電龍雲說：「據法人消息，汪到越後之言行絕不如吾人所想像之汪先生，現若勸其返渝，則彼必以惡意推測，且彼亦不必出此。至於留住國內，無論何地，不惟敵國對之更為重視，多方引誘，即國際亦必懷疑，而全國軍民之惶惑更無論矣。如為彼計，此時當以赴歐為惟一上策。否則皆於公、私有損。」[六二]

可以看出，蔣此時最希望促成的局面是汪遠去歐洲，從此退出中國政治舞臺。但是，汪本

六一　葉楚傖：《曾仲鳴被刺詳情》（一九三九年三月三十一日），臺灣「國史館」藏：《國民政府》檔案，《汪兆銘叛國（三）》；文件號：001103100003058a。

六二　《蔣中正電龍雲汪兆銘此時當以赴歐為宜》，臺灣「國史館」藏：《蔣中正總統文物》，《革命文獻——偽組織動態》，典藏號：002-020300-00003-013。

人是否有赴歐的打算呢？他曾清楚告訴張群：「弟離渝已非常痛心，遠行尤非所望」。[六三] 陳克文日記中說：「汪先生赴歐的消息，似乎尚有些矛盾……出國護照似乎是蔣先生送去，並非汪先生要求發給。」[六四] 陳果夫在給蔣介石的報告中也說到：谷正鼎赴河內見汪，「聲明改組同志有所陳述」，並送去護照，但汪閱護照後，「甚不快」，「決定暫居河內，不赴歐」。[六五]

由此可見，汪離開重慶的決心，並不止於公開發表議和聲明、表達個人的意見和責任，還有進一步反對重慶及與日本合作的打算。國民政府各情報組織有關汪派在香港活動情形的報告，也說明了這一點。

今天的人們多認為，河內槍殺案是針對汪精衛所為，因曾仲鳴臨時與汪調換了房間，而遭到誤殺。但當時日本的情報部門判斷，槍殺案的目標本來就是曾仲鳴。蔣介石對汪的周圍採取恐怖行動，是為了將汪派勢力切割，孤立汪精衛，迫使其放棄「和平運動」，出國流亡。[六六] 在案發的前兩天，谷正鼎來河內送護照和旅費的舉動，在這種解釋下顯得更合邏輯。日本情報資

六三　《汪兆銘電張群》，臺灣「國史館」藏：《汪兆銘史料》，《汪兆銘與中國國民黨有關之各項函電（一）》，典藏號：118-010100-0005-072。

六四　陳方正編輯校訂：《陳克文日記》（一九三九年一月三十一日），第三六三頁。

六五　《陳果夫函摘呈鄭亦同自港來電》（一九三九年三月十二日），臺灣「國史館」藏：《國民政府》檔案，《汪兆銘叛國（三）》，文件號：001103100003052a。

六六　《汪兆銘派內部に動揺か》，日本國立公文書館內閣情報資料，レファレンスコードA03024429900。

料還顯示，案發之後，宋美齡、陳公博也都到過河內，勸說汪精衛出國。[六七]但這些消息無法得到進一步的證實。

無論暗殺的本來目標是汪精衛、還是曾仲鳴，河內槍殺案無疑都給汪帶來了極大的精神刺激。案發之後，龍雲派人攜款五萬元，到河內慰問汪精衛。[六八]事後龍對蔣說：汪「言語間，對於中央不無誤會，或因此而更趨於極端，亦未可知」。[六九]三月三十一日，汪在《南華日報》發表《舉一個例》，質問中央，為什麼重慶可以議和，而他不能議和，其中說：「曾先生之死，為國事而死，為對於國事的主張而死。他臨死的時候，因為對於國事尚有主張相同的我在，引為放心。我一息尚存，為着安慰我臨死的朋友，為着安慰我所念念不忘他、他所念念不忘我的朋友，我已經應該更盡其最大的努力，以期主張的實現。」[七〇]

六七　《汪派の立場困難か》，日本國立公文書館內閣情報資料，レファレンスコードA03024430500。

六八　《河內總領館電外交部》（一九三九年四月五日），臺灣「國史館」藏：《國民政府》檔案，《汪兆銘叛國（三）》，文件號：001103100003022a。

六九　《中華民國重要史料初編——對日抗戰時期》第六編，《傀儡組織》（三），臺灣：中國國民黨中央委員會黨史委員會一九八一年版，第七七頁。蔣回電龍雲：「兇手當場拿獲，此事當可水落石出，論理不應發生誤會。至其更趨極端一節，今日之事，乃其預定計劃，中亦決不敢臆測妄斷。而其通敵乞降，則事實昭彰，彼固已自認不諱。但有痛惜而已。」（《蔣中正電龍雲》，臺灣「國史館」藏：《蔣中正總統文物》，《革命文獻——偽組織動態》，典藏號：002-020300-00003-015。）

七〇　汪精衛：《舉一個例》，《中華民國重要史料初編——對日抗戰時期》第六編，《傀儡組織》（三），第七八頁。關於汪在《舉一個例》中所公佈的國防最高會議紀錄與原始紀錄之間的差別，可見於蔣永敬：《抗戰史論》第五章第三節《汪精衛〈舉一個例〉所涉抗戰「機密」之真相》，臺灣：東大圖書公司一九九五年版。

一九三九年十二月二十九日，在「豔電」發表一年之後，汪又想起先他而死的曾仲鳴，說「我慚愧我今日尚在人間！我誓以我所餘的熱血貢獻於和平運動！」[七一] 槍殺案還為汪批判重慶的獨裁與特務統治、論證「和平運動」的合理性提供了口實，使他得以宣稱：在民主國家的議會裏，即使在戰爭中，依然可以提出反戰意見，但是「我呢，在重慶不能哼一聲，離開重慶才能哼得一聲，立刻便要殺以滅口了。……殺沒什麼可怕，可怕的是哼不出聲來。一個副總裁，一個外交部長，尚且如此，其他可想。」[七二]

日本人也在利用槍殺案對汪造成的刺激，加速汪求和的步伐。高宗武回憶錄中說，日本的犬養健和影佐禎昭，在探知汪宅被刺後，不等他同意，就直接從東京來到河內，要求與汪晤面，高再三阻攔未果，終於在四月二十七日，汪離開河內之前，「犬養代表政府，影佐代表軍部，矢野代表外交部」，受到汪的接見。高宗武說：「這三位日本人見了汪便號啕大哭，汪氏亦流淚。所以這一場見面，除彼此相對而哭，並無任何說話，但日本人的這一場大哭，就把汪氏哭走了。」[七三]

七一　汪精衛：《豔電書後》（一九三九年十二月二十九日），《汪主席和平建國言論集》，「宣傳部」一九四〇年十月出版，第一五一頁。

七二　汪精衛：《中華民國之新生命》（一九三九年國慶日作），《汪主席和平建國言論集》，「宣傳部」一九四〇年十月出版，第一〇七、一〇八頁。

七三　高宗武：《日本真相》（選載之一）《書屋》，二〇〇七年七月，第九頁。高回憶汪是在一九三九年四月二十七日離開河內，而河內總領館四月二十八日致電重慶外交部，報告：「汪已於二十四日半夜秘密離此，究

高宗武的說法帶有很強的戲劇性。犬養健在回憶錄中也記述了這次見面的場景，但沒有提到「大哭」的環節，只說汪「激動得漲紅了臉」。[七四]一九三九年九月七日，日本的室伏高信在上海拜會了汪精衛，聲明對曾仲鳴的死感到遺憾，據說，當時，汪「臉色也很黯然」，「想起了替代汪兆銘……為刺客所殺死的亡友，也想起了最近八月二十二日也為重慶派的刺客殺死的盟友沈次高[七五]，充溢着悲壯之氣。」室伏趁機說：「諸位的運動有着非常的困難。只有賭生死，此運動才能結實」，汪及各位「都默默無言的點點頭」。[七六]

儘管河內槍殺案，產生了上述歷史影響，但是否如金雄白所說，槍殺案造成的悲憤、仇恨、衝動情緒，是汪投敵的決定性因素？或如高宗武所說，河內事件使個性衝動的汪精衛「忘記了一切，把救國的動機變做個人復仇的工具」？[七七]這一結論仍需我們審慎對待。

首先，無論是汪的「和平運動」，還是其後的偽政權成立，都有其得以實現的人事與社會

往何處，公安局亦不知，現正密查中。」（《河內總領館電重慶外交部》，臺灣「國史館」藏：《國民政府檔案，《汪兆銘叛國（三）》》，文件號：001103100003024a。）

七四　犬養健：《誘降汪精衛秘錄》，江蘇古籍出版社，一九八七年版，第一三五頁。

七五　即沈崧，汪精衛的外甥，跟隨汪從事「和平」運動，一九三九年八月二十二日在香港為藍衣社特務所殺。沈次高被刺殺後，汪精衛在「對沈次高先生殉難在滬談話」中說：「次高為余外甥，余幼時受業於姊丈沈孝芬先生之門，其後次高復受業於余。」「其遇難情形，同於柏生；死事之慘，同於仲鳴」。（《汪主席和平建國言論集》，「宣傳部」一九四〇年十月出版，第七五頁。）

七六　室伏高信：《汪兆銘會見記》，《中國公論》第二卷第二期，中國公論社一九三九年十一月出版，第八七頁。

七七　高宗武：《日本真相（選載之一）——汪精衛出走之後》，《書屋》二〇〇七年七月，第一〇頁。

基礎，並非汪一人之力可以為之。將「和平運動」在一九三九年三月之後的發展，化約為汪個人的「復仇」動機，無疑對這一重大歷史事件做了過於戲劇化和簡單化的理解。其次，汪的反政府行動在河內案之前已經啟動，河內槍殺案，雖然加劇了汪對重慶的仇恨，但並未改變「和平運動」的既定方向。

河內槍殺案之後，重慶一邊加緊了對汪的追蹤與制裁，一邊對越南、香港當局及法殖民部和英大使進行工作，設法促成越南、香港當局「堅決拒絕」對汪提供保護，或勸其離境。[七八]汪與重慶的鬥爭已進入你死我活的境地。嚴酷的「鋤奸」形勢，使汪精衛可以轉圜的餘地越來越小。無論其主觀動機是否要打倒重慶，客觀的對立形勢已經形成。「和平運動」必然同時是分裂與反蔣運動。

在這種形勢下，汪精衛終於在日本人的安排、陪護之下，來到日本控制的上海虹口，一步步走向了「漢奸」的深淵。在去往上海的途中，據犬養健回憶，那是一個星光燦爛的夜晚，舟行於茫茫大海之上，汪精衛「很高興」，在甲板上，直率的表白了他自己的「內心思想」：和平運動的最終目的，「並不是要打倒重慶政府，而是在可能的情況下與之合作。這一點與所謂的反蔣運動有本質的區別」，汪精衛說，「我們這個和平運動，正如一向所說的那樣，完全是

七八 《吳鐵城四月二十日香港電》，《顧維鈞四月二十九日巴黎電》，臺灣「國史館」藏：《國民政府》檔案，《汪兆銘叛國（三）》，文件號：001103100003088a、001103100003091a。

為了實現全面和平……只要能實現和平，今後中國政權由誰來掌握不是問題。因此，將來重慶政府倘能加入我的運動，我的目的就算完全達到了。為此，我會立即辭職。」

根據犬養健的描述，汪精衛回到船艙之後，影佐禎昭從黑暗中走出，手中的香煙火光忽明忽暗，兩位日本人感慨的讚歎，汪講的真是不錯，能做出這樣的表白，說明「汪的品德是高尚的」，真是有「拚命精神」的人，「不顧性命的為國操勞」。那時的天空中，繁星閃爍，船身後一道筆直的白浪，在遠處消失於夜色之中。[七九] 這滿天星光和白色海浪的畫面，美輪美奐，如同「和平運動」的宣言與最高願景，然而，它終歸不能替代，也無法掩蓋，它的背後——那飽含污穢的、血雨腥風的政治現實。

6.4 理想與現實

就理想層面而言，汪精衛無疑對於他的「和平運動」，寄予了很高的熱情和期望。犬養健回憶說，在從河內赴上海的途中，汪精衛告訴他：「對於中國人來說，抗日論也好，和平論也好，都是愛國心的表現，都是分別以不同形式熱愛國家」，就當時中國的情形而言，單憑武

七九　犬養健：《誘降汪精衛秘錄》，江蘇古籍出版社一九八七年版，第一四九－一五一頁。

力，想讓抗戰者改變信念，是不可能的。而和平論，幾乎就等於賣國論，一般中國人是不能接受的。汪精衛說：

從中國國民的正直的心情來講，哪怕是內地最後一兩省因抗戰而生存下來，人們也會確信，它將來必成為國家振興的根據地。這種主張最容易使血氣方剛的中國青年熱血沸騰。……倘青年們沒有這樣旺盛的精神，中國的將來和亞洲的將來也就令人擔心了。由於這些緣故，在我們和平的征途上會遭受到相當的責難。……要經常不斷的被罵為賣國賊，漢奸。但我已經做了挨罵的思想準備。我所盼望的只有一件事，就是日本的政策能按與我們約定的那樣，在中國廣泛宣傳。那時，我們所經歷的苦難，才會放射出異彩。我們在那個時候，才能與抗日的青年們見面，互相笑着說明以前各自所走的不同的道路，一切都是為了落後的亞洲的繁榮。這是我的唯一的樂趣。八〇

影佐禎昭也在回憶錄中記述了汪精衛途中的談話，其中包括了犬養健所敘述的部分。除此之外，據影佐回憶，汪還說：以往「和平運動」的展開，是以言論指出重慶抗戰理論的錯誤，

八〇　犬養健：《誘降汪精衛秘錄》，江蘇古籍出版社一九八七年版，第一五二—一五三頁。

宣揚和平是拯救中國和東亞的唯一方法，以改變重慶的想法。但仔細考慮的結果，覺得只依靠言論，要改變重慶的態度，非常困難。不如進一步建立和平政府。

如果日本政府同意建立「和平政府」以展開「和平運動」，汪精衛說：「我有一些請求和希望。首先，切盼近衛聲明不是日本表面上的宣言，要確確實實實行，如果不能確實實行近衛聲明，我必免不了被責備說受了日本人之騙。……如果真正能夠名副其實的實行近衛聲明，重慶政府的抗日理論必將落空。其次……希望日本能以長遠的眼光來看和平政府的發展。」汪還提出，建立和平政府之後，必須擁有兵力，但這個兵力要絕對避免與重慶作戰，絕不能發生民族間流血的慘劇。總之，汪所希望的，是通過建立和平政府，「與日本人樹立和平合作的模範，以事實向重慶政府和一般民眾證明，和平論並非沒有根據、從而誘導重慶政府走向和平，使其與日本從事全面的和平合作。」八一

然而，無論是日本人對汪精衛及其「和平運動」的態度，還是「和平運動」內部的情形，都遠離了汪精衛所表達的這一理想。汪來到上海之後，「和運」中的人明顯分成了兩派，以陳璧君、周佛海為代表的一派，主張成立新政府，而陳公博一派，則力陳「黨不可分，國必統一」的原則，堅決反對。從汪精衛在赴滬途中的談話可知，汪支持陳璧君、周佛海組織政府的主張。

八一　影佐禎昭：《我走過來的路》，陳鵬仁譯著：《汪精衛降日秘檔》，臺灣：聯經出版事業公司一九九九年版，第二一六－二一八頁。

一九三九年五月一日，「和平運動」的核心人物高宗武行將赴滬之前，戴笠特意託付杜月笙來到香港，會晤高宗武，從中探知了「和運」中人已分化為兩派的消息。高告訴杜月笙，這兩派，「一派主張蠻幹到底，即為漢奸亦所不辭，一派只主張和平，減少國家損失，絕不參加賣國行動。」他自己屬於後者。高表示，若汪將來果去南京組織所謂的聯邦政府，他將「就報端表示態度，決不同流合污」。高還說：「和平兩字，必先平，而後能和，欲求其平，須有武力作為後盾」，因此，若要言和，「只有委座可以提出國際」，汪既無後盾，又身入虎穴，縱獲和平，而苛酷條件無法避免，「是等於亡國，絕非本人所能贊同。」[八二] 後來，高宗武、陶希聖果然脫離了「和平運動」，從高與杜的此番談話看來，「高陶事件」的發生早已埋下了伏筆。

事實上，當汪精衛孤注一擲的離渝出走，把自己放置在重慶政府和整個中國抗戰陣營的對立面上時，他同時也就失去了一切和日本人討價還價的資本，不但成了民族和國家的敵人，也受不到日本人的重視。汪精衛一到上海，孔祥熙就向蔣介石報告了汪所處逆境的消息：

（一）汪確於五月十一日乘日本軍艦來滬，寓東體育會路土肥原賢二舊宅，惟土肥原本人已赴滿洲任某軍司令職，並未參加誘汪工作，故現由影佐禎昭前來負責接洽。汪等正在積極籌組偽政權，「恐總須熱鬧一場，但決無能力」；

八二 《杜鏞報告約晤高宗武談話情形》（一九三九年五月三日），臺灣「國史館」藏：《國民政府》檔案，《汪兆銘叛國（四）》，文件號：001103100004014x。

（二）汪自命為日本之交涉對手，現在卻完全陷入日本的掌握之中，「深被牢籠，不啻身手全被束縛之囚犯，一切聽命於人，毫無自由……前最出風頭之高宗武，現亦焦頭爛額。汪、日兩方均以之當出氣筒，兩不討好。可謂漢奸末路，可憐可笑。」

（三）日本興亞院華北聯絡部長官喜多誠一表示，他對汪精衛的活動並不贊成，仍希望與重慶方面聯絡。喜多稱，他之前與重慶的屢次接觸，「均覺開誠佈公，極端信仰」，如重慶方面能接受和談，他願「立即來港面謁，有何主張，可設法聽命」。孔祥熙則表示，若喜多有誠意，應該首先使汪精衛自行撤銷其活動，恢復七七事變以前的狀態，如此才有商量餘地。[八三]

這些消息都表明，汪此時已陷入重慶與日本夾攻的尷尬處境中。

關於這一階段汪精衛的對日交涉情況，根據戴笠派駐上海特務探聽得來的消息：

第一，汪精衛所答應日本的條件，比較重要的有：A.承認滿洲國；B.加入防共協定；C.日本定五年內撤完在華駐軍（汪堅持二年內撤完，日方許於防共協定簽訂後考慮）；D.日本在平津內蒙長期駐兵；E.雙方不互相賠款，但青島日商損失應賠償，日本另撥款項救濟中國難民；F.中日滿經濟合作。

第二，汪精衛自稱，目前對產生中央政權的步驟問題，頗費躊躇。有人主張，先召集一國

八三　《孔祥熙呈蔣中正》（一九三九年五月三十日），臺灣「國史館」藏：《蔣中正總統文物》，《革命文獻——偽組織動態》，典藏號：002-020300-00003-022。

民黨代表大會，授權汪着手組織政府，但代表大會無法湊集法定人數，仍不能取得合法地位；另有人主張，先成立中央政治會議，由此會議產生國民政府，又恐此種政府無法律根據。周佛海主張，兩者合力進行，一面召集代表大會，不計法定人數，只要有會就行，一面組織中政會產生政府，然後提交代表大會追認。

第三，連日與日本間諜接觸所得消息，海軍將領須賀彥次郎、汪工作的主要負責人影佐禎昭、陸軍將領和知鷹二、興亞院調查官楠本實隆等人，對汪精衛的努力均無良好印象。須賀認為，汪精衛的做法極少有成功的希望，因汪至今堅持使用國民黨旗及國旗，「這叫日本如何向前敵將士解釋」；楠本稱，汪之實力乃「紙老虎」，不可靠，欲日本取消華北、華中兩偽政權，則「太不識相」；影佐表示，汪應親自到東京一行。[八四]

戴笠還報告蔣介石說：日本已召開五相會議，商討對汪辦法及所提條件，此條件待國會通過後，將由內閣發表「擁汪宣言」，然後，汪精衛在國內某地召集國民黨代表大會，產生「擁汪政府」。汪向日本所提條件「甚大」，要求「所改組政府須有絕對自由」，不容隨意指派日本顧問，「且仍欲保持青天白日旗」，此乃「敵人對汪條件首感困難者」。汪政府成立時，擬先組織參謀團或軍事研究會，以收容軍事人才，指揮軍事。汪之赴日，陳璧君首先贊成，其次

八四　《戴笠呈蔣中正》（一九三九年五月三十一日），臺灣「國史館」藏：《蔣中正總統文物》，《革命文獻——偽組織動態》，典藏號：002-020300-00003-023。

為周佛海、梅思平、高宗武。屆時將不僅討論國旗問題和政府名稱問題，還將討論汪在「豔電」中提出的主張，及如何兼併臨時、維新兩偽政府等問題。[八五]

據馬超俊所派密探自港傳回的消息，在汪赴東京之前，陳公博等人曾聯名電汪，勸阻其東渡，電文中稱：「某等對此未敢苟同，天下知趙孟所貴，趙孟能賤。」[八六] 汪覆電稱，此行目的「在試探敵方主和真意」，執意赴東京一行。馬超俊的報告還稱，陳璧君已於六月一日赴香港，催促留港重要分子赴滬開會，宣稱迅速成立偽中央政府，且短期內必得德、意、日、滿等法西斯國家承認，可以與重慶中央對抗。汪精衛又派人四出拉攏「粵中老同志及各省有能力之青年」，為其利用。[八七]

關於陳等至汪的電文，陳公博在其獄中「自白書」也提到：汪東渡之前，他曾以函電勸阻，大意是說「以先生的地位萬不宜赴日」，並且最後一句話說得很嚴重：「先生如此，何以面對國人？」汪覆陳一電，說：「弟為國家、人民而赴日，有何不可以對國人？而且在此國家

八五　《戴笠呈蔣中正汪兆銘與日本勾結經過及實情》（一九三九年六月七日），臺灣「國史館」藏：《蔣中正總統文物》，《革命文獻——偽組織動態》，典藏號：002-020300-00003-024。

八六　注：語出自《孟子．告子上》：「欲貴者，人之同心也。人人有貴於己者，弗思耳矣。人之所貴者，非良貴也。趙孟之所貴，趙孟能賤之。」此處隱喻汪之被動地位及主動權實操於日本手中。

八七　《馬超俊報告》（一九三九年六月八日），臺灣「國史館」藏：《國民政府》檔案，《汪兆銘叛國（四）》，文件號：001103100004083x。

敗亡之時，更不計及個人地位。」—[八八] 一九三九年五月三十一日，汪精衛攜高宗武、周佛海、梅思平、董道寧等人，從上海搭乘日本海軍飛機，飛往橫須賀追濱的海軍機場，六月十日起，汪分別與日平沼首相和陸海軍、外務、大藏等各大臣會面，開始了「日汪密約」的談判。

汪日密約的交涉過程，在日方有關人員的回憶錄中，有生動的記錄。[八九] 汪精衛離開東京後，周佛海等人留下來繼續同日方交涉，這場從六月延續至十二月的談判，徹底粉碎了汪精衛的理想，將他從一國之政治領袖，變成了一個沒有價值的傀儡。

犬養健回憶錄中說，參與談判的影佐禎昭、堀場中佐等人都認為，興亞院向汪精衛提出了過於苛刻的條件，其中「恬不知恥、蠻橫無理」之處甚多，「完全強化了佔領政策」。如果實行了這個提案，華北將從中國獨立出來，海南島也變成了日本海軍的地盤。「恐怕世界上再沒有比這更甚的傀儡政權了」。[九〇]

今井武夫則認為，本來在重光堂會談中，高宗武主張在建立政權時，要避開日本軍佔領地區，選擇雲南、貴州、四川、廣西等日本未佔領地區，由汪派軍隊佔領，建立與重慶對立的和平政府。現在卻改變方針，要在日本佔領下的南京建立政府，「這就墮落成為所謂傀儡政

八八　陳公博：《自白書》，《審訊汪偽漢奸筆錄》，鳳凰出版社二〇〇四年版，第十二頁。

八九　參見：影佐禎昭：《我走過來的路》，陳鵬仁譯著：《汪精衛降日秘檔》，臺灣：聯經出版事業公司一九九九年版；犬養健：《誘降汪精衛秘錄》，江蘇古籍出版社一九八七年版；等等。

九〇　犬養健：《誘降汪精衛秘錄》，江蘇古籍出版社一九八七年版，第一九〇、二五八頁。

權，與以前的臨時、維新兩政府沒有什麼區別了。」縱然如汪所主張的那樣，可以促使重慶改變抗日政策，但汪政權本身已變成傀儡政權，「連他本人也將被視為賣國賊而為國民大眾所唾棄」。九一

參與「和談」的日方代表西義顯更進一步指出，日本的官僚和軍閥，在汪精衛已經站出來斡旋和平的時候，仍不去也不懂得如何抓住機會，這說明他們的政治感覺遠遠落後於歷史進程，根本不是生存於現代世界中的民族的領導者。汪精衛不瞭解如此愚昧的日本領導集團，並以他們為談判對手，必然要陷入窘境之中。九二

一九二七年國共分裂後，汪精衛領導的國民黨「左派」，受到共產黨與蔣介石政權的雙重打擊，那時汪曾提出「在夾攻中奮鬥」的口號。今天，汪又一次陷入了被「夾攻」的境地。日本人在看清汪的軟弱並把他當成傀儡來對待的同時，又加緊了對重慶的直接媾和。事實上，正如犬養健所說，在日本陸軍的頭腦中本來就有一種成見，認為汪是日本為掩蓋近衛「不以蔣介石為對手」的失言而被提出作「代理人」的，因此，「和平條約的交涉委員，在談判中絲毫不想給汪精衛以最佳條件。他們認為，這一道好菜，是蔣介石本人出場時的『供品』，若給汪，有些可惜。」九三

九一　今井武夫：《今井武夫回憶錄》，上海譯文出版社一九七八年版，第一一二頁。
九二　西義顯：《日華「和平」工作秘史》，江蘇古籍出版社一九八七年版，第一四〇、一四三、一四七頁。
九三　犬養健：《誘降汪精衛秘錄》，江蘇古籍出版社一九八七年版，第三〇八頁。

日方派遣的秘密談判代表劉大山告知戴笠，日本陸軍將官和知鷹二表示，日本對華作戰諸將官均認為，「汪無力量打倒蔣委員長，」日本天皇認為，「非與蔣委員長直接謀和平，中日和平斷難實現，與汪精衛言中日和平，乃是自欺。……中日和平之進展辦法，最好中日兩方先行停戰一月，由國民政府派遣代表提出條件，日本亦派出代表磋商接納，最好請蔣委員長派遣白崇禧為代表，在桂林會商。」

戴笠則明確告知劉大山，中日之間「並非無和平可言」，但是日本若不能將汪精衛驅逐出國，「中日斷無和平可言」。至於所謂和平條件，「應由日本提出，中國看日本是否真有和平誠意，是否真能尊重中國主權之獨立、領土之完整，方有和平之可言。」[九四] 戴笠也曾對其手下毛人鳳等人強調：「敵決無力延長對華戰爭，但敵亦不至輕易言和。如敵方不放棄汪，不驅逐汪，中日斷無和平可言。如敵不能以平等互惠為交涉原則，中日亦無和平可言。」[九五]

在要求日本人驅逐汪精衛的同時，重慶對於汪「和運」中人的武力「制裁」，也在同步進行中。繼一九三九年一月林柏生在香港遭利斧襲擊，三月曾仲鳴在河內遭槍殺之後，戴笠又全力展開了對包括汪本人在內的汪派各重要人物的暗殺行動。

九四 《戴笠電俞國華轉蔣中正》（一九三九年十月十八日），臺灣「國史館」藏：《戴笠史料》，《戴公遺墨——情報類（第三卷）》，典藏號：144-010104-0003-020。

九五 《戴笠電毛人鳳、潘其武》（一九三九年十一月一日），臺灣「國史館」藏：《戴笠史料》，《戴公遺墨——情報類（第三卷）》，典藏號：144-010104-0003-019。

河內槍殺案之後，戴笠奉蔣介石之命，首先將注意力放在「和運」此階段的核心人物——高宗武身上。一九三九年四月十二日，戴笠電告軍統香港特區少將區長王新衡：「近謁蔣中正，奉諭，高宗武不知改悔，對日仍有勾結，應即密予以制裁，惟不可用槍，最好用利斧砍斃」。高的住處已經查明，高近日與杜月笙常有往來，「急應設法偵查其蹤跡，認清其面貌，以便選派同志進行制裁。惟此事須絕對秘密，萬不可使他人得知。」[九六] 幾天後，戴笠再電王新衡，斥責：前電迄今未得回覆，「何辦事延遲若此」！「汪在河內增加警衛，大有候時機成熟即出任偽職之趨勢，吾人對高如無辦法，前途殊堪憂慮。」[九七]

在高宗武之外，戴笠還策劃、指揮了對汪精衛、陳璧君、陳公博、褚民誼、林柏生、沈次高、吳啟鼎、汪曼雲、丁默邨、湯良禮、萬里浪、李士群、陳昌祖（偽航委會主席）、鄭良斌（偽外交部秘書長）等大小「漢奸」的一系列制裁行動。戴鼓勵特工人員，我們要「以血的事實，來表揚我們血的歷史，發揚我們血的權威」。[九八] 承擔制裁任務的「行動員」，可以領到數千至上萬元國幣的「準備金」，事成之後的獎金更高，根據目標的難度和重要性不

九六 《戴笠電毛萬里轉王新衡》，臺灣「國史館」藏：《戴笠史料》，《戴公遺墨——行動類（第一卷）》，典藏號：144-010106-0001-068。

九七 《戴笠電王新衡》（一九三九年四月十七日），臺灣「國史館」藏：《戴笠史料》，《戴公遺墨——行動類（第一卷）》，典藏號：144-010106-0001-067。

九八 《戴笠電平原》（一九四〇年三月二十九日），臺灣「國史館」藏：《戴笠史料》，《戴公遺墨——行動類（第一卷）》，典藏號：144-010106-0001-083。

同，從五千元到十幾萬元不等。

如制裁偽杭州市長傅勝藍的獎金是二萬元；[九九] 制裁被李士群引誘而倒戈投敵之原軍統特務陳明楚的獎金是五萬元；[一〇〇] 制裁偽聯合準備銀行總裁、華北偽經濟總署督辦汪時璟的獎金是六萬元；[一〇一] 制裁李士群的獎金則高達一五萬元。[一〇二] 而暗殺汪精衛的意義，更超出了金錢的範圍。戴笠曾使人轉告刺汪的行動員劉英：「英兄赤心為國，萬分感佩。照目前中日之情勢觀察起來，某逆應從速解決。……此萬世不朽之勳業，萬不可讓捷足者先登也。」[一〇三]

軍統組織策劃暗殺的手段也是多種多樣，最常見的是槍擊與利斧砍殺，還有製造車禍等。如策劃制裁陳公博時，戴笠就指示陳恭澍，在陳公博所乘飛機抵達上海時，「查明其必經路徑及汽車號碼」，「準備十個左右之忠勇同志，租一卡車與之互撞，抱必死之心，諒可成功。」[一〇四]

九九　《戴笠對擬電金更生加緊制裁李士群、傅勝藍批示》（一九四〇年八月五日）臺灣「國史館」藏：《戴笠史料》，《戴公遺墨——行動類（第五卷）》，典藏號：144-010106-0005-029。

一〇〇　《戴笠手令》，臺灣「國史館」藏：《戴笠史料》，《戴公遺墨——行動類（第二卷）》，典藏號：144-010106-0002-045。

一〇一　《戴笠批示丁以炎報告》，臺灣「國史館」藏：《戴笠史料》，《戴公遺墨——行動類（第二卷）》，典藏號：144-010106-0002-005。

一〇二　《戴笠對擬電金更生加緊制裁李士群、傅勝藍批示》（一九四〇年八月五日）臺灣「國史館」藏：《戴笠史料》，《戴公遺墨——行動類（第五卷）》，典藏號：144-010106-0005-029。

一〇三　《戴笠電張冠夫轉劉海山》（一九四〇年八月十一日），臺灣「國史館」藏：《戴笠史料》，《戴公遺墨——行動類（第一卷）》，典藏號：144-010106-0001-047。

一〇四　《戴笠電陳恭澍》，臺灣「國史館」藏：《戴笠史料》，《戴公遺墨——行動類（第四卷）》，典藏號：144-

制裁汪精衛的行動，除了著名的派遣原改組派成員戴星炳（靜園）打入汪偽特工集團潛伏、伺機刺汪，後暴露被殺之外，戴笠還曾試圖策反李士群，藉以除汪。因李之為人「有政治野心，並具俠義行為」，且汪「全仗其護衛」。後得知「李逆無反正可能」，遂決議對李也予以制裁。[105] 戴笠還曾以四萬元買通汪的保鏢，試圖對汪進行暗殺，並囑咐「事成後應用中華鐵血鋤奸團名義留字條為證，萬不可用中央名義。」[106] 汪精衛在致陳璧君電文中曾特別叮囑：「蔣嚴令戴笠動作，數日來亂殺人，盼妹等嚴防。勿出門，勿見客，出門彼必以汽車相撞，見客尤不可測，至要。」[107] 凡此都可見，汪精衛在所謂「和平運動」中的處境是極端險惡的。

在這種腹背受擊的險惡形勢中，一九四〇年一月初，「和平運動」的兩個核心人物——高宗武、陶希聖，突然脱離汪精衛，秘密逃離上海，來到香港。一九四〇年一月二十二日，香港《大公報》全文刊出高宗武、陶希聖《致大公報信》和汪與日本「梅機關」簽訂的《中日新

010106-0004-009。

一〇五 《戴笠電王一平》，臺灣「國史館」藏：《戴笠史料》，《戴公遺墨——行動類（第三卷）》，典藏號：144-010106-0003-014。

一〇六 《戴笠電周世光》，臺灣「國史館」藏：《戴笠史料》，《戴公遺墨——行動類（第一卷）》，典藏號：144-010106-0001-012。

一〇七 《汪兆銘電陳璧君》（一九三九年十二月二十五日），臺灣「國史館」藏，《汪兆銘史料》，《民國二八、二九、三〇年各方致汪精衛函電》，典藏號：118-010100-0009-006。

關係調整要綱》及《附件》，揭露了汪日談判經過和密約內容。同日，高、陶又聯名致電汪精衛夫婦及褚民誼、周佛海諸人，奉勸諸人懸崖勒馬，「放棄此於己無益、於國有害之運動」，重慶《大公報》亦全文刊載了《高陶電汪等盼望懸崖勒馬》的電文。[一〇八] 這對於已陷入困頓的「和平運動」，無疑是雪上加霜。

「密約」的公佈，使日本的侵略野心與「和平運動」的軟弱本質昭然若揭，汪精衛等人百口莫辯。事發後，周佛海在日記中寫道：「憤極之餘，徹夜未睡……高陶兩動物，今後誓當殺之」。[一〇九] 汪也痛恨不已，對陳璧君說：「陶希聖女在港發表上海脱險經過，長數千言，陶一家人可謂男盜女娼，我等忠厚太過，深為愧憤。」[一一〇]

高、陶脱離上海後，一九四〇年一月六日，曾聯名致電汪精衛夫婦，闡明反對成立偽政府的幾點原因，其中包括：

第一，新政權不能解決中日問題，日本必然另尋途徑，且此種見解在日本近來漸居主流，日方對汪政權之成立已不重視，「以先生之重，何必作此無足輕重之事」？

第二，歐戰局勢尚不明朗，若英美法佔優勢而和平解決歐洲問題，則日本將更加輕視汪政

一〇八　陶恒生：《「高陶事件」始末》，湖北人民出版社二〇〇三年版，第二一一－二一二頁。
一〇九　《周佛海日記全編》（上編），中國文聯出版社二〇〇三年版，第二三五頁。
一一〇　《汪兆銘電陳璧君》（一九四〇年一月六日），臺灣「國史館」藏：《汪兆銘史料》，《汪兆銘與各方往返函電（二）》，典藏號：118-010100-0008-066。

府，不使之成為日本與英、美關係的障礙。

第三，密約條件如此苛刻，新政府沒有獨立自由之前途，即有前途，亦荊棘遍佈，何不自動放棄組織政府，單純做和平運動，等待兩國更進一步的覺悟及國際時局更明顯的變化。

第四，就與重慶關係而言，組織政府，並不能取得與重慶討價還價的資格，也不能改變現狀，以資號召，徒使「活潑」的和平運動，化作與維新政府同樣的形式，於國內政治絲毫無益。[一一一]

在聯名電汪之外，高、陶各自也都曾通過各種渠道，勸汪悔悟。高宗武曾致電陳春圃、林柏生說：「不別而行，罪當萬死，惟弟實在亦有不得已之苦衷。將來兄等自然會明白。現在我也不必替自己來辯護。所謂民族之苦，國家之苦，弟何嘗不知道，但吃苦的代價，是替人家搭亡國之橋，不但明公（注：汪精衛的代稱）幹不得，即我們也不能幹。然而，弟若再主張大家都不幹，不但沒有什麼效果，『莫須有』的罪名，就馬上會加到我的頭上來。在這種情形之下，除一走了之以外，你看還有其他的辦法嗎？人家北自黑龍江、南至海南島都要，我們偏說，這是平等、獨立、自由的條件。清夜捫心，何以自解！兄等是追隨明公多年的同志，一切與眾不同，所以我十二分希望，兄等及時進言，不可一誤再誤了。抵此後，杜門思過，不擬再問是

一一一　《陶希聖高宗武電汪兆銘夫婦》（一九四〇年一月六日），臺灣「國史館」藏：《汪兆銘史料》，《譚延闓、龐炳勳、吳化文、陶希聖、孫科致汪精衛函件》，典藏號：118-010100-0054-039。

非，更不願作任何不利於明公及其他諸同志個人不利之事。但對某國人之分化我、滅亡我的整個陰謀，在良心上不能再助其成了。[一一二]

相比高宗武，陶希聖跟隨汪精衛的時間更長，與汪淵源更深。出逃之後，陶的內心也更多曲折與傷感。他在給汪精衛的電文中說：組織政府，不過是「使不自由不平等之條件化為法律，使亡國既成事實化為條約……使先生及同人隔於不生不死之境而已。……畫虎不成反類狗……希留則痛苦，去則猶疑，而今大事將成，去志決矣。……希為一易於妥協之人，況隨先生十有四年，豈宜輕去？……希自覺今後對不住先生……」。[一一三]

從一九二七年大革命時期起，陶在政治上始終追隨汪精衛，他說，相隨先生至於「百分之九十九」，然對於「最後這一分」，卻不能相隨，不能放棄主張。[一一四] 此後，陶還曾致電陳公博，請其轉告汪夫人陳璧君：以今日日方所提之條件，「不可以立國」，而我方人力、物力、武力全無，「即條件好，亦不可以為國」，「以汪先生數十年奔走革命，何必為此？」希「言已盡」，「力不逮」，「不得不去」，去有何益？為破壞日本陰謀而已。陶奉勸陳璧君、汪精

一一二　《高宗武電陳春圃、林柏生》（一九四〇年一月十八日），臺灣「國史館」藏：《汪兆銘史料》，《國際各有關方面致汪精衛函電》，典藏號：118-010100-0056-019。

一一三　《陶希聖電汪兆銘》（一九四〇年一月五日），臺灣「國史館」藏：《汪兆銘史料》，《譚延闓、龐炳勳、吳化文、陶希聖、孫科致汪精衛函件》，典藏號：118-010100-0054-038。

一一四　同上。

衛：不要組織政府，離開愚園路，回法租界私宅居住，他已向蔣提出要求，請其保證汪夫婦的安全，可由杜月笙親往上海迎接，杜已表示願意前往。

陶希聖說：「先生夫人或者以為，此乃侮辱乎？希以為今日之事，為國命、國脈所關，決非面子、意氣所可為力。若能得先生、夫人一念之轉，則日方受嚴重之打擊，必促其最後之覺悟，以抵於最後之和平。先生夫人當能記憶，歷史上能亡中國者，厥為中國人。遼、金、元、清，莫不以中國人自制中國人之死命。」倘使汪之新政府能成其大功，此亦為中國滅亡之日，「汪先生救國而若淪為害國，汪先生決不為之」，因此，請汪先生放棄在如此條件下組織政府之活動，此所以救中國者，亦「所以救先生、夫人也」。[一一五]

然而，汪精衛絲毫沒有因高、陶之言行而有所動搖，而是更堅決的邁出了組織政府的步伐。一九四〇年三月三十日，汪偽政權終於在南京成立，中國近代史上最大的「漢奸」集團粉墨登場。對於汪的選擇，陶希聖將之解釋為汪偏執而決絕的性格。他說：「好比喝毒酒。我喝了一口，發現是毒藥，死了一半，不喝了。汪發現是毒藥，索性喝下去。」[一一六]

在汪的性格中，或許有這樣的成份，他在政治行動中常帶着高度的偏執與自信，相信自己能夠挽救時局。當所謂「和運」進行到討論中日基本條約草約的階段時，有一次陳公博見到影

一一五　《陶希聖電陳公博轉陳汪夫人》（一九四〇年二月七日），臺灣「國史館」藏：《汪兆銘史料》，《譚延闓、龐炳勳、吳化文、陶希聖、孫科致汪精衛函件》，典藏號：118-010100-0054-040。

一一六　陶恒生：《「高陶事件」始末》，何茲全序，湖北人民出版社二〇〇三年版，第十頁。

佐禎昭，對他說：「哪裏是基本條約，簡直日本要控制中國罷了。」影佐答覆說：「在目前不能說日本沒有這個意思。」陳公博立刻把此話報告給汪精衛，望其慎重考慮，汪卻忿然說到：「我們偏不使日本控制中國。」[一一七] 他在詩中說「憂在己不力，豈在憂時窮」，還說「國殤為鬼無新舊，世運因人有轉旋」，充滿捨我其誰的使命感，但這也使他容易高估自己的能力，不能清醒的判斷現實。這些性格特點，在「和運」後期汪的行為中有鮮明的表現。

但是，真正影響了汪精衛之政治選擇的，與其說是性格，毋寧說是他的政治主張和政治訴求。作為一個高層政治領導人，即使在「和平」運動已經變質，完全背離了最初的理想時，汪精衛仍有不肯放棄的追求和主張。在獲悉高、陶秘密離滬之後，汪曾致電高、陶，表明心跡。汪精衛說：

> 去年十一月杪至十二月中，弟堅持不讓，致談話停頓，兩兄見之。其後，對方有所讓步，弟遂亦讓步，兩兄亦見之。弟不苟於上臺，亦不苟於不上臺。以國家今日，惟戰與和，既不能戰，則為和闢一條道路。戰不能必勝，和亦不能必成。有戰敗而死之民族英雄，亦有和不成而死之呆子。弟能任其一，而不能徘徊兩者之間、袖手而旁觀，以坐待國之亡。此弟所與兩兄異趣，而不能苟同者也。

一一七　陳公博：《自白書》，《審訊汪偽漢奸筆錄》（上冊），鳳凰出版社二〇〇四年版，第一一二頁。

汪還對高、陶說：「渝方去年一月開除弟之黨籍，三月戕害仲鳴之生命，留一惡毒專制之影響於人群。今兩兄與弟分手，各自尊重其良心之所信，而又各自互相尊重其良心之所信，至少、至少，可留一民主自由之影響於人群也。」汪請高、陶二人仍舊回滬，但他決不強迫二人「同跳火坑」，請與二人相約，汪堅守不強迫二人上臺之約，二人堅守不上臺之道德，為後世留下一個民主思想的模範，「以愧渝方」。一一八

可見，決定汪精衛一意組織新政府的真正原因，首先在於對中國之「不能戰」的根本認識。既不能戰，則惟有和，凡事有成亦有敗，戰不能必勝，和亦不能必成，汪既然選擇了「和」的道路，也就準備好了承擔失敗的代價。其次，對於重慶政府和蔣介石個人的仇恨，在你死我活的鬥爭形勢中，不斷被激發。事實上，以汪的身份和處境，在一九四〇年初的形勢下，除了成立新政府，硬幹到底，其實已無路可走。這是成立新政府的消極意義。

關於成立新政府的積極意義，或新政府的政治訴求，在「漢奸」殷同向汪的「諫言」中，有詳細的闡述。成立新政府之前，汪精衛曾特地通過趙尊岳（叔雍），向北洋舊人、北平臨時政府官員殷同諮詢請教有關新政府之政治制度與指導原則，以至殷同「慨然振奮」，「不知感涕之何從」。殷對汪表示：今天下分崩離析，人民流離失所，中日之戰，「鷸蚌相持」，無論

一一八《汪兆銘電陶希聖高宗武》（一九四〇年一月十二日），臺灣「國史館」藏：《汪兆銘史料》，《國際各有關方面致汪精衛函電》，典藏號：118-010100-0056-021。

鷸死蚌死，對無數垂死之百姓，究竟有何益處？汪精衛受「舉國屬望」，如今「和平工作」，必須從整體上謀解決，勿為局部所拘牽。

殷同分析，此次日本處理中國事變的政策，不但在理論上、事實上，都有自相矛盾之處，且暴露了其本國政治制度中不可補救的缺陷。日本在編制軍隊之初，決未料到會演變出「如此變態之戰爭」，現在又「一方面實施作戰，一方面講求親善，因此國策與軍事完全不能一致」。各路軍隊對其所佔領地區，均各自擁有統治權力，並將一切政治經濟視為軍事的附庸，以致中央無法統轄所有被佔領地區，而各佔領區又彼此分立、互有矛盾。雖然中央極力提倡建設「東亞共同體」，而事實上，連原有之共同體亦有瓦解之勢。因此，如果僅從任何一方面與其接觸，必至受其牽扯。必須形成一個新的統一局面，才能比較有效的維護我們的利益。

殷同認為，為免受日本控制，必須成立統一中央政府，加強中央集權，進而培養地方自治。目前日本治華趨勢，在減削中央集權、加強地方分權，同時利用多角多邊之外交，促成分權之確立。臨時、維新、蒙疆諸政權，即此種主張之實現，「將來恐即以此諸政權組成所謂聯邦政府。聯邦制者，係聯合各邦而冠以強固之中央政府。然又有主張所謂邦聯制者，即各邦自相聯合，換言之，聯、離、合、分隨時可各自為主。」目前，中國各政權之間，不但不能聯合，竟然有互相侵越之情勢，「其智昏心死，誠令人不寒而慄」。因此，在今日形勢之下，而欲免受日本控制，惟有一方面「樹立中流砥柱之重心」，一方面「培成地方自治之基礎」，

「果其主宰在我」，無論政治體制如何，均可向治世邁進。一一九

正如殷同所言，南京偽政府建立過程，實現了對中國各地偽組織的統一，是對日本在中國推行分裂和殖民化政策的一種抵抗。一二〇 與梁鴻志、王克敏單純的傀儡組織不同的是，汪政府更有「偽軍」，有「偽黨」，又有孫中山大亞洲主義的意識形態，比之前的傀儡組織更有號召力和社會影響。但是，汪政權的現實狀況，仍與其理想海天相隔。從偽政權成立的那天起，它就處在日本的嚴厲控制與對日鬥爭之中，且不得不受到來自日本和重慶兩方面的夾攻，並需時時應對政權內部的分裂趨勢。

南京政府成立之後，儘管偽中央得以樹立，但殷同所描述的，各部分日軍所佔領地區的分立狀態並未從根本上改變。汪政權雖然名義上統領華北政務委員會和蒙疆聯合自治政府，實際上，其實力所控制地區，只有安徽、江蘇、江西、浙江、湖南、湖北、廣東、福建等省的部分被佔領地區，和南京、漢口、上海、廈門等幾個特別市而已。華北和蒙疆仍處於相對獨立狀

一一九 《殷同函汪兆銘》，臺灣「國史館」藏：《汪兆銘史料》，《民國三〇年汪精衛與各偽機關首長往返函電（一）》，典藏號：118-010100-0015-001。

一二〇 其重要步驟為：一九三九年四月，汪到上海會晤梁鴻志，商談偽政府之組織；八月二十八日，汪在上海召集偽國民黨六全大會；九月二十一日，臨時、維新兩政府之重要領導人王克敏、王揖唐、朱深、梁鴻志、溫宗堯、陳群等發表擁汪宣言；一九四〇年一月，汪精衛到青島，與王克敏、梁鴻志等人舉行「青島會談」，偽蒙古自治聯合政府亦派員出席，一致決議取消臨時及維新兩政府；三月二十一日，第一次偽中央政治會議在南京中山北路「國聯歡社」召開；三月二十日上午九時，新中央政府在南京舉行還都和各院部長就職典禮。

態，江南、浙西政治仍把持在梁鴻志、溫宗堯舊維新系手中，各原偽組織之間的矛盾一直存在。[一二一] 關於汪政權內部的運作情況，在《周佛海日記》中有這樣的描述：

一九四〇年六月十五日：晚與公博、叔雍、思平等談最近情形，覺政府職員中之腐化、惡化者頗多，而黨部及特工人員尤甚，良莠不齊，足損政府威信。今後非努力整飭不可也。

一九四〇年十一月四日：心叔與唐生明來，談及我特務人員之惡劣行為，令人氣憤，然此亂世，既不能不用若輩亡命之徒，又不能不顧及政府名譽，而對於若輩之制裁力量又不充分，真使人悶惱無已！惟感之以情，喻之以理耳。

一九四一年三月八日：還都一年，各事均不如預期，中日合作前途極可悲觀。日人之不瞭解者，可謂絕大多數，僅少數人知中日合作之必要及辦法，豈能濟事？中日百年之仇，恐仍不能消滅，至為心焦。

一九四一年三月十五日：近對時局前途極為悲觀，就內部言，中下層分子無論矣，即上層幹部，真正體會時艱、事事為公、時時不忘國計民生者，能有幾人？

一二一 《論現階段的奸偽政治——民國二十九年》，《中華民國重要史料初編——對日抗戰時期》第六編，《傀儡組織》（三），中國國民黨中央委員會黨史委員會編印，第二四八－二五五頁。

上焉者糊塗鬼混，得過且過；下焉者且乘機佈置勢力，鞏固權位；其尤不堪問者，則以賭博等方法，貪圖利得。上下如此，國豈能國？就對外言，日人中固有少數明白事理、尊重中國之獨立自主者，但大多數仍不忘以中國為第二滿洲國，以致還都一年，毫無成就。……故近日勇氣漸減，興致驟滅；而遙顧重慶，亦烏煙瘴氣，其惟一可恃者，日軍之不能再作進攻也。

一九四一年四月二十九日：聞日軍部擬劃浙東為特區，暫不屬國民政府，不勝憤怒。日軍人對華認識之錯誤絲毫未改，其不覺悟依然如故，如此而欲言解決事變，全面和平，真如南轅北轍。[一二二]

周佛海是汪精衛「和平運動」中組織偽政府態度最積極，行動最得力之人。也是汪偽政府最重要的官員。他日記中的這些描述，清楚記錄了汪偽政權的窘境。在周佛海的日記中，還記錄了他的「和平救國」理想破滅的整個過程。

對於「和平」如何才能救國，周佛海起初也沒有全盤的計劃。他與汪精衛一樣，幻想日本人能夠有理智冷靜的思想，看清戰爭的後果，與日方正式接觸後才知道：

一二二　蔡德金編注：《周佛海日記全編》（上編），中國文聯出版社二〇〇三年版，第三〇八，三七四，四三三、四三六，四五七頁

日本意見分歧，機關複雜，而且氣量狹小，至今尚無覺悟，將來前途未可樂觀，吾輩惟有盡人事以聽天命而已。

一九四〇年三月三十日，偽政府正式在南京成立之後，周佛海在日記中寫道：

余之理想果實現，為人生一大快事；本日為余平生第一痛快之日，蓋理想實現，為人生最得意之事也。

一九四〇年三月三十一日，又寫道：

一年努力竟達到目的，彼此甚為欣慰，大丈夫最得意者為理想之實行。國府還都，青天白日滿地紅重飄揚於石頭城畔，完全係余一人所發起，以後運動亦以余為中心，人生有此一段，亦不虛一世也！今後困難問題固多，僅此亦足以自豪。

但是，不到兩個月時間，同年五月六日，周佛海就寫道：

瞻念前途，內外困難均多，將來未知如何了結。余所負責任尤重，日夕彷徨，憂心如搗，但願天佑中國，於山窮水盡時，別開新天地，否則中國固亡，日本亦不能獨存，此點日方瞭解者甚少，殊覺可慮也。

一九四〇年五月二十六日，周又寫道：赴汪處談一小時，對前途頗感渺茫，「苟和平得達，雖亡命亦所不惜，但世變多端，恐和平終不可期，而吾輩又無立足之地，蓋日本少壯派尚有主張征服中國，對余輩尚欲加害者，情形如此，令人不安」。然而事已至此，不能中止，只有走一步算一步，做一點算一點，不顧一切的幹下去。

到了一九四一年二月二十七日，周佛海已經明白，「中日事變之後，余之觀察，輒多錯誤，初深信決不至擴大，乃擴大延長至今；繼信日本軍事行動必繼續發展至重慶，乃日本無力再進；深信美、日必妥協，乃美如此強硬。此外，對我國估價過低，對日本估價過高，均根本錯誤，今後雖不敢臆測，惟目前又頗信最後勝利必屬於我國也。」[一二三]

此時的周佛海，已深深感到「和平運動」的錯誤，他在日記中寫道：「余深感過去在漢，在渝，對於日本估計過高，對於我國估計過低，而於美國動向認識不清，因觀察誤謬，至有和平運動之產生。一念之差，百劫不回！」[一二四]

一二三　蔡德金編注：《周佛海日記全編》，第二五九、二七三、二九〇、三〇〇、四二九頁。

一二四　蔡德金編注：《周佛海日記全編》，第五二一頁。

6.5 悲劇的落幕

汪精衛的晚年，心情是悲苦的。他經常不能控制自己的情緒，將桌上散置的公文拋在地上，或用雙手猛抓自己的頭髮，並對身邊的人發火。[一二五] 一九四〇年十一月一日，汪的家人為紀念五年前汪遇刺而脫險，舉杯相囑，汪感慨萬千，寫下：「艱難留得餘生在，才識餘生更苦。休重溯。算刻骨傷痕，未是傷心處。」[一二六] 一九四一年四月，距汪精衛早年刺殺攝政王入獄的英雄時代，已整整過去三十二年，人間風雨，憂患縱橫，曾經「不願為釜願為薪」的慷慨少年，如今已兩鬢成霜，身如破釜，心似寒灰。[一二七]

一九四一年六月十四日是舊友方君瑛的忌辰，汪於舟中「獨坐愴然」，寫下「又向天涯賸此身，飛來明月果何因？孤懸破碎山河影，苦照蕭條羈旅人。南去北來如夢夢，生離死別太頻

一二五 司徒重石：《汪精衛二三事》，《春秋》雜誌第九卷第四期，一九六七年十月一日出版，第三三頁。

一二六 汪精衛：《邁陂塘》，《雙照樓詩詞稿．掃葉集》，香港：天地圖書出版公司二〇一二年版，第三一五頁。

一二七 汪精衛：《冰如手書陽明先生〈答聶文蔚書〉及余所作〈述懷詩〉合為長卷，繫之以辭，因題其後，時為中華民國三十年四月二十四日，距同讀傳習錄時已三十三年，距作述懷詩時已三十二年矣》，詩曰：「我生失學無所能，不望為釜望為薪。曾將炊飯作淺譬，所恨未得飽斯民。三十三年叢患難，餘生還見滄桑換。心似勞薪漸作灰，身如破釜仍教爨。多君勉勵證同心，撫事傷時殆不任。縱橫憂患今方始，敢說操危慮亦深。」《雙照樓詩詞稿．掃葉集》，香港：天地圖書出版公司二〇一二年版，第二九〇頁。

頻。年年此淚真無用，路遠難回墓草春。」[128] 褚民誼在他的「自白書」中曾經說：「往事如煙，不堪回首。汪先生……既為救民而來，而又不能有強過臨時、維新兩政府之表現，有時受日人迫脅，竟至閉門痛哭。」[129]

一九四四年一月，汪精衛走入了生命中的最後一年。他的健康狀況每況愈下。去年十二月十九日的一場手術，雖然取出了一九三五年遇刺時留在體內的彈片，但誘發了一系列感染。一月八日，汪身體忽然發熱，背部劇痛，初疑為傷口復發，後又診斷為風濕神經痛，二十六日以後，「起立困難，須人扶掖，漸至不能行步。」[130] 一月二十九日，汪精衛致電周佛海：「弟傷口已完全平復，數日來寒熱疼痛，乃係着冷以致風濕，竟至不能行動。幸坐臥如常，重要文件尚能批閱。例行公事由陳群兄等代勞。下屆院議，當請思平或民誼任代主席，公博兄如能來代國防會議主席最好。清鄉會議則展期。」[131] 算是對重要工作和人事問題做了一個安排。

一二八　汪精衛：《六月十四日為方君瑛姊忌辰舟中獨坐愴然於懷並念曾仲鳴弟》，《雙照樓詩詞稿．掃葉集》，香港：天地圖書出版公司二〇一二年版，第二八五頁。

一二九　褚民誼：《自白書》，《審訊汪偽漢奸筆錄》（上冊），鳳凰出版社二〇〇四年版，第二八〇頁。

一三〇　《靖致陳耀祖等電》（一九四四年二月七日），臺灣「國史館」藏：《汪兆銘史料》，《民國三三年汪精衛與各地往返函電》，典藏號：118-010100-0013-082。

一三一　《汪兆銘電周副院長佛海》（一九四四年一月二十九日），臺灣「國史館」藏：《汪兆銘史料》，《民國三三年汪精衛與各地往返函電》，典藏號：118-010100-0013-050。

此後兩個月中，汪一直不能站立與行走，精神至為焦慮。[一三二] 三月四日，他再次接受了手術治療，但自此一病不起。一九四四年十一月十日，汪精衛長子汪文嬰接到日人電文：「汪兆銘今晨六時體溫四十度，脈搏一百二十八，說囈語。」[一三三]

當天下午四時，汪精衛在新愁舊痛中，客死東瀛。他在生前的一首《金縷曲》中曾寫道：「故人落落心相照，歎而今生離死別，總尋常了。馬革裹屍仍未返，空向墓門憑弔。只破碎山河難料。我亦瘡痍今滿體，忍須臾、一見欃槍掃。逢地下，兩含笑。」[一三四] 不知在生命的最後時光中，汪精衛的心裏，是否還深藏着早年絢爛的革命記憶？這記憶，曾經陪伴了他的一生。

一九三四年一月出版的《東方雜誌》上，汪發表過一篇《自述》，回憶自己庚戌被逮時的情景說，警察從他的夾衣裏搜出《革命之趨勢》、《革命之決心》等文章，問他為什麼藏在身上，他說，「沒有別的，不過覺得拿墨來寫，是不夠的，想拿血來寫，所以放在身上，預備死的時候，有些血沾在上面」。[一三五] 一九三九年十二月，汪在《豔電書後》再次寫道：「警察在我身上搜出『革命的決心』幾篇文字，問我道：『帶這些文字做什麼？』我答道：『沒有什

一三二 《汪兆銘電周佛海》（一九四四年二月四日），臺灣「國史館」藏：《汪兆銘史料》，《民國三三年汪精衛與各地往返函電》，典藏號：118-010100-0013-051。

一三三 《峻致汪文嬰電》臺灣「國史館」藏：《汪兆銘史料》，《民國三三年汪精衛與各地往返函電》，典藏號：118-010100-0013-048。

一三四 汪精衛：《金縷曲》，《雙照樓詩詞稿．掃葉集》，汪主席遺訓編纂委員會一九四五年版，第一四九頁。

一三五 汪精衛：《自述》，《東方雜誌》第三一卷第一號，第三頁。

麼，這些文字，從前以墨寫出來的，如今想以血寫出來。』」[一三六]

「長記越台春欲暮，女牆紅遍木棉花。」革命對於汪精衛，曾經是成就生命意義的媒介，最終卻變成權力鬥爭的手段；政治對於汪精衛，曾經是一個救國的夢想，最終卻只得到「叛國」的下場。

一九四六年一月二十一日，國民黨七十四軍五十一師工兵營在何應欽的命令下，用一百五十公斤TNT烈性炸藥，炸開了汪精衛的墳墓，並將其屍體焚化。精衛填海，恨海難填。汪精衛的《百字令．春暮郊行》中有「堪歎古往今來，無窮人事，幻此滄桑局。得似大江流日夜，波浪重重相逐。劫後殘灰，戰餘棄骨，一例青青覆。鵑啼血盡，花開還照空谷。」[一三七]

大自然的生生不息，掩蓋了人間的血肉橫飛。在這莽莽蒼蒼的「天道」面前，一切權力爭奪和政治上的成敗，甚至生命本身，都成了過眼雲煙。汪精衛一生在政治的漩渦中沉浮，欲罷不能，然而在這首《百字令》中，我們只看到他在政治中所感受到的深深的虛妄。

一三六　汪精衛：《豔電書後》，《汪主席和平建國言論集》，宣傳部編輯出版，一九四〇年十月，第一五一頁。

一三七　汪精衛：《百字令．春暮郊行》，《雙照樓詩詞稿．掃葉集》，汪主席遺訓編纂委員會一九四五年版，第一四八頁。

餘論：軍事化時代的文人

汪精衛是一個悲劇的政治人物。他的悲劇性，部分的源於一個軍事化時代文人的處境，部分的源於他自身的弱點。清朝末年，汪精衛以一個青年憂國知識分子，憑藉書報宣傳與自我犧牲精神，一躍登上中國政治的高峰。然而，他真正活躍在中國政治舞臺上的時代，卻是中國政治日益走向軍事化的時代。從北洋軍人內部的直皖、直奉戰爭，到國民黨的「北伐」戰爭，再到國民黨內部的蔣桂戰爭、蔣馮戰爭、中原大戰；從第一次國共戰爭、到國共聯合進行抗日戰爭。民國時期的中國，充斥着各種形式的戰爭。可以說，戰爭塑造了民國史，塑造了民國時期的政治。

汪精衛以一個沒有任何軍事背景且從未真正掌握過軍隊的文人，投身政治，適逢中國經歷空前嚴酷的戰爭、軍事化和國家社會重組的時代。汪一生懷抱以文人羈勒武人的理想，始終未能成功，又謀力挽狂瀾，出而和談，拯救東亞於戰火，可歎毫無實力，既脱離了國民黨和國家，又不見重於日人，終至於身敗名裂。

汪精衛一生以文人、書生自詡。他在政治活動中，也帶有許多文人的特徵。首先，汪的性情浪漫，富於理想，對生活常抱「美」與「詩」的感覺。他以「革命」登上歷史舞臺，一生以革命黨人自居。從他獄中詩作對於自我犧牲的熱烈讚頌中，不難體會到汪本人的浪漫性格。事實上，革命在社會政治變革之外的另一個涵義，就是人生意義的發揚，是生命的抒情。知識分子而投身革命者，往往具有浪漫的性情。

革命作家蔣光慈就曾說過：「浪漫派嗎？我自己便是浪漫派，凡是革命家也都是浪漫派。不浪漫誰個來革命呢？」[一]「革命就是藝術，真正的詩人不能不感覺到自己與革命具有共同點。詩人——羅曼蒂克更要比其他人能領略革命些！羅曼蒂克的心靈，常常要求超出地上生活的範圍之外，要求與全宇宙合而為一。革命越激烈些，它的懷抱越無邊際些，則它越能捉住詩人的心靈，因為詩人的心靈所要求的，是偉大的，有趣的，具有羅曼性的東西。……惟真正的羅曼蒂克才能捉得住革命的心靈，才能在革命中看出有希望的將來。」[二]

汪精衛自始至終都保持着這種革命者的激情，保持着對人生的杜鵑啼血式的浪漫想像。在他的詩中也反復出現「杜鵑」的意象：

鵑魂若化知何處，馬革能酬愧不如。（辛亥三月二十九日廣州之役，余在北京獄中，偶聞

一　郭沫若：《學生時代》，人民文學出版社一九七九年版，第二二四頁。

二　蔣光慈：《十月革命與俄羅斯文學》第二部分，《革命與羅曼蒂克——布洛克》，《創造月刊》第一卷第三期，一九二六年五月十六日。

獄卒道一二，未能詳也，詩以寄感之一）

秋色陌頭寒，幽思無端。西風來易去時難。一夜杜鵑啼不住，血滿關山。（浪淘沙・紅葉）

果然火德耀南華，一變嵐光作紫霞。四萬萬人心盡赤，定教開遍自由花。（南嶽道中杜鵑花盛開，為作一絕句）

昏啼到曉恨無涯，啼遍春城十萬家。血淚已枯心尚赤，更教開作斷腸花。（杜鵑花）

杜鵑是悼亡的儀式。作為一個政治人物，這種嘔心瀝血的人生想像，將政治化為了生命的抒情。柳亞子曾說過，舊南社的代表人物是汪精衛，新南社的代表人物是廖仲愷。「汪先生是詩的，廖先生卻是散文的」。此言專為回應曹聚仁《紀念南社》一文。曹文中說：近十年來的中國政治，是陳英士派的「武治」和南社派的「文治」。南社的缺點就只是「詩的」。南社的文學運動，自始至終不能走出浪漫主義一步。「由南社文人走上政治舞臺的分子，有革命的情緒而無革命的技術，在破壞上盡了相當的力，在建設上顯不出過人的本領來」。例如汪精衛，他在同盟會裏，在南社裏，都是「第一等角色」，然而「政治的手腕卻不行」，這便是「以詩看待政治的過錯」。[三]

三　曹聚仁：《紀念南社》，柳亞子：《關於〈紀念南社〉：給曹聚仁先生的公開信》，均見《南社詩集》第一

其次，汪精衛的政治行動方式，也帶有典型的文人特徵。他長於激勵感發，短於韜晦謀略。政治手段以宣傳鼓動為主，從未獲得可以真正依靠的軍事基礎。汪早年在日本就以立憲派論敵和革命派宣傳家揚名，無論以《民報》主筆與《新民叢報》論戰，還是在新加坡主持革命派喉舌《中興日報》，汪都能以滔滔雄辯，為革命派大張旗鼓。

一九〇七年，汪隨孫中山到星洲（新加坡）、安南、香港等地，「組織同盟會分會百餘處」，並為革命宣傳、籌款。為避人耳目，同盟會支部均以演說社、書報社名目活動，汪是演講的「台柱」。當他還未到場時，全場已座無虛席。當他踏上講臺時，「滿堂即鴉雀無聲」，「每逢講至精彩熱烈處，掌聲如雷而起。」還有人說：「汪君之演說，題目既簇新，而事事頗得肯綮，因此極得聽眾信仰，謂南洋華僑之覺醒，實出於汪君之力，亦不為誣也。」[四] 胡漢民回憶汪精衛在新加坡時的演講也說：「聽者任其擒縱，余二十年未見有工演説過於精衛者。」[五]

一九二八年《國聞週報》上曾有署名「客觀」的作者說：「有深知汪之為人者云，汪氏特長在煽動，一小時之講演，引得群眾感情激昂，幾若有捨身從彼之慨。……然考其實際，則辦

冊，中華書局一九三六年初版。陳英士，即陳其美（一八七八—一九一六），浙江湖州人，革命元老，青幫人物，與蔣介石關係密切，其侄陳果夫、陳立夫兄弟均受蔣重用。所謂「陳英士派」，指蔣介石。

四 雷鳴：《汪精衛先生傳》，南京：政治月刊社一九四四年版，第四二，四五頁。

五 胡漢民：《胡漢民自傳》，臺灣：傳記文學社一九六九年版，第三三頁。

事初無十分調理，即使今日之所是，明日又從而非之，他日又變。」[六]

再次，中國的文人往往鄙視政治，而又對政治懷有不可遏制的激情，這一點，在汪身上表現的十分突出。汪既以政治為救國手段，為實現理想的途徑，又將政治視為權力鬥爭，不時標榜自己清高自重和不甘以政治自污的心情。參加了汪偽政府的雷鳴，在為汪精衛所做傳記中，反復強調了汪對文學的熱愛和對政治的厭倦。他說，汪精衛若生活在一個清明盛世，發揮其全部才華於文學生涯，或將能在中國現代文學中大放異彩，「可是中國需要先生的政治領導，更甚於其私人生活的文學經營。」[七]這種解釋很符合汪精衛的自我想像。

儘管投身政治，汪卻很少積極肯定政治本身的價值，而常常表現出對於政治的刻意疏離，認為政治是污穢的，追逐權力是骯髒的。他一生依賴「革命」話語，以「革命黨」而非「政治家」自居，將投身政治解釋為一種為救國救民而讓渡自我、甚至犧牲自我的行為。他在民國初年離開政治十年。二十年代重返政壇之後，曾對吳稚暉說：「自去年以來，如蛆蟲之浮沉於糞窖中，忽忽不知旦暮」。[八]可見彼時汪對政治的厭惡之情。

他的詩中有「終留玉潔冰清在，自與嫣紅姹紫殊」，「如此獨醒還獨醉，幾生修得到芙

六　客觀：《從去年三月二十到今年三月二十——國民黨三年來變化略述》，《國聞週報》第五卷第一〇期，一九二八年三月十八日，第一頁。

七　雷鳴：《汪精衛先生傳》，南京：政治月刊社一九四四年版，第一六二頁。

八　《汪兆銘致吳稚暉函》（一九二四年五月十四日），稚〇七七〇二號。

蓉」等句子，流露出遺世獨立、清高自賞的情緒。一九二六年三月，汪在「三二〇」事件中受到打擊，「病中」讀陶淵明詩，「攤書枕畔送黃昏，淚濕行間舊墨痕」，發出「人生何處不籠樊」的感慨。[九] 一九三四年五月，曾加入改組派的楊玉清去巴黎留學前，請汪精衛寫格言，汪提筆寫下《易傳》中的句子：「不易乎世，不成乎名。遁世無悶，不見是而無悶。樂則行之，憂則違之，確乎其不可拔！」[一〇]

汪精衛一生動輒稱病辭職，公開標榜「合則留，不合則去」的處世態度，恥於承認自己的權力欲望。一九二九年六月，汪精衛在法期間，曾在致王懋功的一封密函中說：

十八年來，國柄皆為武人所挾持，所謂文人，在實際上，不過為武人之幫閒……弟亦文人，所自覺比較其他文人乾淨些者，則弟始終保持「合則留不合則去」之精神。當其與武人共事時，盡心合作，及覺其不能共事，則決然捨去，決不受其羈縻。例如十五年三月二十日之事，蔣公並未驅弟，弟去之後，其挽留懇切之函，至今尚盈於篋笥，然弟則捨去不顧。又如十六年九月中，桂方李、白諸公，

九 汪精衛：《病中讀陶詩》，《雙照樓詩詞稿．小休集卷下》，汪主席遺訓編纂委員會一九四五年版，第五五頁。

一〇 楊玉清：《大革命時代在武漢的汪精衛》，中國人民政治協商會議湖北省武漢市委員會文史資料研究委員會編：《武漢文史資料》，一九八三年第四輯，第六〇頁。

未嘗不擁弟，然弟發覺其潛與譚、程等合謀倒唐，擅專軍事，則弟又捨去不顧。此弟之比較其他文人戀棧阿附、甘為傀儡者，略為乾淨些也。[11]

這種「文人」認同和對政治的矛盾心情，使汪在政治鬥爭中將行將卻，動輒去國離職，有害於扎實的經營培植自身的實力，從而影響了其在政治鬥爭中的能力。

最後，汪精衛的性格，也帶有顯著的舊式文人特徵。他多情、脆弱，而易衝動，不乏捨生忘死的勇氣，但缺少強韌的意志和圓融折衝的智慧。汪為人多情，春花秋月、孤松衰草、風雨山河，凡觸目之景，無不感懷而傷情。但多情常會使人忘我而衝動，為情緒所控制，喪失清醒、冷靜的判斷力。汪在曾仲鳴死後，悲憤至極，公開發表《舉一個例》，引述國民黨國防最高會議記錄質問蔣介石，為什麼蔣能求和而他不能。[12] 這種為宣洩個人憤怒而公然洩露國家機密、破壞抗戰利益的行為，就是感傷之情不能收攝而使個人悲憤情緒控制了政治決策的表現。

擔當大事者，需要有強韌的功夫，能百折不撓。汪則恰恰相反。他的性情悲苦而脆弱，一遇挫折就悲觀失望，缺乏堅忍不拔的意志和從容努力的決心。又常常表現出強烈的僥倖心理，見到機會就躍躍欲試，因而政治主張以「多變」著稱。這種脆弱性格和僥倖的心理，在波詭雲

一一　馬長林選編：《汪精衛致王懋功密函》（一九二九年六月十五日）：《歷史檔案》一九八四年第四期。

一二　汪精衛：《舉一個例》，《中華民國重要史料初編——對日抗戰時期》第六編，《傀儡組織》（三），臺灣：中國國民黨中央委員會黨史委員會一九八一年版，第七九-八一頁。

譎的政治鬥爭中，最容易使人喪失立場而迷失方向。

參加過一九三〇年擴大會議的張知本說：「汪精衛聰明有餘，但穩重不足。有一次在保和殿開會，汪擔任主席，南京飛機投彈，汪竟抓了皮包就跑。其實他只需宣佈『現在停止開會』就好了，但他慌張的什麼都顧不得，我想起來還覺得好笑。」又說：「戴季陶氏曾經批評胡漢民欠一個『厚』字，汪精衛欠一個『重』字，也就是說胡太刻薄，汪太輕浮，我覺得這批評非常深刻。」胡漢民是汪精衛早年摯友，後因政見不合結怨。當胡被蔣拘禁後，汪竟在香港《南華日報》撰寫《哼，也有今天》一文，加以諷刺。張知本說：「我覺得此種幸災樂禍的態度，未免胸襟過窄，有失政治家之氣度。」[一三]

《國聞週報》一署名「客觀」的記者，曾評論汪精衛說：「胸無城府，以書生驟躋高位，又好談兵，輕燥實所不免。」又說：「時人譽蔣為英雄，汪乃欲以一書生羈勒武人，以口舌筆墨取蔣而代之，汪不自量力度德，宜其敗也」。[一四] 左舜生晚年曾評價汪精衛說：「大抵汪之為人，富感情而易衝動，經不起刺激，偶然也喜歡弄一點小聰明，多少帶一點黨人的積習，但本質則仍不失為一讀書人。」[一五] 汪精衛是一個生長在國家危亡、文化斷裂時代的讀書人。他一生

一三　張知本：《張知本先生訪問紀錄》，中央研究院近代史研究所口述史叢書六十一，一九九六年，第六六–六七頁。

一四　客觀：《從去年三月二十到今年三月二十——國民黨三年來變化略述》，《國聞週報》第五卷第一〇期，第一頁。

一五　左舜生：《汪精衛與梁啟超》，陳正茂主編：《左舜生先生晚期言論集》（中冊），中央研究院近代史研究所一九九六年版，第一〇九八頁。

不能忘情於政治，這種體驗，其實是中國很多憂國知識分子的共同宿命。

陳寅恪在《讀吳其昌撰梁啟超傳書後》一文中，曾論述梁啟超為何與中國五十年腐惡政治不能絕緣，說：「先生少為儒家之學，本董生國身通一之旨，慕伊尹天民先覺之任。其不能與當時腐惡之政治絕緣，勢不得不然。」又說：「此中國之不幸，非獨先生之不幸也。」[一六] 汪精衛嘗言，其「革命之決心」所由起，在於孟子所說的惻隱之心。目睹芸芸眾生辛苦憔悴，為人踐踏，無異於牛馬草芥，由此而陷入沉憂之中不能自拔。憂憤鬱結，「以成革命之決心。」[一七] 一個生逢亂世而又生性敏感的知識分子，將個人生命中的抑鬱感傷與國家興亡、民生疾苦聯繫起來，由此獲得生命意義的充實與發揚，這是完全可以理解的。對於他早年投身政治的救國動機，我們是可以不懷疑的。

然而，人是複雜的，汪精衛有理想，有抱負，也有缺點。汪精衛長期依靠的、親汪將領張發奎曾認為：「對於那些為他犧牲與戰鬥的軍人的態度，顯露了汪精衛的軟弱無能。」張常對汪說，第四軍是為他打仗的，他應該照顧第四軍。可是作為行政院長，汪「不敢對蔣先生進言」，「他一鬧就變臉，變的官氣十足，忘了他從前的理想」。張發奎認為，胡漢民就比汪精衛堅強，他對蔣的態度要堅定的多，講話也更直率。[一八]

一六　陳寅恪：《陳寅恪文集之一．寒柳堂集》，上海古籍出版社一九八〇年版，第一四八頁。

一七　汪精衛：《革命之決心》，《汪精衛集》第一卷，上海光明書局一九三〇年版，第九二–九三頁。

一八　張發奎：《張發奎口述自傳——國民黨陸軍總司令回憶錄》，當代中國出版社二〇一二年版，第一四五–一四六頁。

政治更是複雜的。梁啟超在《新民說．論私德》一文中，曾慨歎「革命」本身對於「革命者」人格的戕害。因為「革命」是要以絕少數人與佔據絕對優勢的社會力量相抗衡，為了勝利而不做無謂的犧牲，「則時或不得不用詭秘之道，時或不得不為偏激之行」，其中「根性薄弱」者，必隨流而沉沒。因此一個本來「極樸實光明」的青年投身革命之後，不出幾年就可變成一個「刻薄寡恩、機械百出」的人。其起初一念的愛國心，絕對是純潔的，以後就不過是假借「愛國」之名「足以炫人」罷了。[一九] 投身政治亦然。汪精衛無疑是梁啟超所說的「根性薄弱」之人。在他的性格中有脆弱、多情、衝動、好名、僥倖、偏執等許多缺點。這些缺點在殘酷的政治鬥爭環境中，不斷被激發，為他最終的傾覆埋下了伏筆。

汪精衛有救國救民的願望，也有鮮明的黨派立場與階級立場。在他對中共的恐懼中，包含着對社會革命的恐懼，和對蘊藏在整個中國底層社會中排山倒海的磅礡力量的恐懼。而這偉大的力量，才是中國能走過戰爭，走向和平，走向汪也為之嚮往的獨立自由國家所依靠的真正力量。汪精衛作為一個政治家，與此龐大的歷史力量背道而馳。奔走一生，既找不到與軍隊結合的方式，又找不到與民眾結合的方式，復將最後之希望，寄託於幾個日本軍閥政客的「覺悟」之上，最終落下了其悲劇人生的帷幕。

一九　梁啟超：《新民說》，《飲冰室合集》第六卷，中華書局一九八九年版，第一二〇，一三五，一三八頁。

參考文獻

一．未刊檔案文獻

中國國民黨黨史館藏：《漢口檔案》。
臺灣大學圖書館中國國民黨黨史資料庫數位資料：《中國國民黨文化傳播委員會黨史館近代人物書札》。
臺灣「國史館」藏：《蔣中正總統文物》；《汪兆銘史料》；《戴笠史料》；《國民政府檔案》。
中國社科院近代史研究所檔案館藏：《蔣介石日記》抄件。

二．報刊雜誌

《申報》
《晨報》（上海）
《大公報》（天津）
《北平晨報》
《中央日報》
《漢口民國日報》
《上海民國日報》
《廣州民國日報》
《國民新聞》（甘乃光主編，廣東國民黨省黨部機關報，一九二七年）
《國聞週報》（上海國聞週報社，一九二四-一九三七）

《中央副刊》（武漢中央日報館，一九二七年）
《黨聲．迎汪專號》（廣東市特別市黨部改組委員會宣傳部印，出版時間不詳）
《黨聲旬刊》（廣州特別市黨務指導委員會編印，一九二八年）
《南華文藝》（上海未央書店，一九三二年）
《南華評論》（南華評論社，一九三三年）

三．文集與資料彙編

《汪精衛先生講演集》，愛知社編輯發行，一九二七年。
《汪精衛先生最近言論集》，南華日報社，一九三〇年。
《汪精衛集》，光明書局，一九三〇年。
《汪精衛先生三年來之重要言論》，民生社印行，一九三一年。
《汪精衛先生最近言論集》（上下編），林柏生編，中華日報館，一九三七年初版。
《汪精衛先生抗戰言論集》，獨立出版社，一九三八年。
《汪主席和平建國言論集》，南京（偽）宣傳部編輯出版，一九四〇年十月。
王正華等編注：《蔣中正總統檔案事略稿本》，臺灣：「國史館」，二〇〇三年初版。
廣東省檔案館編：《民國時期廣東省政府檔案史料選編》，第一、二冊，一九八七年。
中共中央黨史研究室第一研究部譯：《共產國際、聯共（布）與中國革命檔案資料叢書》第一－六卷，北京圖書館出版社。
陳鵬仁編譯：《汪精衛降日秘檔》，臺灣：聯經出版事業公司，一九九九年。
羅家倫，黃季陸主編：《吳稚暉先生全集》（第八－九卷），中國國民黨中央委員會黨史史料編纂委員會出版，一九六九年。
《現代史料》，海天出版社，第一集，一九三三年；第二集、第三集，一九三四年；第四集，一九三五年；香港波文書局，一九八〇年重印。

《共產國際有關中國革命的文獻資料（一九一九－一九二八）》，中國社會科學出版社，一九八一年。

《孫中山全集》，第三、八、九、一〇卷，中華書局，一九八一－一九八六年。

中國社會科學院現代史研究室編：《鮑羅廷在中國的有關資料》，中國社會科學出版社，一九八三年。

湖南省博物館編：《馬日事變資料》，人民出版社，一九八三年。

中國社會科學院現代史研究室編：《馬林在中國的有關資料》（增訂本），人民出版社，一九八四年。

秦孝儀主編：《總統蔣公思想言論總集》，中國國民黨中央委員會黨史委員會出版，一九八四年。

廣東革命歷史博物館編：《中國現代革命史資料叢刊：廣州起義資料（下）》，人民出版社，一九八五。

榮孟源主編：《中國國民黨歷次代表大會及中央全會資料》，光明日報出版社，一九八五年。

中國第二歷史檔案館編：《中國國民黨第一、二次全國代表大會會議史料》，江蘇古籍出版社，一九八六年。

《蔣光慈文集》第四集，上海文藝出版社，一九八八年。

《審訊汪偽漢奸筆錄》（上下卷），鳳凰出版社，二〇〇四年。

四．參考書目

胡漢民：《胡漢民自傳》，臺灣：傳記文學出版社，一九六八年。

李品仙：《李品仙回憶錄》，臺灣：中外圖書出版社，一九七五年。

郭沫若：《革命春秋》，人民文學出版社，一九七九年。

陶希聖：《潮流與點滴》，臺灣：傳記文學出版社，一九七九年。

陳公博：《寒風集》：《民國叢書》第一編九九（綜合類），上海書店，一九八九年。

周佛海：《往矣集》：《民國叢書》第一編九九（綜合類），上海書店，一九八九年。

黃美真編：《偽廷幽影錄——對汪偽政權的回憶紀實》，中國文史出版社，一九九一年。
《馬超俊先生訪問紀錄》，中央研究院近代史研究所出版，一九九二年。
《張知本先生訪問紀錄》，中央研究院近代史研究所出版，一九九六年。
《莫紀彭先生訪問紀錄》，中央研究院近代史研究所出版，一九九七年。
何茲全：《愛國一書生——八十五自述》，華東師範大學出版社，一九九七年。
曹聚仁著，曹雷編：《聽濤室人物譚》，上海人民出版社，一九九八年版。
姜豪：《「和談密使」回想錄》，上海書店出版社，一九九八年。
曹聚仁：《文壇三憶》，生活·讀書·新知三聯書店，一九九九年。
黃紹竑：《五十回憶》，嶽麓書社，一九九九年。
張江裁編：《汪精衛先生年譜》，及《汪精衛先生著述年表》：《北京圖書館珍本年譜叢刊》第一九九冊，北京圖書館出版社，一九九九年，據民國三十二年（一九四三）鉛印本影印。
蔡德金編注：《周佛海日記全編》（上下編），中國文聯出版社二〇〇三年版。
[蘇]達林：《中國回憶錄》（一九二一-一九二七），中國社會科學出版社，一九八一年。
[蘇]A.B.勃拉戈達托夫《中國革命紀事（一九二五-一九二七年）》，北京：三聯書店，一九八二年。
[蘇]亞·伊·切列潘諾夫《中國國民革命軍的北伐——一個駐華軍事顧問的札記》，中國社會科學出版社，一九八四年。
[蘇]A.B.巴庫林：《中國大革命武漢時期見聞錄（一九二五-一九二七年中國大革命札記）》，中國社會科學出版社，一九八五年。
[蘇]維什尼亞科娃·阿基莫娃：《中國大革命見聞錄（一九二五-一九二七）——蘇聯駐華顧問團譯員的回憶》，中國社會科學出版社，一九八五年。
《廣州事變與上海會議》，廣州平社編，一九二八年。
朱其華：《一九二七年底回憶》，上海：新新出版社，一九三三年版。
革命舊人：《汪精衛的全貌》，出版地不詳，旦華出版社，一九三九年。

雷鳴：《汪精衛先生傳》：《民國叢書》第一編第八八卷，上海書店根據政治月刊社一九四四年版影印。
中國青年軍人社編：《反蔣運動史》，中國青年軍人社出版，一九四四年。
楊凡編譯：《抗日戰爭時期漢奸汪精衛賣國投敵資料》，出版地不詳，出版者不詳，一九六四年。
吳相湘：《民國政治人物》第一冊，臺灣：文星書店，一九六四年。
朱子家（金雄白）：《汪政權的開場與收場》，香港：春秋雜誌社，一九六五年第八版。
李雲漢：《從容共到清黨》，臺灣：商務印書館，一九六六年。
馬五先生（雷嘯岑）：《新世說》，臺灣：大西洋圖書公司，一九七〇年。
黃美眞、張雲編：《汪精衛國民政府成立》，上海人民出版社，一九八四年。
復旦大學歷史系中國現代史研究室編：《汪精衛漢奸政權的興亡——汪偽政權史研究論集》，復旦大學出版社，一九八七年。
黃美眞，張雲著：《汪精衛集團叛國投敵記》，河南人民出版社，一九八七年。
王美真編著：《汪精衛傳》，臺灣：國際文化事業有限公司，一九八八年。
中共中央編譯局國際共運史研究所編：《共產國際大事記（一九一四—一九四三）》，黑龍江人民出版社，一九八九年。
潘英：《正統史學下之民國史上的非正統政治團體與人物》，臺灣：谷風出版社，一九八九年。
王關興：《汪精衛傳》，安徽人民出版社，一九九三年。
陳木杉：《從函電史料觀汪精衛檔案中的史事與人物新探》，臺灣學生書局印行，一九九七年版。
許育銘：《汪兆銘與國民政府：一九三一至一九三六年對日問題下的政治變動》，臺灣：國史館，一九九九年。
胡蘭成：《戰難和亦不易》，香港：遠景出版集團，二〇〇一年。
王克文：《汪精衛．國民黨．南京政權》，臺灣：國史館，二〇〇一年。
李劍農：《中國近百年政治史》，復旦大學出版社，二〇〇二年。

楊天石：《蔣氏秘檔與蔣介石真相》，社會科學文獻出版社，二〇〇二年。
王奇生：《黨員、黨權與黨爭——一九二四－一九四九年中國國民黨的組織形態》，上海書店出版社，二〇〇三年。
謝曉鵬：《理論、權力與政策——汪精衛的政治思想研究 一九二五－一九三八》，中央編譯出版社，二〇〇四年。
蔣永敬：《汪兆銘傳》，臺灣《國史館館刊》，復刊第二六期，一九九九年六月。
呂芳上：《尋求革命策略——國民黨廣州時期的發展（一九一七－一九二七）》，臺灣《中央研究院近代史研究所集刊》，第二二期（上）。
余敏玲：《蔣介石與聯俄政策之再思》，臺灣《中央研究院近代史研究所集刊》，第三四期。
黃金麟：《革命與反革命——「清黨」再思考》，選自盧建榮主編《性別、政治與集體心態——中國新文化史》，臺灣：麥田出版社，二〇〇一年。
[日]橫山宏章：《關於孫文對西歐式代議政體的批判》，臺灣《近代中國》，第一〇六期。
[日]《產經新聞》社撰，古屋奎二主筆：《蔣介石秘錄》（四卷），湖南人民出版社，一九八八年版。
[日]深町英夫：《近代廣東的政黨．社會．國家——中國國民黨及其黨國體制的形成過程》，社會科學文獻出版社，二〇〇三年。
[美]約翰．亨特．波義耳：《中日戰爭時期的通敵內幕（一九三七－一九四五）》，商務印書館，一九七八年。
[美]羅伯特．諾思，津尼亞．尤丁編著《羅易赴華使命——一九二七年的國共分裂》，中國人民大學出版社，一九八一年。
George T. Yu: *Party Politics in Republican China: The Kuomintang*, 1912–1924. University of California Press, 1966.

So Wai–chor: *The Kuomintang Left in the National Revolution* 1924–1931, Oxford University Press, 1991.
Arif Dirlik: *Anarchism in the Chinese Revolution*, University of California Press, 1991.
Arif Dirlik: T'ao Hsi–sheng: The Social Limits of Change, *The Limits of Change: Essays on Conservative Alternatives in Republican China*, edited by Charlotte Furth , Harvard University Press, Cambridge, Massachusetts, and London, England, 1976.
Arif Dirlik: *Mass Movements and the Left Kuomintang* , *Modern China*, Vol. 1, January 1975.
So Wai–chor: The Making of the Guomindang's Japan Policy, 1932–1937: The Roles of Chiang Kai–Shek and Wang Jingwei. *Modern China*, Vol. 28, No. 2. (Apr., 2002)
Gerald E. Bunker: *The Peace Conspiracy : Wang Ching–wei and the China War*, 1937–1941, Harvard University Press, Cambridge, Massachusetts , 1972.
S. Bernard Thomas, *'Proletarian Hegemony' in the Chinese Revolution and Canton Commune of 1927*. Center for Chinese Studies The University of Michigan, 1975.

後記

十多年前，當我還是一個歷史系本科生的時候，讀到社科院文學所孫歌老師的《中日傳媒中的戰爭記憶》一文，至今記憶猶新。孫老師說：作為一位從事日本研究的中國學者，「我感到的是自己面對這一複雜工作對象時的道德責任。那種以知識和資料來壓制戰爭記憶的做法，那種以簡單的民族主義情感代替嚴肅思考的做法，我將引以為戒。」

抗日戰爭，在中國，始終是活着的歷史。汪精衛，裹挾着這歷史的全部複雜性、帶着中國人悲愴的戰爭記憶，始終活在歷史當中。作為一個史學工作者，我追求以「客觀」資料，獲致歷史的「真相」。同時，我也深知，自己亦不過是歷史前進路途中，一個蹣跚摸索的行人。在我所探知的「真相」中，將不可避免的帶有我所身處社會與時代的特點和局限。

我不敢說，我理解了汪精衛和他的每一個政治抉擇。我只是深切的感受到，在我試圖去理解一個人，進而通過他，去探尋一個歷史時代的政治軌跡時，有一些過往鮮活的生命，穿過幽暗的歷史，漸漸呈現在我的眼前。我想，本書只是一個初步的研究。它是我個人與歷史的對話。我期待它能打開更多的對話。

在多年的求學生涯中，我蒙受過許多老師的教導與幫助。感謝江湄老師，張志強老師，孫歌老師，賀照田老師。他們讓我看到，身為學者，在知識上的探索，在生活中的堅守，在歷史中的責任。十幾年來，我的每一點進步，我明白的每一點道理，都離不開幾位老師的言傳身教。他們讓我真正的渴望學習。感謝我的幾位導師——遲雲飛老師、楊念群老師、李喜所老師。楊老師一直教導我，尋找屬於自己的學術風格，建立學術與生命的關聯。李老師指導我寫出本書的初稿。王奇生老師和金以林老師，在專業研究與論文寫作中，給予我許多重要的指點，St. Olaf College 的 Robert Entenmann 教授，無論在學術還是生活中，都給我許多幫助。他們都是我的授業恩師。在成長的道路上，還有一些老師在關鍵時刻，給予過我重要的提攜與幫助，感謝李紅岩老師，雷家瓊老師，梁景和老師，黃興濤老師，夏明方老師，汪朝光老師，徐思彥老師，羅敏老師。對他們的感激，我無法一一細述，但都將銘記在心。

在幾次赴臺查閱資料期間，特別感謝張力老師和師母在學術與生活中的各種照顧。王遠義老師的教誨，我不敢忘懷。每一次與趙剛老師一家的相聚，都是在臺灣最美好的時光。陳光興老師對本書初稿的認可，讓我有信心將其修改完成。唐啟華老師的重要指點，為本書提供了豐富的啟發。齊茂吉老師、呂正惠老師、羅久蓉老師、王晴佳老師，曾就汪精衛問題提出討論或批評。魏光奇老師曾閱讀部分文稿並提出修改意見。我對他們報以衷心謝忱。感謝孫歌老師讀書會的朋友們。當本書還是一篇幾萬字的論文時，程凱、曾誠、吳曉黎、劉卓、劉研、羅賓、莫艾、陳明等師友，曾閱讀文稿並提出過上萬字的批評建議。莊娜和張婧曾幫忙查閱和翻譯日文資料。沒有他們的幫助，就沒有本書今天的形狀。好友施純純曾對我說：「我們要做的事情太多，需要大家一起努力才能達到某一個高度」。正是這些良師益友的存在，提醒我時時檢省自身，尋找正確的方向。

衷心感謝我供職的近代史研究所。感謝我曾經供職的華東師大歷史系。感謝所有教過我的老師和我教過的學生。我從學生身上學到的，遠遠多於我曾教給他們的。感謝薛毅老師和上海的諸位師長，感謝李晨和上海的朋友們。感謝林道群先生的慨然相助及辛苦的編輯工作。當然，書中一切疏漏，均由作者本人負責。最後，感謝我的父母和妹妹。在小學中學的「作文」裏，父親常常是我的主人公。後來主人公變成了汪精衛，他們退居幕後「指導」。每一篇文章，他們都是最認真的讀者，有人負責稱讚和挑錯別字，有人負責「潑冷水」。我們永遠在一起，無論身在何處，從不曾分開過。